[鹿 小 姐 书 系]

这个少年，我爱他

I love him

——然澈 著

陕西新华出版传媒集团

三秦出版社

图书在版编目（CIP）数据

这个少年，我爱他 / 然澈著．—西安：三秦出版社，
2018.3

ISBN 978-7-5518-1764-6

Ⅰ．①这… Ⅱ．①然… Ⅲ．①言情小说－中国－当代
Ⅳ．①I247.5

中国版本图书馆CIP数据核字(2018)第016029号

这个少年，我爱他

然澈　著

出　　品	大周互娱
总 策 划	周　政
总 监 制	杨翔森　曾筱佳
责 任 编 辑	韩　星
编 辑 总 监	冯　娟
特 约 编 辑	柒柒若　四　月
封 面 设 计	周　丽
版 式 设 计	Aso
封 面 绘 制	花　步

出 版 发 行	陕西新华出版传媒集团　三秦出版社
社　　址	西安市北大街147号
电　　话	（029）87205121
邮 政 编 码	710003
印　　刷	长沙鸿发印务实业有限公司
开　　本	880mm×1230mm　1/32
印　　张	8.5
字　　数	261千字
版　　次	2018年3月第1版
	2018年3月第1次印刷
标 准 书 号	ISBN 978-7-5518-1764-6
定　　价	32.80元

网　　址	http://www.sqcbs.cn

这个少年
我爱他 I love him

目录
CONTENTS

I LOVE HIM

这个少年
我爱他 I love him

目录
CONTENTS

I LOVE HIM

"楔子"

华灯初上，霓虹妖艳。我万万没有想到，会在齐家路上碰见迟轩。

那个时候，我喝得烂醉如泥，正八爪鱼一样挂在我身边那个风流倜傥的男人身上。

我很不要脸地借机发着酒疯，拼了命地往那个男人怀里钻，他露出宠溺却又无可奈何的微笑，怕我掉下去，所以揽了揽我的身子，却立刻招来我一阵尖叫："啊！苏亦你抱我了！你要对我负责！你要做我男朋——"

最后一个"友"字还没说出口，一个穿着白衬衣和牛仔裤，面庞青涩却隐隐露出俊朗模样的少年，清晰地映在了我的瞳孔上面。

我眨眨眼，再眨眨眼，认出了这个少年正是迟轩。

眼见他精美如玉的额头上淡色的青筋隐隐要突显出来，我有了一种很不好的预感。果不其然，抱着我的苏亦刚刚张了张嘴，疑惑地问出一句——

"乔诺，他是……"

我根本没来得及说出任何一个字，迟轩澄澈清明的眸子扫了我一眼，看都没看正以无比暧昧的姿势揽着我的那个男人，而是动了动他花瓣般的嘴唇，字正腔圆地喊了我一声："妈。"

我倒吸了一口凉气，毫不犹豫地翻了个白眼。而随着迟轩的这句称呼，苏亦揽着我身子的那双手臂也僵掉了。

可恨的是，迟轩居然还不知收敛。

他依旧看都不看一眼揽着我的苏亦，而是用晶莹的眸子盯着我，嘴角忽地弯了一弯，宛若一个再乖巧不过的男孩子，笑容干净，眼底纯澈。他伸出他修长的手，握住我的胳膊，撒娇般地轻轻摇了摇："妈，我饿了，快回家做饭。"

苏亦的胳膊顿时更加僵硬了。

纵然他一晚上都好涵养，脸色却依旧忍不住微微泛白。他笑得有几分勉强："乔诺，不如……先放你下来吧？"

我就是再不想下来，在气氛如此尴尬的情况下，也不能继续死皮赖脸地蜷在那儿了，于是顺从地点了点头。

他的身子微微俯低，我下了地。

脚尖刚挨着地，还有些站不稳，但我依然果断地朝迟轩冲了过去，报复性地一把揽住他的脖子，谁料动作太猛，他和我一同跟跄了一下。

我赶紧站稳，几乎是张皇失措地朝苏亦看过去，抬起一根手指，指指自己的脸，再指指被我揽着脖子动弹不得的迟轩，我觉得自己简直焦急得要哭了："苏亦你看，你看看，我怎么可能有这么大的儿子！他是——"

话没说完，苏亦就展开眉宇，笑了。

"乔诺，你醉了。"

他侧了侧头，俊美的轮廓根本掩不住眼底的疏远："你……你弟弟他可能真的饿了，不如我先送你们回家吧？"

说到"你弟弟"这三个字时，他分明是有几分踟蹰与犹疑的——很显然，迟轩的话，让他不得不对我们的关系生出几分怀疑。

听到苏亦带了迟疑的话，又见到他明显泛起疏离与冷漠的那双眼，我整颗心都凉了。完了，完了，我原以为只差一步就要大功告成的建交计划，被迟轩两句话彻底搅黄了。

我不死心地往苏亦身边凑了凑，仍抱最后一丝希望地问："那……刚刚我们说的事……"

苏亦优雅地笑了："乔诺，你醉了。今晚很愉快，谢谢你陪我。"

这是他第二次说我醉了。

我瞬间垮了脸。

我江乔诺虽然花痴，却不蠢，苏亦前后如此悬殊的反应，当然是因为我身边那个眼底明明快要冒火了，却在努力装微笑的男孩子的出现。

和苏亦的建交基本算是没有希望了，眼睁睁着他火速离开的背影，我瞬间觉得这一晚上的陪喝卖笑都付了流水。我阴恻恻地转过脸来，缓缓地对迟轩说了句："你完了。"

迟轩盯着苏亦的背影看了好一会儿，转过脸，微笑变成了冷笑："是吗？"

他明明只说了两个字，我却身子一颤。

"背着我来相亲？"他笑得像是要杀人，一字一句道，"很好。"

"

Chapter 1

你不过仗着我欠你

"

如你所见，这就是迟轩。

他和我住在一起，脾气暴，口舌毒，浑身上下唯一可取的，是他那张迷倒了不少无知少女的脸。

我不是无知少女，我比他大了五岁，于是我很冷静、很气愤地对他说："你……你等着！"然后……

我撒丫子就要跑路。

我刚跑了没几步，一只手拎住了我的衣领。我默默地在心底哀号一声。

迟轩绷紧了那张脸，顺手就把我丢进了刚拦下的出租车里面。

我扶着车窗玻璃饮泣，完了，这下是真的完了。

一路上，迟轩阴沉着脸，一直在致力于cosplay冰山。他一不说话我就害怕，可一想到我对苏亦死缠烂打了那么久，将成的好事居然被他三言两语就给破坏了，我很窝火。

于是，一路上，我们俩谁都没理谁，就这么僵持着。

你问我，我叫什么？

我叫江乔诺。

这个名字，拜我爹所赐。

我的老爹是初中语文老师，他认为自己既然是教语文的，就一定要把自家孩子的名字取得意义隽永些。

所以，当初为我取这名儿的时候，他毫不犹豫地将自己的姓和我老妈的姓并列在了一起，然后加了个诺言的诺字，以"江乔之诺"的意义为出发点，齐齐镌刻进了自己女儿的名字里去。

我从小到大都觉得自己的名字挺好听的，可是天杀的，迟轩第一次听到我的名字时居然笑得前仰后合，他那张秀逸莹润的面庞上，挂满了让人怒火中烧的讥讽笑容。

"江乔诺？"

无论时隔多久，我都记得他当初那副苦苦压制笑意的表情，他那双黑曜曜宛若宝石的眼睛盯着我的脸，煞是认真地问我："是取曹操给江东二乔承诺的意思吗？"

就这样，我"很荣幸"地拥有了一个专属于迟轩的昵称——江二乔。

二二二……你才二！

我二十三岁，他十八岁，他吃我的、喝我的、住我的，心情极好或者极不好的时候叫我妈，平常就一口一句江二乔，或者江乔诺——每每想到，我就有一种辈分上无法定位的感觉。

当然，此时此刻我早忘了什么辈分不辈分的了，我现在最切身的感觉，是窝火。

回到家，我第一件事当然是对迟轩进行后续教育。

我坐在凳子上，气焰嚣张地指着他的脸咆哮。

"知不知道苏亦是谁？他是我们研究生部的学生会主席！"

"主席是什么？主席就是我这个文艺部部长的顶头上司！"

"你今天让我得罪了他，我……我以后还要不要在学生会混了？！"

迟轩倚着冰箱站着，我说三句，他只说一句："得罪他？因为我耽误了他占你便宜吗？"

他这句话一针见血，我顿时脸色通红："他说要做我男朋友的！"

迟轩冷笑一声，然后目光灼灼地盯着我的脸，似笑非笑地说："江乔诺，你不是一再标榜你不相信什么爱情，也不稀罕什么男朋友吗？"

我确实说过这话。

记得那时候，我和迟轩一起了场电影，很纯爱的那种，看完之后，他脸色有些不自然地问我对爱情什么的有什么看法，我当时正值被人甩了的低落期，张嘴就说了上面那两句话。

我说完，他那张脸莫名其妙地就黑了。

我估摸着，他大概是嫌我煞风景吧。

可是，那个时候，是我刚刚被人给甩了，此一时彼一时，具体情况具体分析，不能照搬往日经验的。

我很理直气壮地哼了一声："谁说男朋友就代表着爱情啊，我是要找个铁饭碗，长期饭票，义务接送员，不用担心透支的银行卡……"

最重要的是，要用来搪塞我妈。

我的演说尚未结束，迟轩听不下去了，扭头进了厨房。

说起来，我是他"妈"，但是他在家的时候，多数都是不用我下厨的——好吧，是我不肯下。

迟轩在厨房里叮叮咣咣地弄了大半晌。我洗完澡出来拿毛巾擦着头发，就见他锁着眉头朝我走过来，郑重其事地说："锅坏了。"

我冲进厨房看了一眼，果不其然，坏掉的何止是锅，还有什么勺啊叉啊刀啊盆啊，更甚者，就连电磁炉都罢工了。

我扭头看了他一眼："你煮炸药了？"

他眉尖一挑："煮的苏亦。"

我愣了愣，然后贼笑。

"我说，你不会是……在吃醋吧？我是你妈哎。"

锅坏了，我们只能出去吃。迟轩横我一眼，率先出了屋，走到门口见我还在原地站着，好看的眉毛立刻就皱起来了："你已经老到走不动了？"

我甩下毛巾，本来准备条件反射般地反骂回去，却忽然想起了一件挺重要的事，于是边走边问他："今天不是周末啊，你怎么也回来了？"

我和迟轩都是N大的学生，只不过我是研二，他是大一。我们研究生部的课向来少，所以不到周末也可以回家，可迟轩刚刚大一，按道理来说很多必修的专业课都在这一学年，他是不应该在这个时候回来的。

听到我的问话，迟轩却并不答，他伸手拽住我走到门外，锁了门，然后扭过脸来，一脸挑衅地说了一句让我站不住的话。

"我女朋友怀孕了，得去医院，回来找你拿钱。"

我蒙了。

迟轩那副表情，挑衅极了。

他像是致力于要把我激怒似的，紧紧盯着我的眼睛不说，嘴角还勾着一抹讥讽的笑。

我被雷得六神无主，难以置信地张了张嘴巴。

"怀……怀孕？"

迟轩他才大一，怎么就……我越想越是心惊，一把抓住他的胳膊："到底怎么回事？你快说清楚！"

他凉凉地睨我一眼，闲闲地说："我女朋友，怀孕了。哪个字你不明白了？"

我脑袋有点蒙："你什么时候交女朋友了？"

迟轩当场就笑了："你不会是要追究我谈恋爱吧？"

他漆黑的眼睛盯着我，眼神莫测，缓缓地说："你不相信爱情，我可信的。"

他的眼神太古怪，害得我的心漏跳了一拍。我挺了挺胸，怒气冲冲地说："别废话！你把事情给我说清楚！不说清楚，我没法对你妈交代！"

"说清楚？"迟轩的嘴角带着玩味的笑容，他一步步走过来，眼瞳漆黑，目光灼热，一字一句道，"说清楚什么？说我和她怎么上床吗？"

他的表情和语气都太过挑衅，我真的快要气炸了，抬手就要扇他的脸，却被他一把攥住了手腕。

他眸光幽深地盯着我，英俊的眉眼里忽然有了一丝狠厉。他逼近我的脸，寒着声音问我："对我妈交代？你的心里就只记着我妈，对吗？"

我身子一颤。

他冷冷地笑了一声："如果不是她救了你一命，如果不是她为了救你而死，如果不是她托付你照顾我，你早把我丢出去了，是不是？"

我们认识的这三个月来，迟轩素来很淡漠，虽然他牙尖嘴利口舌不饶人，但也从来没对我说过这么激烈的话。

我本想摇头说不是这样的，可是一想起怀孕的事，我也气得不轻，想也不想地张嘴直接反驳："对，是因为你妈，全是因为你妈！如果不是车祸的时候她帮我挡了一下，我怎么会欠她一条命？如果不是欠她一条命，我……我为什么要受你的气？！"

"哈！"迟轩怒极反笑，英俊秀逸的眉眼彻底被厉色笼罩住了，他揪住我的胳膊，指甲几乎掐进我的皮肤里，"所以，你如今找到了男人，就要把我扔出去了？

我愣了，我什么时候找到男人了？

下一秒，我愕然回神，他不会是在说……苏亦吧？

我张嘴想要反驳，却被噙着冷笑的迟轩直接打断。

"你喜欢苏亦整整四年，又特意为了他留在N大读研，如今终于守得云开见月明，嫌我碍眼了是吗？"

他的话，让我的眼皮狠狠地跳了一下。

我什么时候嫌他碍事了？

再说了，我喜欢了四年的那个人，根本就不是苏亦啊……

明知道他是误会了，可是我还没来得及说话，他眉头忽然一凝，霍地倾下身来，张嘴在我嘴角不轻不重地咬了一口。

我浑身僵硬。

血腥味渗进我唇齿间的时候，他附在我的耳边恶狠狠地说："你答应过我妈的！你答应过她的！江乔诺！这辈子，下辈子，下下辈子，你都休想甩开我！"

说完这句话，他扭头大步走向电梯，干净的白衬衣灌了楼道里的风，像是旗帜般扬起来。

直到电梯门缓缓关闭，我才回过神来。

我气急败坏地追了两步，忍不住张嘴怒骂："明明是你做了错事，怎么反倒成了你有理了？！迟轩，你……你给老娘滚回来！"

我和迟轩第一次见面，是在三个月前。

那时我还没满二十三岁，研一即将结束。而他，不过是一个未满十八岁、正面临高考的大男生。

可以说，如果不是那场车祸的话，我们绝对扯不上半点关联。

如他所说，在三个月前的一场很是轰动的车祸事件中，我、一个卡车司机还有迟轩的亲妈都受了伤，程度或轻或重。轻者，比如我，只是摔得一条胳膊惨了点；重者，比如迟轩的亲妈，性命垂危，直接就被送进了重症室。

迟轩得知了消息从学校匆匆赶来时，第一个见到的，就是等在重症室外面的我。

刚刚经历了一场生死，我依旧神情恍惚。回想起车祸当时的情景，即便如今只是手臂轻微受伤，其他部位安然无恙，我却仍然心有余悸。当时，那辆刹车失灵的卡车本来是要撞向迟妈妈的跑车的，可是大约是顾忌到跑车昂贵，所以卡车司机刻意打了方向盘，然后就朝一旁骑着自行车的我撞了过来。我只觉得心惊肉跳，想躲却也已经来不及。就在我以为自己必然要被撞上的那个当口，迟妈妈的车身忽然一个侧转，险险挤进了卡车和我之间。

也就是说，如果不是迟妈妈那个反应……

那么此时此刻躺在重症室里的，就是我了。

那天，见到一个身形颀长、面容俊美的男生匆忙地朝这边走过来时，我捂着刚刚被护士包扎好的胳膊，站起身来对他打招呼："你是……迟轩吧？"

我从迟妈妈的手提包里找到了手机，见到里面存着一个叫迟轩的名字，后面备注是儿子，我就拨了他的电话——也因此，我知道了他的名字。

迟轩读高三那年，就挺嚣张的。他只瞥了我一眼，就侧脸朝重症室的窗口看去，没搭理我的招呼，直接问我一句："宋律师呢？还没来吗？"

说实话，到了和迟轩相处三个月之久后的如今，我依旧没能明白，他在他妈妈性命垂危之际最关心的，怎么会是律师来没来这件事。

我记得，当时我还特不识趣地提醒了他一句："你妈妈她……受了重伤，你不去看看她吗？"

迟轩听了我这句话，回过头来看了我一眼。

他那一眼，很不友好，眸色深沉，眼睛见不到底，只是睫毛颤了一颤，说出口的话冷硬得同生铁一般："她早就不想活了，这一次，不过是恰好如愿了。"

说完这句，他在长凳上坐下，终于想起了什么似的，抬起眼睫狐疑地又看了我一眼。

见他面有询问之色，我指了指自己的胳膊，颇为尴尬地解释道："我也受伤了，那场车祸……也有我。"

我刚说完这句，就见迟轩那双黑宝石一样的眼睛里泛过了一丝冷光。他面无表情，嘴角却噙着一抹高深莫测的笑容，就那么似笑非笑地盯着我。

我掐住自己掌心的肉，逼退心底一直在敲打着的退堂鼓，老老实实地又加了一句："你妈妈她……是为了救我才……才重伤的，我想……我应该告诉你。"

这下，迟轩才凛然笑了。

他盯着我看了一眼，眼底闪着洞彻的光彩："你倒还算老实。"然后屈起手指，轻叩长椅的椅臂，"全市的新闻都在说这件事，就算你不承认，我也找得到你。"

听他这么一说，我先是张张嘴，然后咬嘴唇，硬着头皮说："医药费有多少，我……我出一半。"

这是全市最好的医院，迟阿姨住的又是最贵的重症病房，说出这句话的时候，我心底只想着一句话：完了，江乔诺，你接下来的两年里就是做牛做马，恐怕硕士毕业之前，也付不起这笔昂贵的医药费的。

长椅上的迟轩脸色冰冷，他有一下没一下地叩着长椅椅臂，似乎心烦意乱，嘴上却是十分冷静地对我说："不用跟我说，没用的。到时候和宋律师谈吧。"

我一直记得，那个时候，他明明该慌乱的，可他冷静得简直近乎冷漠了。

我万万没想到，宋律师进了迟妈妈所在的那间重症病房良久之后，出来了，居然会给出那么一个结果。

他对迟轩说，迟妈妈情况很不乐观，但还算清醒，她清清楚楚地表明了不许任何人为难那个女孩子，那辆车本来就是开向她的，和其他人无关。

一听这些话，我立刻站了起来。

我很无措、很慌张，但我说出的话真的是发自内心，是诚恳的："不……不能这么说，是阿姨救了我，我……我一定要负责的。"

这个时候，迟轩站了起来，他淡淡地瞥了我一眼，那一眼，既冷漠，又疏离，绝对算不上友好。

我身子一颤。

他转过头，不再看我，一脸沉静地看向宋律师："我妈没说别的吗？"

宋律师接下来说的那句话，让我和迟轩当场都傻眼了。

他看了一眼迟轩，开口说："你妈妈确实有一个要求，她……"说到这里，他欲言又止，眼睛居然朝我脸上瞟了过来。

我先是一怔,转而会意,鼓足勇气,朝前迈了小半步:"阿姨有什么吩咐,您请说吧。"

"好。"宋律师点头,郑重其事道,"她想请你,帮着照顾迟少。"

迟少?我愣了一下。

下一秒,我呆了。

比我更加呆愣的,是表情瞬间变得冰冷的迟轩。

他难以置信地看了我一眼,俊脸泛白,与此同时,浑身僵硬得宛若雕塑一般。

我清清楚楚地听到,他骂了一句:"该死!"

一周后,迟轩住进了我在校外租的那间房子。

当然,他对于搬进我家这件事有多么的抗拒和抵触,我是再清楚不过的了。

可是,这毕竟是他妈妈的遗言。

没错,在我们得知迟妈妈提出那个要求的第二天,她最终因为车祸造成三根肋骨刺入了肺部,抢救无效而去世。

死讯传来时,一直守在病房外一夜没有合眼的我险些站不住,伸手扶住了墙壁,才勉强站定身子。

我没想到的是,坐在我身边的迟轩,却是一脸的平静。他岿然不动地坐着,就像没听到似的,只在我朝他看过去时,垂下了长而密的眼睫,掩住了眸底的情绪。

我望着他,不知道该说什么,那一刻,他浑身上下散发出来的,不是悲伤,不是难过,而是拒人于千里之外的冷漠,和疏离。

那股冷漠的气息,是如此浓郁,我不敢靠近,于是只好那么手足无措地呆呆站着。

那一天,我坚持要参加迟妈妈的葬礼,遭到了迟轩的冷眼,他以为我会知难而退,谁想我却坚持到底。

最终，他恼怒离开，我如愿以偿。

葬礼上，我一身黑色站在角落里，迟轩双手平举端着自己妈妈的遗像，对每一个前来吊唁的人鞠躬谢礼。

他脸色苍白，面容却依旧俊美得一如我与他初见那日。

只不过，那双漆黑如墨的眼睛，在看向我的时候，像是淬了层层的寒冰，任凭我如何鼓起勇气去看，从他的眼底能够看到的，也只有浓郁的厌恶，和疏离。

他讨厌我。我知道的。

可是，即使是这样的他，即使是这样恼恨我的他，终归没有违背自己母亲临终的意愿，还是搬进了我住的房子。

也正是因为此事，我越发不能明白——迟轩为什么对自己妈妈的去世，表现出这么反常的平静。

直到……

他住进我家后，烂醉而归的那一次。

虽说名义上，他搬进了我租的房子，可晚上十二点之前，他是绝对不会出现在我眼前的。

他正值高三，出于负责和周到的心理，我特意跑去他的学校找到了他的班主任，了解了一下他的学习情况，以及高三的学生都该如何作息。

别的暂且不论，按道理来说，即使高三生因为临近高考的关系而上晚自习，也该在晚上十点之前到家的。

猜也知道，他是在抵触和叛逆。

为了这个，我曾撑着不睡，在门口堵过他好几次，可每次不是被他冷冰冰地甩开，就是被他完全无视。直到有一天，凌晨一点他咣咣地砸门，坐在沙发上苦等的我立刻弹了起来去开门，扑面而来的，却是一股浓郁的酒气。

我愣了一下，然后就被嫌碍事的他一把推了开去。我踉跄几步才勉强站稳，却突然看到他一脸的狼狈，脸上尽是大大小小的瘀青，以及斑驳可怖的血迹。

我真的是吓坏了，好半晌才醒悟过来自己不该这么傻站着，于是也顾不上穿鞋了，光着脚跑去房间找纱布和药。

我想要给他包扎，却费了好大的力气，他一直冷眼看着我，不许我靠近他，最后是实在抵不住我的持之以恒，终于冷哼一声，闭上了眼睛。

我想清理伤口时，他一定觉得很疼，眉头始终拧得像是几乎要断了的样子。

可能有一下我确实是力气太大了，他霍地睁开眼睛，一脸恼怒地瞪着我，表情又凶又狠厉。

我被他冷漠的眼神吓住，一边赶紧放轻本来就已经十分轻柔的动作，一边小心翼翼地道着歉："弄疼你了？对不起，我……我会轻些的。"

没想到的是，他竟然来劲了。只要我的手指准备碰向他的伤口，他一准睁眼朝我发火。

我江乔诺向来不是吃素的，如果不熟悉我的人把我当成软柿子捏一下也就罢了，可捏了一下之后还没完没了地继续进行欺压，那就是他自找苦吃了。

"喂！"

在他数度朝我挑衅之后，我的好脾气彻底耗尽，绷着脸，干脆果断地扔了手里的纱布，恶狠狠地瞪着他的脸骂："你出去喝酒打架，打成这样回来还有理了是不是？你爱怎样就怎样，老娘不伺候了！"

我扭头就走，完全不看背后的他究竟是什么脸色，甩手关上了我卧室的房门。

半个小时后，门外没有丝毫的动静，他像是睡着了，连脚步的声息都没有半分。

我最终还是担心，在床上翻来覆去了好久，叹一口气，起身开门出去。没想到的是，我走出去竟然会看到那样一番景象——他脸色惨白，痛苦地皱着眉，原本瘦弱颀长的身子像小兽一样蜷缩着，连腿都伸不开地蜷在沙发上。

一看这架势，我顿时慌了，连忙奔过去喊他，离得近了才看到他额头上的汗汩汩而下。我伸手去碰他的额头，立刻就弹了开来，忍不住低呼："好烫！"

他发烧了。

原来，他不是不难过，而是把所有的难过，都转成了对自己身子的折磨。

迟轩一副浑浑噩噩的样子，嘴里还不时呢喃着什么，我试着想要把他推醒，不想手却被他一把抓住了。

他的动作太过突然，我吓了一跳，想起他正发着烧，哪敢耽误。谁想他用的力气太大，我完全挣不开，想要起身去拿手机打120都不行。

我无计可施，只得俯低身子，对着他急急解释着："你先松手，我去打电话。你发烧了，咱们去医院，去医院好不好？"

他的那张俊脸呈现出一种不自然的绯红，我越看越是心惊，伸手再碰了一下，发现热度惊人。我以为他神志不清，没有听清我在说些什么，可是在我正准备铆足力气挣开他的手时，却听见他含混不清地吐出了几个字："不……不去……"

我一愣，然后就怒了："不去怎么行？你发烧了，再这样拖下去会转成肺炎的！快，快！"趁他有些意识，我赶紧挣了挣，"你先松开我，我去打个电话，然后我陪你一起去，好不好？"

他依旧嘟囔着不去，好在手上的力气渐渐小了，我总算可以挣脱开来，赶紧跑到桌边去打电话。

那一晚，真的把我们俩都折腾得不轻，看着他被推进了急诊病房，我总算松了一口气，这个时候才惊觉，自己也是一头的汗，更是不知怎么了，浑身力气像是骤然间被抽空了似的。

又惊又险的一夜总算过去，我迷迷糊糊地醒过来，就看到一张五官精美的脸，正悬在我的脑袋上方，那双瞳仁乌黑的眼睛正直勾勾地盯着我的脸看，隐隐有几分若有所思。

我吓了一跳，往后退的同时，抬手揉了揉眼，然后认出，眼前这人是迟轩。

"醒了？"

揉完眼，我咧嘴朝他笑，说话的同时，手自然而然地抬起来，想要去碰他的额头看烧退了没有。没想到，却被他避如蛇蝎地躲开了。

我这才注意到，恢复了常态的他，又是一脸的冰冷了。

我讨了个没趣，悻悻地放下手来。注意到自己居然趴在他的病床前睡着了，赶紧坐正身子。

我就这么趴在他的床前睡了一晚上，这会儿实在觉得有些尴尬，也不敢抬眼看他，只好垂着脑袋，装作整理身上的衣服。

"江乔诺？"谁想，他竟然开口喊我的名字。似乎仍旧不大确定，他用的是询问的语气。

"嗯？"我条件反射般地抬头，立马与他的目光撞了个正着。

他皱着眉，原本花瓣般好看的嘴唇因为高烧而变得苍白干燥，那张原本俊美而又张扬的脸庞却并未因此失去魅力，反倒多了几分柔弱与可亲近性。

察觉到自己在胡思乱想些什么，我下意识地摇了摇头，想要把这个念头甩出去。这个动作被他尽收眼底，却懒得深究似的瞟了我一眼，继续把自己原本要说的话说下去。

"想要你不再多管闲事的话，我该怎么做？"

一时之间没明白他这句话的意思，我愣了一下。

他眉头一蹙："我早说过，我妈之前就有过多次自杀的经历，她有抑郁症，谁知道那天又是遇到了什么情况，不然也不会朝着卡车就撞过去。"见我瞪大眼睛，他冷笑了一声，"更何况，她一向不拿自己的命当命，当时的情况下无论是谁她都会救，并不是真的为了要救你。"

他的话宛若锋利的刀子，我居然好半晌都没能找出什么足够有力度的话来反驳他。

见我呆愣，他盯着我的脸，有些烦躁地拧起了眉毛，不耐烦了。

"还没明白吗？我的意思很简单——你不必对我太愧疚，相反，如果真的感激我的话，不如以后都别管我，别去我学校，别找我老师，别再半夜虚伪做作地等我。"

我发誓，我真的被他那种欠揍的语气给激怒了。

我气得浑身直抖。

抖了一会儿，我猛地从凳子上弹起了身来，想也没想地脱口而出："对，你妈妈确实不一定是为了救我江乔诺才去世，她也许确实像你说的那样不拿自己的命当命，只是不想活了。但我爸妈也从小教导过我，滴水之恩尚且当涌泉相报，救我一命的恩情，更不是你说算了就算了的。"

他倚着病床上的枕头，朝我冷笑道："你是真傻还是装的？我不找你报恩，你倒上杆子追着。"

我也报之以冷静万分的笑容："我不是追着你，我是欠你妈妈的。"

说完这些，我真的有些控制不住自己心底的怒火了。眼看着他那张俊脸上全是冷意，又想起他刚才那句让我不要再多管闲事，我真怕自己会一巴掌朝他扇过去。

我一向有些低血糖，昨晚那么折腾了一宿，又被他这么一气，猛地起身时险些昏倒。为了避免自己的情绪失去控制，我咬了咬嘴唇，强迫自己冷静镇定的同时，硬邦邦地抛出一句："想要我以后都不管你对吗？"

他不说话，只面如寒霜地盯着我。

我无惧无畏地回望着他："想甩开我，很简单。你还有一个月就要高考了对吧？只要你考上一所不错的大学，我不会再对不该我多管的事情多问半句。"

他抿着嘴唇，没出声。但他看向我的冰冷眼神中，却难以察觉地闪过了一丝惊诧。

我疲倦地揉了揉额头，压住因为熬夜和低血糖的关系而导致的胃部和腹部一阵阵涌上来的不适，连和他对视的力气都没有了。

我垂着眼帘，看不到他是什么表情，却也觉察得到有一道灼灼的视线落在我的额头上。

良久，他冷然出声："好。"

似乎是怕我说话不算数，他又加了一句："一言为定。"

他那副生怕我赖掉的语气，惹得我不由得苦笑了一声。

命运何其荒谬，我无缘无故地欠了别人一条命，不报恩，对不起自己的良心，想要报恩，却遭到恩主的敌视。

想到这里，我就一阵又一阵的无力，却也还记得，在转身向外走的那一瞬，提醒他一句。

"你记住，这个承诺在你考上之后才会起效，这一个多月，我照样会管你。"

扔下这句话，我拖着疲惫的身子走出病房，没工夫再去理会背后的他，又该是怎样一副不耐烦的表情。

我说到做到，从那天起，接下来的一个多月里，我顶着他对我的各种奚落和无视，风雨无阻地每天去学校接他。

我当然知道，他的同学见到我时总会阴阳怪气地调侃他；我当然知道，他看到我斜倚着等在门口时眼底的烦躁；我当然也知道，为了一个多月后就会生效的承诺，他和我，都会忍耐着彼此的各种举措。

日子就那么不疾不徐、按部就班地过着，迟轩一直都是那副不知好歹、理所当然的姿态，哪怕我冒着倾盆的暴雨去接他，他见到我，也依旧是那副冷漠倨傲的模样，从来不曾给过我半分好脸色。

起先，和他亲近的那些男孩子见了我，纷纷起哄着说我是他的女朋友。

迟轩并不解释，就那么酷酷地站着，他随手扯了扯自己单肩包的肩带，冷冰冰地看着我。反倒是我，在那片起哄声中，涨红了一张脸。

到了后来，看多了我们奇异的相处模式之后，那些年轻的男孩子终于不再起哄，只是看向我的眼神中，却充满了露骨的暧昧，和浓郁的探究。

我当然明白那种眼神是因为什么。

我日日不间断地去接一个男孩子，可是那个男孩子连看都懒得多看我一眼，即便是和我一起走，也总是一脸的冷漠，还保持着几步开外的距离，仿佛我的身上有什么不洁的东西，他一靠近就会弄脏了自己似的。

这种情景，简直就像是在我的身上用鲜艳的颜料涂了"花痴"这两个令人瞩目的大字，那些男孩子要是不那么看我，那才叫奇怪了。

只是，被人当作笑话一样来观赏，这还算不了什么。

曾经有多事的女生，一脸挑衅地在校门口堵过我。

她们仰着那一张张年轻稚嫩的脸，毫不客气地提醒我这个要身材没身材，要姿色没姿色的女人，说识趣的话就该离她们的校草远一点。

那个时候，没有人知道我有多么窘迫。

众目睽睽之下，我是比她们大了几岁的姐姐，又是在她们自己的学校门口，怎么也不能同她们破口对骂。可是她们的用词，她们的语气，她们的神情，实在是太不客气了，饶是我并不是什么内向腼腆的女生，也还是觉得几乎要被讥讽得站不住脚了。

被那些小女生当众羞辱，我脸上平静，可是袖子底下的手指早已经哆嗦得不成样子了。

那个时候，被所有看笑话的人簇拥着的我，恍若看到救命稻草一般地看到了迟轩。

他就那么孑然一身地站在人群后面，置身事外似的，面无表情地看着我。

那一刻，我不知道自己是怎么了，我居然鬼使神差一般地朝他投去了求助的眼神，我居然……期望着他能帮我。

可是，没有。什么都没有。

迟轩在接收到我无助的眼神时，只微微怔了一下，然后勾起了嘴角，扯出一抹冰冷的讥笑。

他无声地朝我做了一个口型，那个口型，我看懂了。

他说："你活该。"

那一刻，我浑身一僵，呼吸都几乎顿住了。

直到那一刻，我才恍然大悟，是他……

男生们的嘲笑，女生们的堵截，乃至此时此刻几乎全校学生把我当作笑话和傻瓜围观着，都是因为他。

他是校草，他只用说一句话，这些疯狂迷恋他的女生，就不会这么让我难堪的。

他是当事人，他只用说一句话，那些眼神里写满了嘲笑，写满了鄙夷，写满了同情的男生们，都不会那么看我的。

可是，他没有。他什么都没有做。

他只是站在人群的后面，一脸冰冷地看着我。

他对我说："你活该。"

那一天，恐怕是我这辈子最最丢脸的一天了。

看到迟轩那个口型之后，我的脸色瞬间变得煞白煞白。他面色冰冷地剜了我一眼，干脆利落地转身离去了。

他走了，所以他没看到，从他离开之后，我的神情瞬间变得惨淡，绝望而又落寞。

我也不知道自己是怎么了，就在他转身的那一瞬间，我觉得自己无趣极了，也可笑极了。

他说得对。他说得对不是吗？

是我活该。明明他一脸冷漠地说着不需要我报答的，是我上杆子地追着他要偿还，我如今被嘲笑，我如今被当作笑话，都是……

都是我自找的啊！

那一天，我不知道自己是怎么面色苍白地分开了人群，我也不知道，自己是怎么对那些嘲讽的目光和话语视若未见、闻若未闻的。

我只记得，我神情恍惚地从人群中走了出去，走着走着，暴雨倾盆而下。

我没有打伞，也完全忘记了要遮掩什么，就那么失魂落魄地在暴雨中慢慢走着。

被暴雨浇得生疼无所谓，被匆匆而过的路人用看神经病一样的眼神看着也无所谓，我脑子在想着的，满满都是一句话——

迟轩他完全没有必要做到这个地步的。

他讨厌我，我知道。他恨不得立刻高考结束甩开我，我也知道的。

可是，即便是我欠他妈妈的，即便是我欠他的，可，我接近他，我亲近他，是发自内心的，是诚恳的，无论如何，他都不该这么对待我。

那一天，我被大雨浇了个透心凉。可是最凉的，却是我胸腔深处的某个地方。

我不记得自己是怎么浑身湿透地回到了家，我也不记得自己是怎么穿过有迟轩存在的客厅，走进自己的房间的。

我只记得，那一场大雨，还有那一天的遭遇，让我足足病了一个星期。

我旷了一周的课，在医院里住了七天，每一天都在挂点滴。导师找我例行谈话我错过了，毕业论文的选题和开题报告我也错过了，一周后，我瘦了足足一圈，却不敢有丝毫的懈怠，马不停蹄地开始了论文主题的确立。

我很忙，忙到完全没有时间去回想病倒之前那一天发生的事情，更不要说去学校接迟轩了。

我想，我生病的这些日子里，终于不再去打扰他，他一定很开心吧。

那几天，我忙着搜集资料，忙着确立主题，完全无暇顾及其他的事。为了方便随时找老师商议，我暂时住在了同学的宿舍里，没有回在外面租的那个房子。

却不想，我竟然接到了迟轩班主任的电话，说是他在学校和人打架了。

电话里，班主任的语气很是严肃和无奈。

"迟轩是个从来都不打架的好学生，这次却差点儿把邻班的同学打到住院的地步，还死活都不肯道歉和认错，实在是太让老师吃惊了。现在被打的那个学生家里揪着这件事情不放，非要学校对迟轩进行惩罚处理，他这么一直死撑着不道歉，也不解释，我就是想维护他，怕是也……"说到这里，她话锋一转，言语间多了几分命令的口吻，"你是他姐姐对吧？这样，你尽快来学校一趟，没准儿你的话他会听的。"

老师错了，这世上迟轩可能会听任何人的话，却绝不包括我。

只是，迟轩的学校，我最终还是去了。

听不听我的话是他的事情，但是做不做，就是我的事情了。

并不是我的心理作用，当我再次来到迟轩的学校，路过的每一个人，都对我指指点点。

他们毫不掩饰，以至于我断断续续地几乎都能听到那些议论声。

一个女生探头探脑地看了我一眼，然后对身旁的人说："那个不是总在校门口等校草的女生吗？全校的人都知道校草不喜欢她，她怎么还好意思来呀。"

另一个女生也很困惑，想了想，忽然恍然大悟似的回答："是因为迟轩打架的事情吗？"

马上有另外一个女生插嘴："校草打架的事情你也听说了？哎，说起来真是头疼啊，林铮是好惹的吗？他老爸可是林氏企业的老总啊。"然后她瞥我一眼，一脸不屑，"不就是一个狂追校草的女生吗，她能有什么办法？"

第四个女生立刻附和："校草最近是怎么了啊，不管训导主任怎么问他他都不说，而且这些天在路上碰到他都觉得好可怕！"

"是啊是啊，好像自打那天校门口事件之后，他整个人就变得好冷淡好沉默，校花跟他说话都不理哪！"

"到底他为什么会和林铮打架啊？他们两个，以前好像关系还不错啊。"

"就是没人知道具体原因，所以老师才没法处理啊。听说好像林铮说了什么不该说的吧，校草就火了……"

她们后面又说了什么，我听不到了。但是到了迟轩班主任的办公室里,我所听到的,几乎是一模一样的一段话。

没有人知道,迟轩究竟为什么要跟人打架。

最棘手的是,迟轩什么都不肯说。如今只有被打的那一方单方面在追究责任,对迟轩而言,状况自然是很不利的。

迟轩的班主任是个一看就很干练的女人,她没有对我绕圈子,开门见山地表明了自己的态度。

"我一直都很喜欢迟轩这个学生,马上就要高考了,怎么也不能真让他被学校给退学。关键是他什么解释都没有,我就是想跟校长求情,都不知道该怎么开口了。"

我沉默了一会儿,然后抬起头看向她。

我说:"我去找他谈谈吧。"

抱着试试看的想法,我去见了迟轩。

十几天没见,他并没有什么变化,见到我的时候,依旧是那张万年不变的冰山脸,只不过那双眼睛却直直地盯着我的脸看了好久,然后冷笑了一声,移开了视线。

我知道他不想看到我,所以长话短说:"不想影响高考的话,还是对老师解释一下吧。"

他看了我一眼,又冷笑一声,转身就要走。

"迟轩!"我提高声调,有些急了。

他的脚步顿了一下,转过脸来,面无表情地看着我:"不是不想管我了吗?来这里做什么?"

我愣了,我什么时候不管他了?

"明明是——"

我话没说完,就被他冷冷的一句话给打断了。

"还有二十天就高考,我们的约定,你别忘了。"

扔下这句话,他头也不回地走了。

"
Chapter 2
你的心里有道墙
"

我对迟轩的班主任说："您千万不能让迟轩退学，您给我三天的时间，我……我来想办法！"

我能想得出狗屁办法。

那些女生说得不错，我不过是一个"狂追校草的女生"，除了脸皮厚些，能想得出哪门子的办法？

不过，他们说，四班的林铮……

我若有所思地摸了摸下巴。

既然是和迟轩打架的，那对方肯定就是男孩子吧？

他是男孩子，我又脸皮厚……

想到这里，我先前空洞茫然的眼睛忽然间变得炯炯有神了。

馊主意也算是主意啊！我激动得几乎失声叫出来，眼瞅着周围人来人往，只好紧紧攥了攥拳头，将浑身上下熊熊燃烧的激情生生按下。

"拼了！"

我憋着声音，双眼直冒红光，斗志昂扬地对自己说。

一路如女战神附体，我风风火火地冲回了家，翻箱倒柜地找出了一套白衬衫格子裙换上，冲到镜子前面照了照，然后就咧嘴笑了。

不错嘛江乔诺，挺青葱的啊。

只是，青葱远远不够，我要的是青春可人。

为了追求完美，我特意把常年披散下来的直发扎成了高高的马尾，眼光扫到梳妆盒的角落，发现那里孤零零地躺着一个超幼稚的皮卡丘发卡，牙一咬，拿起来就别脑门儿上去了。

高中生要背双肩包，我翻箱倒柜找书包！

高中生要穿白色球鞋，我飞奔鞋架找球鞋！

高中生要靓丽逼人，我可以化淡妆！

我雀跃着，激动着，神经质着，终于把自己捣鼓得像模像样了。对着镜子一照，我当场竖眉就道："谁家姑娘这么水灵啊！"

……

又对镜照了N遍，再照下去他们就要放学了，我抄起书包背上，风风火火地出门了。

等车的时候，只觉周围的人都在看我，我偷偷欢喜着，姐果然还是有魅力的。

这么一想，我又忍不住有些害羞，于是我低下头，羞涩地抱紧了怀里的书包。

这么一抱不打紧，我顿时发现，自己书包是空的。

高中生背着一个空书包上什么学？！

为追求逼真，我颠颠儿地跑到一旁的报亭去买了几本青春杂志，刚好公交车来了，我没仔细看，接过找的零钱抓着书就跑了。

车上，两个看起来比青葱版的我还要青葱的小女生一直在偷偷瞄我，我察觉到之后就挺了挺胸，看什么看，你们是小萝莉，咱也是啊！可我挺完胸，她们还在看我，我就恶狠狠地转头朝她们看了一眼。

俩小女生一颤，脸顿时就发白了。一看这场景，我更加狐疑，往她俩身边逼近了些，压低声问："你们俩看什么呢？"出门前我照过好多遍镜子的，没问题啊。

两人齐齐摇头："没，没什么……"

一见她们目光躲闪，我的眼神变得凶狠了些，几乎一字一句道："到底看什么呢？"

想来我骨子里还是不够萝莉的，我那么一压低嗓门，俩女生顿时就紧张了，她们俩对视了一眼，然后颤抖地抬起手来，指了指我的头。

"在……在看……你……你那发卡……"

一听这话，我霍地抬起了脑袋，我发卡怎么了？我发卡有碍观瞻了吗？我发卡是无敌可爱的皮卡丘！

不知我为何会突然怒目而视，小女生缩了缩手："你……你发卡上的皮卡丘……快掉了……"

我抬起爪子将发卡抓下来，顿时就窘了。难怪刚才等车的时候大家都看我，皮卡丘藕断丝连地在我脑门儿上摇摆的场景，确实值得一看……车刚到站，我就后面有狼追似的火速下了车，窗口传来那俩女生殷切的嘱咐："同学，记得把它扔了啊！"

我……恨不得把自己扔了算了！

我就这么丢人现眼地往前走了几步，迟轩的学校到了。想起正事，我不敢懈怠，随手把杂志塞进了书包里，小跑着冲进了学校。

我到的时候很不巧，刚好下午放学。没头苍蝇似的走了一阵，我随手抓住一个学生问："高三四班在哪儿？"

那个满脸青春痘的男生怔了一下，然后瞥了我一眼，姿态傲慢地说："你也是找林铮的吧？"

我皱眉："你怎么知道？"

痘痘男生冷哼："花痴的女生，我见得多了。"

我看了一眼他脸上密集覆盖的痘痘，决定不就他这句话发表看法，我说："那你知道他在哪儿吗？"

"四班今天有篮球赛，肯定是在操场上呗。"

"操场在哪儿？"

"实验楼后面啊。"

"实验楼在哪儿？"

痘痘男生一听我这个花痴居然是大老远来的，表情顿时更加鄙夷了，他摆出一副我很忙的表情，转身就走："你问别人去吧。"

这是歧视花痴的节奏吗？！

我今天肯定是流年不利，先是车上被鄙视，再是校园里被鄙视，等到我终于问清了路，杀到操场上的时候，篮球赛已然结束，只剩下几个稀稀落落在打扫场地的人了。

一看这场景，跑得气喘吁吁的我顿时就崩溃了。我伸手扶住一旁的树，迎风泪如雨下，心想：迟轩你对得起我吗？你对得起我吗？

为了你，我可是把悉心呵护了二十多年的老脸一次性丢光了啊！

经过这一天，我可算是知道了——这世上从来就没有什么"最倒霉的事"，只有"更倒霉的事"。

我垂头丧气，像是被打败了的公鸡，有气无力地挤在拥挤的人群中颠簸地到了站。结果我刚刚从公交车上下来，天空一道惊雷闪过，暴雨倾盆而下。

我的衣服湿透了，淡妆全花了，马尾变成了一绺，裙子紧紧贴到腿上了。

我拖着疲惫不堪也狼狈不堪的身子回到家，一进门，恰好撞上迟轩从浴室里出来，湿湿的头发正滴滴答答地往下滴着水。

我也滴水。

不过我滴的是雨水，而且丝毫没有他那种美男出浴的惊艳感觉。

像是没料到我会突然出现，更没料到我会以这副姿态出现似的，瞧见我时，迟轩正擦头发的那只手，顿时就僵住了。

我朝他抬了一下手，有气无力地嘿了一声，意思是说，你别惊讶，我今晚住这儿。

可是直到我和他擦肩而过，快要走到卧室了，他惊诧的目光还停留在我的身上，久久都没有移开。

我转过脸，问他："怎么了？"

他没说话，又看了我几眼，意味不明地扯了扯嘴角，像是在笑。可是那抹笑还没彻底绽开呢，他就又绷了脸，拔腿就走了。

我进了房间，才知道他为什么会那么看我——我今天的装束，确实挺让人虎躯一震、耳目一新的。而我淋了雨之后的装束，就更值得人虎躯一震后二震，耳目一新后再新了。可惜的是，我淋雨之前那番挺青春逼人的形象，所有不该看到的人都见到了，唯独我最想要他见到的那位——林同学，偏偏没见着。

功败垂成啊。

洗了澡，换了正常的衣服，我擦着头发去敲迟轩的门。

他打开门，看着我，眼睛好像特意往我身上扫了一下。

下一秒，他的眼中极难察觉地闪过了一丝笑，然后迅速恢复常色，漠然地说："怎么了？"

他的表情很漠然，声音也很漠然，眼睛却紧紧地盯着我，那副神情，在我看来，竟好像是在隐隐期待着什么似的。

他期待什么？我困惑不解。

我发誓，我本来准备问他有没有吃饭，可是听到他声音那么冷，突然间我就想起了我俩先前不愉快的事情，心里有点堵，到了嘴边的关心顿时转成了很客套的一句话。

"你还是不准备跟老师解释吗？"

他皱了皱眉，眼中很快地闪过一丝失望，然后瞬间冷了一张脸："我的事不用你管。"

我被噎得不轻。

他撩起眼皮看我一眼，冷冷地说："还有事吗？"

"没了！"我愤怒地咬牙，转身就走。

不用我管！不用我管！不是欠你妈妈一条命，你以为以你那副破性格老娘稀罕管啊？！臭小子！今天白白因为你丢人了！

我又气又窝火，加上今天的经历实在是九曲十八弯，什么东西都没吃，倒头就睡了。气怒交加之下，想睡好没那么容易，睡到半夜，我开始觉得热，便迷迷糊糊地把身上的被子踢了。没过多久，我又觉得冷，眼都没睁地把被子扯过来盖上，居然还是冷得不行。

我的第一反应是——我不会是今天不知不觉中了毒吧？

下一秒，白光刺眼，我下意识地抬起手挡住了眼，手臂被人从脸上扯了下来，一道清冷的声音在我头顶响起："吃药。"

我大惊，真中毒了？我下意识地就要往被子里缩。

头顶那道声音说："你病了。"

那也不要你来解啊，啊啊啊！我再往被子里缩一缩。

清冷的声音顿了一下，然后变得有些恼火："不吃药你明天没法上课的。"

逗呢！命都没了谁还要上课？我正准备再往被子里面缩，胳膊上一紧，整个人被人从被子里拎出来了。我大惊失色，对方用强的？我下意识就要挣扎。耳畔响起一声冷笑，下一秒，我的两条手臂都被制住了。一只很漂亮的手凑到了我的嘴边，掌心有几粒药丸，男人用带着命令的口吻说："吃药。"

我愣了一下。然后……我听出这道声音来自谁了。我表情呆滞地张开嘴，表情呆滞地吞了药，表情呆滞地喝了口水，表情呆滞地把药丸咽下。

我心里想着，好丢脸啊。喂我吃药的那位，依旧顶着一张冰山脸，他一言不发地把我塞进了被窝里。事已至此，我能做什么？唯有闭眼装死了。

第二天，我神清气爽，只记得昨晚好像做了个迷糊的梦，一觉醒来，什么低落啊懊恼啊暴走啊之类的情绪早已烟消云散，只剩下满腔的斗志，又重新熊熊燃烧了起来。

我起床的时候，迟轩已经走了，我乐颠颠地跑去洗脸刷牙，然后，就开始了返老还童的装扮大业。昨天那套衣服淋湿了，我只好换一套，白色T恤配天蓝色修身九分牛仔背带裤，头发披散下来，刘海儿用发卡别上去，露出额头，再穿上我刚买没多久的浅色帆布鞋——活脱脱一个十七岁的充满朝气的高中美少女呀。

对镜照了几遍，确定没有皮卡丘在脑门儿上打转儿，我很满意，抄起书包就出门了。一路很平和地到了迟轩的学校，我心想，不错，看来今天诸事皆宜。

接下来，就是在哪儿等着围追堵截林铮的问题了。

我到学校的时候，刚好是课间休息时间，这次我学乖了，没抓着男生问，扯了一个一看就很乖巧、很本分的女孩子，询问了一下四班的位置所在。

四班在走廊的尽头，旁边就是一个小阳台，还有一节课就放学了，我决定看一节课的风景来打发时间。于是我穿过走廊上三五交谈的人群，往阳台方向前进。

却没想到，我刚把爪子搭上阳台的门，就听见里面传来低低的啜泣声。我动作一顿。

一个带着哭腔的女声传了出来："我……我真的很喜欢你！"

我一僵，下一秒，兽血沸腾了起来。

她……她是在告白！

有八卦不听的人，是傻子。

回头瞅了瞅身后的人，都各自在聊着，根本没注意这里，于是我默默地在心底对表白者说了句抱歉，不着痕迹地调整了一下站立的姿势，将耳朵尽可能贴近阳台的门。

我没有偷听癖，真的。

我就是想听听她是怎么说的，待会儿面对林铮的时候好借鉴一下。

我调整姿势的时候，也不知道男生说什么了，等我再听的时候，就听到那个女生很激动地说："你根本就没有喜欢的人，我知道！"

"你……你其实也喜欢我的，只是你不好意思说！"

我一听这话,忍不住皱了皱眉,心想:姐们儿,前后两句自相矛盾我就不说了,可你这是表白,不是要撕票啊。

果不其然,男生什么都没有说,现场气氛顿时就有些尴尬了。

我默默地在心里为女生点了根蜡,同时也默默地记下了,待会儿绝对不能这么对林铮说。

女生浑然不觉尴尬,独角戏还演得挺来劲儿的,相信我,她的语气真的一点儿都不像是在表白,反倒像是在发表演说。

"我们从高一的时候就是一个班,到现在已经三年了,整整三年,我对你有感觉你是知道的,你对我怎么可能没一点感觉?"

男生依旧没说话。反倒是我,痛心疾首地摇了摇头,闭上眼,深深地叹了口气。

这又不是质量守恒定律,我喜欢一个人整整四年,他不是照样不喜欢我?

嗯,我记下了,也不能这么说。

"你别拿自己感情淡漠这句话来搪塞我!前几天有个女生死皮赖脸地追你,你看起来挺不耐烦的,可其实一到快下课你就往窗外看,难道不是在看她来没来吗?"

我窘了。这女生真的挺全才的,不仅知道推己及人,还知道旁征博引。

"你别走!"

脚步声响了起来,我料想是那男生不耐烦了要走,女生跑过去抓住了他的胳膊。

"你今天把话给我说清楚,我堂堂一届校花,怎么就入不了你的眼了?你和阿铮打架的事别人不清楚,我可是清楚的!不就是他喝醉了损了几句等你的那个女生吗?她确实是既没长相又没脸,她确实是个怪大姐,明明说的是实话,你至于那么生气吗?"

咦,这竟然还是个三角恋?剧情有一点复杂,我正脑袋里绕麻花,这个时候,男生终于说了一句话,语气特别冷,隔着门板我都忍不住浑身一颤。

他说："放开。"

女生声音提高："偏不放！"

男生冷笑了一声，然后就是衣料的摩挲声，料想是那个男生在挣脱女生的胳膊。

再然后，我就听到那个女生带着哭腔喊："迟轩！你今天要是敢丢下我一个人走，我……我就再也不喜欢你了！"

迟迟迟迟……迟轩？！

我被她最开始喊出口的那两个字镇住，石化了似的僵在外面。

就在这个时候，阳台的门忽然被人从里面一把扯开，整个身子都贴在门上的我突然间失去了重心，直接就摔到了阳台里面。

我这一摔，着实惊到了里面那两个人，欲走的男生顿时脚步一顿，而那个女生，则是干脆尖叫了起来。

我绝望地闭了闭眼。

我真丢脸。

咚的一声闷响，重重着陆，我的第一反应不是站起身，而是火速埋起了脸。

我用眼角余光一看，一双黑色的帆布鞋停在了我的眼前，我掩耳盗铃地赶紧闭上了眼，还垂死挣扎地偏了偏脑袋，希望这张脸不要被他看见。

头顶响起一声冷笑，我的身子应声一颤。

完了完了！

我趴在地上，心跳如擂鼓，满脑子都是大问号。

他认出我了吗？

我这身衣服他见过吗？

我要站起来吗？

他会直接杀了我这个偷听狂，还是先羞辱一番再送我上西天？

那双帆布鞋一直停在我的面前，我觉得我的心都要跳出嗓子眼儿了。

天杀的，就在短短几秒钟内，我进行了无数次的天人交战，却硬是拿不出一个解决办法来。

最后，就在我牙一咬心一横，想着十八年后老娘又是一条好汉，准备站起来的那一瞬，那双帆布鞋突然转了方向，毫不停留地走了。

哦耶！

劫后余生，我诈尸一般猛地抬起了脑袋，望着迟轩离去的背影，几乎要喜极而泣了。

就在这个时候，一张带了泪痕的脸出现在我面前，她愣愣地看着我，然后越看眉毛就皱得越紧。

"你……你是……那个既没姿色又没脸的怪姐姐！"

我露出一抹很谦逊的笑容："你认错人了，呵呵呵——"

你才既没姿色又没脸，你全家都既没姿色又没脸！

一场偷听下来，我虽然摔破了嘴角，但是居然有些意外的收获。

据那个说话很不招人待见的校花说，迟轩是因为林铮损了我，所以才跟他动起了手来。当时迟轩没表态，我还真不好确定事情究竟是不是这样，可是不管如何，我都得去找林铮谈一谈了。

而且，是彻底改变我原来的作战方略，"好好"地谈一谈。

别的事情我做不好，但是守株待兔很简单。一下课，四班老师刚走，我就冲到了门口，一嗓子吼了出去："林铮是谁？出来一下！"

四班全体学生顿时被镇住，齐齐用见鬼了的神情看着我。

我不卑不亢地站着，以为他们是没听懂，又重复了一遍："林铮。我要见林铮！"

众人这才大梦初醒，齐刷刷全部转头看向教室最后一排。

我顺着他们的视线看过去，就看到了一个个子很高的男生，他染了黄黄的头发，五官很好看，左耳上戴了一颗耳钉，绝对算得上是帅哥一个。

可是此时此刻，帅哥一副很不爽的表情，站在那里，皱着眉毛看着我的脸。

我穿过一排排桌椅，硬着头皮走过去："你是林铮？"

他比我高了足足一个头，就那么居高临下地看着我的脸，很不悦地点点头："对。"

身高太有压迫感，我咽了一下口水，然后不知死活地说了一句："哦，好，你跟我出来。"

然后不等他反应，我拔腿就往外走。

帅哥和我一起站在小阳台上时，他倚着栏杆，很轻蔑地看着我："来告白？你这告白方式，可真够独特的。"

他的语气很轻蔑，可是眼睛里面，却含着笑意。

我没计较他的自恋，抬起手指着自己的脸，认真地问："认识我吗？"

他哂笑："不认识。"然后看我一眼，笑意轻佻，"不过，今天你来这么一出……以后想要忘了，怕是都难。"

我没笑，依旧指着自己的脸："这是什么？"

他愣了。

我说："这是脸。"

他还是没反应过来。

我还是指着自己的脸："很难看吗？"

他大概完全把我当作一个疯子了，脸上的不屑渐渐变成了错愕："说什么呢？"

我往他身边逼近一步："我很丑吗？"

所以说，我其实还是很有御姐气质的，我的这几句话，成功地让帅哥再也不敢不屑了，甚至脸色略微发白。

他怔怔地看了我好几眼，然后恍然大悟："哦哦，你是那个怪姐——"

话没说完，我一脚踢在他的小腿上面，皮笑肉不笑地说："别乱叫，我没你这个不孝弟弟。"

他龇牙咧嘴地吸了一口气，眉毛又拧了起来。

我仰着脸看着他，笑意盈盈地说："怎么，疼啦？侮辱一个根本不认识的女生的长相呢，更没品吧？"

我抬起手抚着胸口，皱着眉毛，很做作地说："我说前几天怎么心口疼呢，原来，是被人骂啊……"

帅哥虽然是帅哥，可到底还只是个十八岁的孩子，眼看着躺着都中枪的被侮辱对象找上门了，他像是有些不知所措，那张俊脸一会红一会白，居然不知道该说什么才好了。

我看了他一眼，心头好笑，脸却是绷着："说吧，怎么补偿我。"

他怔住："补……补偿什么？"

我叹了口气，幽幽地说："被人骂长得丑，肯定会不开心啊，我一不开心，就会想要多吃的，一多吃肯定会变胖啊，变胖当然就更丑了。"

说到这里，我理所当然地摊了摊手："为了避免我变得更丑再被人骂……你请我吃饭吧。"

学校食堂里，坐在我对面的帅哥没怎么吃东西，一直在若有所思地盯着我。

我真怕他审美疲劳，就抬起头看了他一眼："你不饿啊？"

他立刻收回视线，摇摇头。半晌，他欲言又止："你今天来找我……是因为迟轩吗？"

我正吸着可乐，闻言，果断摇头否认："为我自己正名来着。"

他立刻就笑了："你是长得不丑，可也不是什么天仙，至于为了这事跑来吗？"

我点点头："我不光今天跑来了，昨天为了你还淋雨淋得发烧了。"

他的眼神忽然亮了一下，像是有些高兴："你昨天也来找我啦？"

我不明白他高兴个什么劲，很平静地说："对啊，昨天就想揍你来着。"

他难得的笑脸，瞬间就垮了。

一起回教学楼的路上，我问帅哥："迟轩干吗打你啊，就为了你那句话？"

他脚步一顿，不肯往前走了。

只见他一副"我就知道你是因为他"才来的表情，抿了嘴唇，有些不悦地看着我。

我叹了口气："你那么说我，不管他打不打你，我都得来找你讨说法，可他要真是因为你说我才打的，眼看着都要被学校开除了，我总不能不管不问吧？"

帅哥闷了好一会儿，然后才闷声闷气地说："他不会被开除的。"

我说："啊？"

帅哥抬起脸："昨天他小姨来了，校长那边已经说好了。"

摔！那我今天来干什么！

该死的迟轩！昨晚问他的时候，他就不能说一句没事了让我放心吗？！

我怒气冲冲地转头就走，帅哥快步追了上来，脸色有些不自然："你们俩什么关系啊？"

我正恼着，脱口而出："没关系！"

帅哥困惑："那我说你几句他就打我，抽风啊。"

我说："可不是吗！"

帅哥步步紧逼："校花说他喜欢你，不会……真是吧？"

我说："啊？"

话音刚落，我脚下明明没有石头，却平地绊了一下。

我又摔了。

自那之后，我和迟轩之间的关系变得古怪了起来，明明两人能够在同一个屋檐之下生活，可是他不跟我说话，我也懒得去找他。

不过，他和帅哥打架的事情好不容易摆平了，班主任却心有余悸地对我说："你读研是吧？要是课不紧的话，还是每天都来接他吧。我看你接他那段时间，就没这些事。"

离高考还有二十天，接就接吧。

就这样，顶着那些男孩子或鄙夷，或嘲笑，或同情，或暧昧的目光，顶着迟轩那张万年不变的冰山脸，顶着林帅哥一看到我出现先是惊喜再是委屈的怨妇脸，我重新开始了日日接迟轩放学回家的生活。

还是和从前一样，我们俩并肩走，隔着好几步的距离，谁也不跟谁说话。

有时，看着地面上被落日照出来的影子，我会想，也许，我们真的会像他说的那样吧？

度过了这二十多天，他考上了一所不错的大学，然后我们分道扬镳，回归之前谁也不认识谁的生活，再也不会一起走了。

想到这里的时候，也不知是怎么了，我居然莫名其妙地觉得心里有些空落落的。

这样的日子一直持续，直到有一天，我实在被研究生部学生会的事情拖得走不开，去学校接他整整比往日晚了两个小时。

就是在那一天，我们的关系，出现了微妙却又诡异的转变。

我一直记得，那天是六月四日。

按每年的惯例，高三的学生都是要放假两天在家休整，以备七号和八号的考试的。我当然知道这一点，心想着无论如何要早些去接他，可是那天学生会的事务反常的多，实在脱不了身。

等到终于可以离开，我便骑了车立即赶过去。

难得我迟到，本以为他必定会趁机和朋友一起去喝酒狂欢，最好的情况，也不过是如愿以偿地不再被我纠缠，自己回家了。

没想到，我匆匆忙忙地骑车赶到学校时，竟然看到他一个人倚着墙壁站着，明明之前还在朝远处张望，却在看到我那一秒，急忙收回了眼神，刻意装作百无聊赖的样子。

那一秒，我忽然想到了好多天之前做偷听狂时听到的那句话："前几天有个女生死皮赖脸地追你，你看起来挺不耐烦的，可其实一到快下课你就往窗外看，难道不是在看她来没来吗？”

之前的那些话，和此时他张望的场景渐渐重合，那一瞬，我矫情地觉得，自己的心脏像是被什么给击中了。

映在我眼里的他，明明长身玉立，却显得更加孤单落寞，没来由地让我内心柔软了下来。

我忽然觉得，也许这一个月来，我给他带来的，不只是厌烦而已吧？

即使是如今回想起来，我也觉得，那一天，迟轩的反应实在太过诡异了。

见我气喘吁吁地出现，他先是盯着我看了几眼，然后嘴角一挑，勾出我早就习惯了的那抹冷笑，一点都不积口德地说：“我还以为，你又遇到车祸了。”

我这会儿心情正好，也就没跟他计较，看到他搁在脚边的一个大大的书包，拍了拍自行车的后座，对他招呼道：“来吧，姐姐今天载你回家。”

他冷哼一声，俯下身子拎起了包，一边朝我走过来，一边面无表情地说：“带我一起往车上撞吗？”

我还没来得及反驳，他已经伸过一只手来扶住车把，另一只手却把我推开，言简意赅地说：“去后面坐着。”

我完全没有想到，贵公子一样的他，居然能把我们这种普通人才会用到的交通工具骑得那么好。

或许是听多了我的赞叹，他有些得意忘形，等到转过一个转角遇到一个下坡时，他居然不要命地把双手一起从车把上撤去了，吓得坐在后座上原本抱紧书包的我顿时尖叫了起来。

辱骂与哀求轮番上阵，却都没有用，我慌得几乎要哭了。

这时，他微微侧过脸来，冷然动听的嗓音裹着微风卷入我的耳朵：“你笨啊，抱住我的腰。”

我吓坏了，哪里顾得上多想，赶紧遵命去做。

下一秒就发现，当我的手环上他的腰那一秒，他那被干净的夏季校服盖住了的腹腔，微微动了一下。

他应该在笑。

也不知到底是怎么了，明明只是一抹连声音都未曾发出的笑，却让我的脸瞬间像是着了火，红得一塌糊涂。

他的眼角余光不知怎么扫到了，冷哼了一声，双手终于规规矩矩地归位，放缓了车速。

接下来，就是高考。

高考那两天，我这个旁观者居然比要上战场的他还要紧张。两天的考试，我觉得漫长得像是两年。

每一天考完，他都会给我打电话——虽然我也觉得尴尬，但是不得不承认，自从他骑车载我回家那天之后，我们的关系的确变得好了许多——他在电话那端平静淡定，我在电话这边啰啰唆唆。

到了该报志愿的时候，他忽然间又恢复了之前对我的冷漠态度，完全不允许摩拳擦掌、跃跃欲试的我进行任何参谋和指导。

我又恼又气，不明白他之前那几天态度明明已经变好了，怎么突然之间又变回了最初那副疏离隔绝的样子。

我有好几次想要找他理论，却被他直接拒之门外。

就这样，我气恼，他疏离，这种情况僵持了许久，直到……

直到他收到了录取通知书，我才知道，他报的志愿，竟然就是我所在的学校。

——N大。

就是这样的迟轩。

就是这样终于渐渐地和我熟络了起来的迟轩。

就是这样自己对我冷颜冷面，却因为别人羞辱了我几句而对人挥拳相向的迟轩。

就是这样一口一句"高考之后我们再也不要见面"却报了我所在学校

的迟轩。

就是他，刚上大学不久，居然扬着眉，一脸无所谓地对我说，他女朋友怀孕了，要回来找我拿钱。

我原本混沌的大脑瞬间惊醒——难道……女朋友怀孕什么的，只是他随口说的用来气我的借口？

这么一想，我突然间就有些不安起来。

毕竟已经是晚上了，他一个人跑出去，还带着一肚子的气，如果出了什么事，我真的会愧疚一辈子。

我赶紧抓过手机，没想到，打他手机，竟然无人接听。

"好吧。"

我拍了拍自己的脸，起身去换外出的衣服，刚走一步就不小心被地上的拼图绊住，险些摔倒，不由得撇嘴嘟囔："谁让我欠你的。"

穿戴整齐之后，我看了看表，此刻是十一点半。

半夜三更的，早就过了末班车的时间，考虑到步行的长途跋涉性，我果断决定启动座驾——自行车。

临出发，我不死心地又给他打了一个电话，一如既往地无人接听。

猜都猜得出来，我们俩刚吵过架，即使看到了，他也会装作没看到的。只是，我还是发了一条短信给他，我说要去学校找他，让他看到短信给我回个电话。

二十多分钟后，我气喘吁吁地赶到了大一新生的宿舍楼下。

我大学四年就是在N大上的，当然清楚N大的本科生宿舍一直贯彻着十一点熄灯，十一点半公寓楼落锁的变态习惯。可我没想到的是，我只是晚了十几分钟，楼下的宿管阿姨就摆出了一副绝不通融的嘴脸。

毕竟有求于人，我只好耐心解释："是这样的阿姨，我也是这所学校的学生，今年研二。我弟弟住在这栋公寓，我一直联系不上他，所以想看看他在不在这里。"

烫了鬈发的阿姨大半夜被我吵醒，明显带着怒气："那也不行！学校是有规定的，说是十一点半落锁那就绝对不许人进来，再说了，哪有小姑娘进男生宿舍的道理？你要是着急就想别的办法，不急就回家睡觉去！"

我哭笑不得："您就帮帮我——"

"我没那工夫！"

鬈发阿姨不容置喙地甩给我那么一句话，转身就噼里啪啦地回自己屋继续睡觉去了。

我吃了个大瘪，却又无处发作，怅然若失地在男生公寓门前站了片刻，却也无计可施，只得有气无力地转身离开。

我没想到，推着自行车走了没多远，居然会在此时此刻本该没有什么人出没的校园里，碰到一道再熟悉不过的身影。

那道身影，我曾经注视了整整四年。而此时此刻，他就站在几步开外的昏黄路灯下，正面色复杂地看着我的脸。

我紧紧地攥着车把，愣愣地站着，居然有些不敢上前。

何嘉言。

见到迎面而来的我，何嘉言的惊讶并不比我的少。

毕竟，这是自打他和别人在一起之后，我躲了他足足三个月之久，我们的第一次会面。

在看到我身边还有一辆自行车时，他清隽眉眼里的诧异，更是完全遮盖不住了。

我注意到他抱了一满怀的书，明白他是刚从图书馆回来——N大图书馆彻夜不闭，恐怕也就这一点，能让人稍觉欣慰了——于是我勉强挤出了一抹算得上是明媚的笑容，寒暄道："学到这么晚？"

"嗯。"似乎是没料到我会同他说话，他的眼睛亮了亮，有掩不住的惊喜。他很快地点了点头，脱口而出："你这是……"

我故作轻松地耸了耸肩，顺口编出撒谎的话："我也刚从图书馆出来，这不，正准备骑车回住的地方。"

我自认和何嘉言没什么更多的话要说了，正准备开溜，却没想到，他盯着我看了片刻之后，嘴角微微抿住，低低地说了一句："你说谎。"

我刚刚动了动的身形，瞬间顿住，心底因为他那句嗓音低沉却又百转千回的"你说谎"而怦怦直跳，却努力控制着自己，千万不要抬头去看他的脸。

我这人一向这样，不知道该如何应对时，只好以沉默来应万变。比如此时此刻，我就抿紧了嘴巴，不说话，只认真摆出低眉顺眼的模样。

果然，几分钟后，他终于不再等我解释，反倒重新起了一个新的话茬。

"我好久没见你了。"

他的声音很轻，裹着夜风，传入我的耳朵里有一种说不出的好听。像是在斟酌着措辞，他有些犹豫地说："这几个月……你好像一直都很忙。"

他不说这句话倒还好，一提这句，我也想起了我们如今的关系早已不同往日，不由得淡了心绪，连我本来想要装出的满不在乎的姿态都懒得营造了，索性淡淡地说："我最近一直有事，谢谢你关心。"

我前后骤然转变的态度，让他清秀的面庞瞬间微微涨红。他犹豫了几秒后，眼神复杂地看着我，有些着急地说："乔诺，关于谈嫣的那件事，我一直想对你解释……"

听他提起这些，我的心底泛起了苦涩，面上却努力淡淡一笑，开口打断他的话："现在很晚了何同学，我明天还要早起上课，先回去了。"

擦肩而过的那一秒，我清清楚楚地听到他低低的一声叹息。

终归是心有芥蒂，我很清楚自己不可能有出息到留给他一个潇洒决绝的背影并头也不回地离开，于是赶在自己失态之前，赶紧骑上车子铆足劲猛蹬，以求尽快离开现场。

骑车回家的一路上，夜风如刀割，宽阔的马路上空旷无人，只有我这个傻子一边笑，一边控制不住地掉眼泪。

迟轩说，我喜欢一个人整整四年，我为了那个人，特意留在N大读研，他说对了。

可是，他不知道的是，这个我喜欢了足足四年的人，原本是可以和我在一起的。

就在我全部心神都集中在他身上的那段日子，我喜欢的这个人，被和我一向敌对的女生，挖了墙脚。

我被甩了。

迟轩那么冷漠地对待我，我并不委屈，我只是懊恼自己真是蠢，我什么事情都做不好，什么人都留不了。

我真是恨死了自己这副没出息的样子，要找的人没找到，反倒遇见被别人抢走了的准男友。早知道会撞上这种情况，我今天出门前就该查查皇历，看那上面是不是写着——不宜出行。

Chapter 3

少女情怀总是诗

总之，就在这个上天屡屡与我作对的夜晚，回到家，我就瘫在了床上。

一觉睡到大清早，我被闹钟吵醒，迷迷糊糊地抓过手机才发现，迟轩根本没回我短信，更不要说回电话。

我咬牙切齿地穿衣洗漱，然后出门，嘴里义愤填膺地骂："到学校别让我抓到你！"

我今天是不得不去学校。

我本科读的是汉语言文学，也就是我们俗称的中文，所以硕士索性专门研究古代文学中的唐宋部分，导师是一个年过六旬的老头，平日里仙风道骨，对我们管教很少，于是我们这几个跟在他手下的徒弟，也颇有几分闲云野鹤的意味。

也正是因为这个，我才更有闲暇和时间，去关照迟轩他们本科生的事。

迟轩读的是法律，和我们中文同属文法学院，按照学校每年的惯例，都会从本学院的研究生部选取几个较为优秀的在读研究生，作为最新一届本科生的小辅导员，以便帮助他们更快更好地适应大学的生活。

而我，就是这些小辅导员中的一个。可惜的是，我没被分到迟轩所在的那个班。

迟轩他们班的小导……是谈嫣。

谈嫣跟何嘉言一样，和我都是本科同学，而且我和谈嫣曾经住在一个宿舍。不过，所幸天可怜见，谈嫣在成功将我的准男友拐走之后，两人双双跨了专业考了法学的研，终于不用在中文研究生部碍我的眼。

而作为本科新生的小导，其实并不是那么清闲。举一个例子来说，新生见面会那天，我只是站在讲台上做了一个简单的自我介绍，并将自己的手机号码公之于众而已，当天我的手机基本上就一直处于振动的状态——短信和电话源源不断，我光接收和回复就险些手软。

"乔诺姐姐，学校浴室开放的时间是怎么安排的？"

"小导姐姐，学校附近有什么比较大的超市吗？我想买……"

"江导姐姐……"

一条条短信看下来，我哭笑不得，这些称呼可真够让人眼花缭乱的。

不过……万幸还没人叫我江姐。

我正兀自庆幸，就看到了一条新的短信，开头两个字，赫然就是"江姐"二字。我愣了一下，然后怒气冲冲地点开，短信内容居然是问我英语四六级考试的。

我朝最后署名看了一眼，肖羽童。

肖羽童？

我记住你了。

说做就做，我当天便潜入了法学2班女生宿舍，表面上装出慰问各位新生的大姐姐形象，实则却是默不作声地对肖羽童进行了一番调查。

肖羽童，女生，法学2班文娱委员，外地生源，性格开朗活泼，相貌明丽讨喜，擅长舞台表演和主持。而她之所以会发那条称呼我为"江姐"的询问四六级考试的短信，并不是无端挑衅——她的高考英语成绩在法学

2班是第一，甩了第二名不止一条街的距离。

大概一个小时的时间，我顺利地了解到了各种基本信息，用法学2班女生的原话来说："肖羽童啊，她人超好，一点架子都没有还特爽快，乔诺姐姐一定会喜欢的！"

在这一个小时的交流时间里，班里不少女生扯着我姐姐长姐姐短地聊天，既然我的亲民形象已经建立起来了，一不做二不休，我果断决定去见识下这个肖羽童怎么"不一般"。

我没想到的是，我们的建交会那么简单。

刚刚见面，我看她露出一脸明媚的笑容，甜甜地叫我"姐姐"，心中就是一暖，再一听她妙语连珠的谈吐，更是喜欢，等到接下来无意中提起自己最喜欢的小说写手，发现我们俩的兴趣简直是完全相投，立马像是久别重逢的故人一样，连连叫着"知音知音"，与此同时两个人神情激动地握住了手。

就这样，我们从喜欢的小说聊到了喜欢的电影，还聊到了喜欢的音乐，最后，我们义无反顾地踏上了八卦各种明星的道路。

我离开她们宿舍的时候，已经是下午了，肖羽童倚着门框对我眉开眼笑地说："欢迎姐姐有空来玩。"

我点了点头，转身走了两步又转过来，义正词严地对她说："以后不许叫我江姐。"

她先是一怔，然后嘿嘿笑了起来。

走在路上，我幡然醒悟，忙乎了一天，我居然忘了找迟轩算账的事！

就在这时，口袋里的手机振动起来，我以为是他发来的消息，不由得一哼。谁想掏出手机一看，屏幕上显示的名字……竟然是"何嘉言"。

我犹豫了一下，还是点开短信查看。

果不其然，一如昨天晚上那样，这条短信的内容依旧是在表明一个中心思想——他想和我谈一谈。

谈一谈？谈什么？

谈他是怎么在我为迟妈妈离世的事情心力交瘁的时候移情别恋吗？还

是谈他是怎么轻而易举地用一句"对不起"，就将我们三四年来纯洁如风的感情毁于一旦？

我冷笑着，毫不犹豫地删了短信，果断地把他的号码拖入黑名单。

一系列动作刚刚完成，手机在掌心嗡嗡振动了起来，是学工办的电话。

我赶紧接起来，徐老师简明扼要地通知我："乔诺，本科新生迎新晚会还缺一个女主持，你是法学2班的小导又是你们研究生文艺部的部长，这个事应该难不住你吧？"

我答应着，挂了电话。走了一步就笑了起来。

肖羽童，姐姐这就给你个机会展现。

我把肖羽童的名字和各种情况都报了上去，徐老师没有异议。和他们本科学生会的文艺部长商量了一下，同样没问题。万事大吉，我给肖羽童打了个电话，告诉她这个好消息。

明朗的女生根本藏不住心事，也许是太高兴，一个劲儿地对我说着谢谢之类的话。她明明青涩却故作老成地对我说着："谢谢姐姐给我这个机会，我一定会好好表现的！"我不由得失笑。

这么单纯的孩子，多像曾经满眼只看得见美好的自己。

本来就只剩下女主持未定，如今连女主持都定了下来，各种彩排活动都可以按部就班地开始了。

就在肖羽童喜滋滋地琢磨着该穿什么礼服、该准备怎样的演说词时，居然半路杀出了一个程咬金——谈嫣。

我完全没料到，谈嫣竟然会干涉此事。

我不是公私不分的人，更不会把对她的私愤用到这里。她虽说是法学一班的小导，却不过是我们研究生部的外联部部长而已，按道理来说，迎新晚会主持人人选的择定，和她基本上是八竿子都打不着的关系。

于是，在徐老师紧急召集几个班小导开的那个短会上，我的态度十分坚决："我觉得法学二班的肖羽童是很合适的人选，徐老师也知道，她在高中期间就已经是他们学校里出了名的主持人，能力和台风一定没有问题。"

谈嫣毫不给我面子地冷笑一声："高中期间？我本科的时候还是主持天后呢！凭什么不让我上？"

我这才恍然大悟，谈嫣之所以会在肖羽童做女主持这件事上横加阻拦，并不只是和我作对，更因为她自己想做这个女主持！

明白了这一点，我也笑了："你是不是主持天后我不管，但我必须提醒你，迎新晚会是为大一新生办的，我们已经是研二的老人了，和他们争这些个机会，似乎不大合适。"

谈嫣化了浓妆的眉眼格外妖娆，她恶狠狠地盯着我看了半晌，然后极其刻薄地说："江乔诺，别以为我不知道你打什么算盘呢。不就是那天何嘉言会去看吗？你怕他见我在台上太耀眼，衬托得你更像丑小鸭吧？"

这就是谈嫣。

她的名字自然是取谈笑嫣然之意，可这个人刻薄的口舌和笑容，却绝对和嫣然二字没有半分的关联。

谈嫣的话锋芒太露，以至于徐老师和另几个班的小导都用一种复杂的眼神看我，我按捺着心底那股想要骂回去的强烈冲动，微微一笑，无比平静地回道："随你怎么想，只是，你就是不能上。"

徐老师只是学工办的实习老师，年龄比我们大不了几岁，又因为他和我以及谈嫣都比较熟，所以也不好太过直接地训斥我们，只是客套地劝了一下，然后说这事稍后再议，就宣布散会了。

在走廊里擦肩而过的时候，谈嫣不无得意地朝我挑衅："嘉言说，那天看到你了。"

我眉目沉静，不动声色。

她便进一步炫耀了起来："你瞧，他连这个都对我说，可见他对你早就没感觉了。我劝你啊江乔诺，早早死了把他追回去的心吧！"

我在心底冷笑，我什么时候说要把何嘉言追回来了？

"被别人抢走的男人，我不稀罕。"我抬起眼皮看了谈嫣一眼，说完就走。忽地又想起一件事,脚步顿了一下,我转头对谈嫣说:"差点忘了告诉你,肖羽童是个好孩子,我绝不会让她像我一样——被你这种人祸害。"

谈嫣秀丽的眉毛霎时挑了起来,看她想要反驳,我冷笑一声,懒得听她多说,大步离开。

走出了第五教学楼,我深深地呼了一口气,好不容易整理好情绪,就看到几步外肖羽童正笑意盈盈地看着我。

"有事?"我收起心底的烦躁,笑了笑,朝她走过去。

她点点头,欲言又止地开口:"我听说……一班的小导好像不大支持我做女主持,姐姐你应该很为难吧?"

我抬眼看了一下略显苍茫的天色,不答反问:"你待会儿有课吗?"

不懂我为什么要转移话题,她脸色迷茫,却乖巧地摇了摇头。

我笑:"陪我去操场坐会儿吧。"

并肩坐在操场观礼台的台阶上,我给出了谈嫣不支持肖羽童做女主持的理由。

"我和谈嫣本科的时候是室友,因为脾气不对,又加上在学习和工作中各种各样的矛盾,所以关系越来越差。她不支持你,并不是因为针对你,而是在跟我过不去。"

肖羽童看着我,一双大眼睛在夜色和路灯的映衬之下更显明亮。她似懂非懂地想了一会儿,忽然问了一句我完全没想到的话:"可是,我怎么听说……一班的谈小导和姐姐以前是特别好的朋友?"

我被这句话噎得不轻,侧脸瞪她一眼:"你听谁说的?"

肖羽童吐吐舌头:"我八卦嘛。你就告诉我有没有这回事吧?"

我犹豫了一下,无奈地承认:"没错。大一那年我们曾经非常好,所以后来关系也就特别僵。"

肖羽童一拍手:"懂了!因为太在乎,才会恨得深嘛!"

我再次瞪她:"我可不在乎!"

"那何嘉言呢？"她忽然问。

我呆了一瞬。

下一秒，我就恼了。

迟轩知道我曾经喜欢过一个人四年，这已经让我足够震惊的了，如今看来肖羽童甚至连那个人的名字都知道了，也就是说……

连大一的新生，都知道我和何嘉言曾经有过一段吗？

想到这些，我不自觉地绷住了脸："那都是过去的事了。"

肖羽童苦着一张脸，喃喃地说："真可惜……大二的学姐们给我们讲你和何嘉言的事，都说你们是金童玉女呢！怎么就散了呢？"

我淡淡地说："他喜欢上了别人，我不想委屈。"

"就是那个谈嫣对不对？"肖羽童愤愤不平了起来，"学姐们说的时候我还不大信，现在可是确定了！我第一眼见她就不喜欢她。她不是一班的小导吗，听说和班里的男生各种暧昧，尤其是那个叫迟……迟轩的，好像还一起出去喝酒来着……"

肖羽童后面又说了什么，我完全没听进去，在"迟轩"这两个字和谈嫣联系在一起时，脑子就已经卡住了。

和谈嫣喝酒？

在我找了他整整大半夜的昨晚吗？

想到迟轩，再想到谈嫣，我忽然间觉得累得不行。

于是我对肖羽童说我先回去了，并向她保证迎新晚会主持的事情不用她担心，然后迅速离开了操场。

一路上，我的脑子控制不住地回顾大学四年里的各种琐事，我想起曾经和我默契十足的何嘉言，我想起处处给我使绊的谈嫣，我想起他们居然凑到了一起，构成对我最具有打击力度的天团。

而如今，居然加上了一个迟轩。

骑车回到家，我更是累到无以复加，推开房门看到正倚在沙发上看电视的迟轩时，我连发火的力气都没有了。

我很累，嘴都懒得张，无声从他身边经过时，我听见他用一种非常奇异的语调吐出一句："听说，你昨晚去学校找我了？"

我站定，疲倦地侧了侧脸。

他居然微微翘起嘴角，对着我笑："不问我去哪儿了吗？"

他像是心情很好，眼角眉梢都蕴满了笑，昨天那副阴鸷狠厉的样子，就好像是我的错觉一般。

可是，今天的我实在无法像以往那样笑嘻嘻地和他吵架和他闹，一想到就连他都和谈嫣亲密到一同出去喝酒的地步，我就实在无法压下那股子挫败感。

我确实失败——谈嫣抢走了与我互相喜欢三四年的何嘉言，如今，甚至要拉走我身边的迟轩。

"喂。"

也许是看出了我心神不定，他从沙发上站起身来，走近我，俯下身子，那双瞳仁漆黑得像是点了墨的眸子里含着笑，从下往上看向我的脸："脸色这么差，每月那几天？"

听他调侃，我没有像往日那样训他，而是抬起眼皮看他一眼，尽可能语调平静地出声问了句："你昨晚是和谈嫣一起，对吗？"

他先是一怔，转而明白了什么，笑意瞬间垮了下来："许你被别人抱，就不许我交朋友？"

我也笑了一下，却很疲倦："没，我管不了那么多。你不是说过吗？你不喜欢被我管，我也没资格管。"

我话音未落，迟轩的神情一下子变得古怪起来，他定定地盯着我的脸，眉眼间藏着复杂神色，我根本看不懂。

就那么彼此不让步地对视了半晌之后，我叹了一口气，转身正准备回房，却听到他突兀地低笑一声。

"是因为何嘉言，对吧？"

我脊背一僵。

他顿了一下，笑声越发冷冷的："你不喜欢谈嫣，所以也不喜欢我和她一起，不就是因为何嘉言？"

我愣了愣。他知道那个人不是苏亦，而是何嘉言了？我转念一想，也对，他昨晚既然是和谈妈一起喝酒，不知道这个才叫奇怪。

我抿了抿嘴，认真地说："我答应过你，只要你高考顺利，我不能再多管你的事。你喜欢和谁一起是你的私事，我不能干涉，我要说的是——以后你不许夜不归宿。"说到这里，我顿了一下，然后补充道，"你能做到这一点，就够了。"

他盯着我的眼，笑容玩味："私事？你连我什么时候回来都要管，还算不管我的私事？"

"这是我的责任，是底线，我不能再让。"

"责任。"他冷笑，"又是责任。"

我今天实在疲倦得不行，不想再和他就我照顾他到底是不是责任这个问题进行无聊的讨论。

我离开前，不忘嘱咐一句："明天你还有课，早些睡。"

那一晚，我翻来覆去地睡不好，总是梦到迟轩一脸冷笑地看着我，他什么都不说，就那么冷冷地看着我。

梦里我多想告诉他，其实我也很累，我也不想这么费力不讨好，我也不想计较他和谈妈走得近，我也不想……

因为这件事而莫名其妙地难过。

几乎一夜无眠，我好不容易迷迷糊糊地睡着，没过多久闹钟就响了。

想到今天第一节就有课，我只觉得生不如死，勉强爬了起来。当我揉着眼睛打开房门，顿时愣了——迟轩居然衣装整齐地坐在客厅，看样子像是在等我。

听到动静，他转脸看我一眼，然后移开视线，硬邦邦地说："早餐在桌上。"

我愣了。

虽然我们住在一起，却从来都是各自起床、吃饭然后去上学，他今天摆明了是在等我——这是怎么了？

我疑惑地朝他看过去，他却错开了视线。

眼看不可能从他嘴里问出原因，我也就不再发问，看了看时间不早了，索性从桌上抓了一个面包。

"来不及了，我还是路上吃吧。"

他没说话，起身拎起扔在沙发上的书包，率先一步出了门。

下了楼，看到小区楼下停的那辆一看便价值不菲的跑车，我愣了。

迟轩似乎完全没看到我迷茫的表情，上前拉开后面的车门，扭头见我没跟上，便一脸不耐烦地看向我。

"过来。"

我一边上前，一边讷讷道："这……这是……"

他没说话，倒是用手扯了一下书包背带，明显是懒得解释，只是用犀利的眼神催我。

我扛不住他瞬间冷下的冰冻脸，只得上前钻进了车里。

他把车门甩上，上前打开前车门，坐到了副驾驶的位子。我听到司机大叔朝他恭敬地喊了一声"少爷"，这才反应过来，他这是动用了家里的车子。

说起来，我虽然和他住在一块儿，却从来没有一起去上过学，我每天不是骑车就是挤公交车，还真是不知道他是使用什么代步工具。

更重要的是——除了他是随妈妈姓，家里应该挺有钱，我居然对他一无所知。

等会儿……

随妈妈姓？

我的心跳漏了一拍。

仔细想一想的话，就连迟妈妈去世那天，我好像都没见过迟轩的爸爸……

而迟妈妈的遗言，居然会是把迟轩托付给我这么一个陌生的女孩子……

想到这里，我的神经一绷，呼吸更是忽地一窒。

我偷偷朝副驾驶的位子上看了一眼，迟轩正闭了眼睛在养神。

我默默地吸了口气。

我很清楚，自己向来是有些后知后觉的，但依旧没料到，我居然迟钝到直到此刻，才意识到事情的异样。

一路无话，到了校门口，迟轩率先下车，我朝司机大叔道了谢，这才下车跟着他往校园里走。

"迟轩。"走了一段路，我犹豫良久，最终还是试探着喊了他一声。

他顿住脚步，转头看我。

"你的名字，"我咬了一下嘴唇，还笑了一下，尽可能装得自然一些，"是从'轩车来何迟'里来的吧？"

果不其然，他的凌厉的眸光瞬间扫过我的脸，眼神冷飕飕的，十分吓人。

"怎么？"他盯着我，声音低沉却又清晰。

"没……没什么。"我耷拉下眼皮，"我是学中文的，忽然想到了，觉得好巧。"

他没再应声，良久之后，他什么都没说，转身就走了。

我在原地站了一会儿，望着他的背影出了会儿神。

思君令人老，轩车来何迟……

这两句诗，出自古诗十九首中那首出了名的《冉冉孤生竹》。而这首出了名的《冉冉孤生竹》，更是出了名的……怨妇诗。

我虽然迟钝，但并不缺心眼，只看迟轩的名字和出处，就能猜出个大概了。

如果真的如我所想的那样的话……他本来就没爸爸，现在又没了妈……

我不敢继续想下去，只好懊恼万分地趴在桌子上，感慨自己实在是太罪孽深重了。

如果时间能够倒流的话，三个月前的那一天，我宁可是自己被那辆卡车撞上，无论撞死撞伤，那是我的命，至少不用在良心上承担这么一笔巨大的债务。

我正心神不定，胳膊被同桌坐的那位同学推了推，恍然回过神来，这才反应过来站在讲台上的导师正不甚愉悦地看着我。

我朝导师抱歉地笑了一下，赶紧正襟危坐，收敛心神。

中午放学，我接到了肖羽童的电话，她在电话那边喜滋滋地告诉我，她已经得到通知，可以主持迎新晚会了。

我有些愣："谁通知的？"

"徐老师啊。"肖羽童在那边困惑地问，"他还没通知姐姐吗？"

我不明白了。

这几年来，谈嫣向来以和我作对为乐，怎么这次我还没动作，她就缴械投降了？

"其实我也觉得奇怪，上午那个谈嫣来我们班找我，一上来就劈头盖脸地问我认不认识迟轩。"肖羽童在那边说。

迟轩？我的眼皮跳了跳，赶紧截住她的话："这事怎么扯上他了？"

肖羽童笑了："他就是这场迎新晚会的男主持啊！姐姐不知道吧，他是我们这一届的系草，谈嫣力挺他做主持，支持得不得了。听谈嫣那意思，好像就是迟轩说什么要和我做搭档，不然就不主持了……"

我蒙了。

我赶到排练室的时候，刚好看到在对台词的肖羽童和迟轩。

两个人同时看到我，表情却是截然不同——肖羽童叫我一声"姐姐"，然后热情地朝我走过来，一脸的明媚笑容；迟轩只看了我一眼，然后就神色冷漠地将脸转到了一边。

我的目光，在迟轩的身上定格了几秒。

因为只是排练，他的身上依旧是早上来时穿的那套衣服，上身是浅灰色格子衬衣和白色薄外套，下面穿的是很寻常的深色牛仔裤。明明还是那套装束，明明还是那么拒人于千里之外的冷漠表情，我却偏偏觉得他有哪里是与早上不同的了。

肖羽童的声音忽地从耳畔传来，她八卦兮兮的："怎么样姐姐，长得不错吧？"

我正出神，猛然听到动静不由得吓了一跳，回过神来就瞪她一眼："说什么呢你。"

"本来就是嘛。"她亲亲热热地拉住我的胳膊到一旁去坐，嘴上不忘继续说着，"这可是我们这一届外貌协会公认的NO.1了，我听说光一班追他的女生就不计其数了呢！"

"花痴啊你。"我笑了笑，然后不着痕迹地朝迟轩在的地方看了一眼，就在这个时候，嘎吱一声，排练室的门从外面被人推开了。

见到来人，我的嘴角不自觉地勾起了一抹冷笑。

肖羽童自然也看到了她，碰碰我的胳膊："管闲事的来了。"

我点点头，推她一下："你们继续去对词，我看看咱们班排练的节目。"

我和肖羽童同时起身，她朝迟轩走过去，我往落地窗旁边那几个参加表演的2班的学弟学妹们走过去。

和花枝招展的谈嫣擦肩而过的时候，我目不斜视，连眼睛都没有多眨一下。

等到我慰问完我们2班参演的几个同学，一扭头，就看到谈嫣倚着桌子站着，正在和迟轩聊着什么。

他们言笑晏晏。

我看了几眼，嘴唇越抿越紧，正在这时，旁边传来一道青涩男生的声音："小导。"

我迅速回神，侧过脸来就看到了一个长了满脸青春痘的男生，没记错的话，他是我们班的学习委员蒋玮健。

"怎么了？"我赶紧微笑着问。

"是这样的，刚才赵老师给我发短信说，系里印了一些学习资料放在法学系的办公室，要每班的学习委员自己去取，可是这边正在排练，我想是不是可以向你请个假……不用很久，我很快就回来的。"

听他这么一说，这确实是正经事，我伸手接过他手里的道具，笑着答应："快去快回。"

蒋玮健刚走没多久，我正琢磨着场面事已经做完了我是不是可以撤了，就听见紧张的排练活动中忽地传出一道不和谐的声音。

"千手观音这儿怎么少了一人？"

是谈嫣。

她的声音不算太高，但很明显裹着怒气。正在排练的同学们瞬间都静了下来，所有人都面面相觑，不明白发生了什么事。

我走上前，朝正在摆造型的"千手观音"瞟了一眼，缺的那个位置，应该就是蒋玮健。

谈嫣绷着脸，眼角若有若无地扫了我一下，然后瞬间做出一副义愤填膺的样子："不知道明晚晚会就举行了吗？你们排练的时间本来就很紧张，怎么还有人缺席？这个节目是二班的吧？二班长，麻烦看一下缺的是谁！"

我早知道，她今天肯定得对我发难。

我拦住正要上前查看的班长刘越，淡淡地说："我们班的人没有缺席，是刚才班里有事临时走了，那位同学向我请过假的。"

"请假？"谈嫣眉毛一动，如愿以偿地将矛头指向我，"江小导不知道徐老师把排练的事情都交给我了吗？要请假也该是向我请假吧？"

谈嫣这句话，摆明了她之所以揪着这件事不放是在朝我发难，周围的人并不傻，明眼人一看都看得明白。

我当然听得到有人在窃窃私语，但我江乔诺也不是吃素的。

我面无表情地用公式化的语气回敬谈嫣："第一，我没有接到徐老师的通知说谈小导全权接手这件事；第二，既然是我们二班的同学，我想我有批准他合理要求的权力。"

"权力？"谈嫣冷笑了起来，"你不会不知道，这次迎新晚会校长和副校长都会去看吧？江小导，你不会是想要故意拖我谈嫣的后腿吧？"

谈嫣一向说话刻薄，我早就习惯了，反倒是站在我对面的肖羽童看不过去，眼看着想要张嘴反驳她。

为了避免肖羽童和谈嫣正面冲突，我赶在她开口之前，淡淡地开了口："说起拖后腿，我想，一个同学有事离开，不会比你这么小题大做，更耽误事吧？"

谈嫣气结，娇俏的一张脸涨得通红。我不再看她，对我们2班的同学说："别愣着了，抓紧时间排练。"

大家四散开来，肖羽童凑到我身边，笑嘻嘻地说了句"还是姐姐厉害"，吐吐舌，继续对词去了。

我沉默着朝四周扫视了一下，恰好撞上了一道视线。眉目如画、一脸清冷的少年正若有所思地盯着我看。

迟轩。

我有些窘迫，猜想他应该也不想在众人面前暴露我们之间的关系，因此并没有开口，看他一眼便移开了视线。

又在排练室待了一会儿，我实在嫌处处指手画脚的谈嫣碍眼，瞅着机会蹭到正在和迟轩对词的肖羽童身边，用只有她听得到的声音对她说了句"有事给我发短信"，就准备溜之大吉。

刚刚走到门口，口袋里手机振动，我掏出手机看了一眼，是未读短信。

"等我排练完一起回家。发件人：迟轩。"

我愣了愣，下意识地转头朝排练室看过去，他眉目不动，神色冰冷，连看都没往这边看一眼，就像那条邀请我一同回家的短信，不是他发的一般。

我本来就没搞懂他早上为什么要等我一起来上学，这下更是捉摸不透他的心思了。

盯着他的侧脸看了几秒，我泄气了，管他呢，反正我一直搞不懂他的心思，他让怎样就怎样，随他去吧。

刚刚走出第五教学楼，我口袋里的手机再次振动了起来。我眼皮一跳，下意识地以为又是他，赶紧将手机拿了出来。

没想到，竟然会是谈嫣。

她的号码我没有存，却看得出那是来自她的短信。

短信言简意赅，意思更是清楚明了——

"你不用得意，我之所以答应让那个女生主持，不过是因为迟轩。告诉你，我没输。"

我冷笑一声，非常果断地随手删了短信。

短信刚删掉，攥在掌心的手机居然再次振动了起来。还是那个号码，发来的却是让我再也冷笑不出来的内容。

"美人计那么烂的招式，真亏你想得出。迟轩是对肖羽童印象不错，但我发誓，有我谈嫣在，就绝对不会让他们在一起。"

我呆了。

美人计。印象不错。在一起。

我终于明白，迟轩为什么会插手这件事了。

我终于明白，单纯的肖羽童为什么会扯着我问迟轩长得帅不帅了。

我也终于明白，为什么我会觉得刚才的迟轩，和早上时的他，有些说不清道不明的不同了。

是因为，早上的他是同我在一起，而刚才，他的身边站着的，是他"印象不错"的女孩子。

初秋的天气，明明并不冷，我居然会产生了一阵没来由的凉意。我抬起手抓紧风衣的领口，这才觉得好了一些。

下午没有课，排练室我也已经去走了过场，没必要再在学校待下去。想起迟轩那条短信，我抿了抿嘴唇，还是不用等他了吧？他正在和肖羽童对词，待会儿排练结束，至少要送她回宿舍的吧？

我还是有自知之明，不做电灯泡的好。

早上我是搭他的车来的学校，没有骑车，所以现在只好坐公交车回去了。到了家，我把自己摔在床上，午饭什么都没吃，居然也不觉得饿，索性扯过被子就开始补眠。

一觉醒来，我摸过手机一看，竟然已经是下午六点了，我揉揉额头，坐起身。

睡觉之前，我把窗帘都拉了起来，所以这会儿室内一片昏暗，我缓了好一会儿，视线才渐渐清明起来，然后就看到，自己的床尾居然坐了一个人。

"呀！"我吓了一跳，条件反射般地扯了被子挡在身前，急急往后退。

那人嗤笑一声，起身啪地打开了灯。

我终于看清那人是谁，长呼一口气。

"你干什么啊迟轩，吓死我了！"

"江乔诺。"他黑若玄墨的眼睛盯着我，眉间有淡淡的倦意，声音带着不加掩饰的不悦，"不是让你等我吗？"

想到排练时的事，我微微沉了脸色："我没资格管你，也没有必要听你的。"

他皱起眉，似乎不明白我从何而来的怒气："你发什么神经？"

我起身下床，不想再谈论这个话题："晚饭吃什么？我来做。"

一顿晚饭，两个人吃得各怀心思。

我只管埋头吃饭，完全不抬眼看对面那位究竟是什么脸色。

吃过饭，我在厨房收拾碗筷时，口袋里的手机嗡嗡地振动，腾出一只手拿出来看，来电居然是肖羽童的。

看到那三个字，我的眼皮莫名地跳了一跳，手上的动作更是没来由地一僵。过了几秒，手机振动依旧，我总算回神，赶紧接了起来。

"有事？"

"嗯，姐姐。"肖羽童的声音格外愉悦，"明晚的晚会，姐姐一定会来看的吧？"

一听这话，知道没有什么紧急的事情，我松了口气，歪着脑袋用一边肩膀夹着手机，一边洗碗，一边回答。

"没什么意外的话，我应该会过去，但是估计待不了多久，导师说明晚我们师门要聚个餐，恐怕中途就得撤了。"

"那，一个小时总能待吧？"

"差不多。"我想了一下，"我尽量多磨会儿就是。"

"好嘞。"肖羽童甜甜地答应，又说了几句闲话，把电话挂了。

洗完碗，我刚把手洗干净，准备转身拿架子上挂的毛巾擦手，忽然看到迟轩倚着门框站着，正安静地看着我的脸。

"有事？"

说完我才注意到，我今晚怎么对肖羽童和他都是这句开场白。

迟轩面无表情地点了点头："你擦完手出来。"

我没想到的是，我从厨房出来后，他居然递给我一份拟好了的合同。我随意瞟了几眼，脸色瞬间就沉了下去。

我抬起头，就见他正盯着我看，我强忍怒气，似笑非笑地道："你还是要走？"

他不置可否，却是一脸的平静："我妈的事不会追究你的责任，我说过的。"

我顿时哑然，停了好一会儿才终于开了口，声音居然莫名沙哑："你一定要我内疚一辈子，对吧？"

他抬眼看我，神色不变："我干涉不了你的一辈子。"

我怅然无力地闭上眼，勉力稳定自己的心绪。

好半晌，心情终于平复了许多，我睁开眼，恢复了几分冷静，问他："那，你妈的遗言怎么办？"

他眉目冷硬如铁："当作没有。"

"好……好……"

我真是没出息，去世的是他的妈妈，他都能够平静自如地提起，反倒是我居然几近哽咽。我咬住嘴唇，犹豫了几秒，才缓缓张开："那，你开个价吧……至少，要有最起码的赔偿吧。"

他皱了皱眉："我说过不用的。"

我毫不退让地盯着他，嗓音控制不住地微微发颤："你说过的话，都不算话的？"

你还说过，我这辈子都休想甩开你；你还说过，你都没嫌我老，我急着找男朋友做什么；你还说过，"笨蛋啊抱住我的腰"；你还说过……

那些话，都不算数的？

你总是那么恣意妄为，只要是你愿意做的，只要是你希望做的，不管我怎么想，不管我想什么，都不会影响你的决定和选择。

你总是说走就走，上一秒还可能主动跑去齐家路接我，上一秒还可能发短信对我说一起回家吧，可也许下一秒、下一分钟，又或者下一小时、次日——你随时都可能递给我一份合同，告诉我：江乔诺和迟轩从今以后恩断义绝，两不相欠。

我越想越委屈，眼泪在眼眶里打着转儿，却仍要拼命忍住。

"你走，你走吧……"我抬起手指向房门，"傻子才会上杆子追着债主还债，我又不傻。"

随着一个字一个字说出口，视线最终一点一点迷蒙了起来，我看到，迟轩那张脸上原本冰冷平静的表情，似乎在缓缓软化。

我咬了咬牙，反正我和他以后都不会再有任何关系，索性把话给说明白了。

"你放心，"我忍着眼睛的酸涩，认真地说，"以后你的事，我都不会再管了，你爱什么时候回家就回家，你爱做什么就做什么。既然连你都说我不必负责，我不会再追着你报恩的。这三个月来，我做得确实不够好，但我真的尽力了。你……你走吧。"

一股脑说完了这些，我深吸一口气，回身往自己的卧室走。

走了三步后，我动不了了。

我低头看了一下被他从身后拽住的胳膊，心里瞬间难过到无以复加，眼泪更像是开了闸的洪水，立刻忍不住地喷涌而出。

我太没出息了，居然哇的一声就哭出来了。

"有你这么欺负人的吗？"我背对着他，情绪太过激动，以至于胸口起伏不已，一开口就觉得自己真是委屈极了，"你凭什么说来就来说走就走，凭什么说笑我就得陪你笑，说翻脸就冷得像冰啊！我……我是欠你，我不光这辈子欠你，肯定上辈子也欠你的，可……可也不带你这么欺负人的……"

他依旧攥着我的胳膊不放，走到我的面前来，有些懊恼地皱起眉，眼睛盯着我的脸："别……别哭了。"

我偏哭。我委屈，你还不让我哭吗！

他显得有些无措，摇了摇我的手臂："别哭了成吗？丑死了。"

我使劲甩他的手，却没甩开，索性偏过脸去不看他。

他伸手握住我的一边肩膀，低低喟叹："你别哭得好像我把你怎么着了似的成吗？"

你本来就把我怎么着了，你快把我欺负死了。

我不吱声，他好像觉得自己的劝慰起了几分效果，于是双手握住我的肩膀，一脸认真地盯着我的眼睛："你倒是说说，你都委屈什么？"

我断断续续地抽泣着，抿着嘴，依旧不说话。

"因为……我上次和你吵架？"他开始自顾自地揣测。

"因为……怀孕的事情？"他再接再厉。

"不会是因为我和谈嫣走得近吧？"说到这句时，他的眼底，居然漾出了一抹笑意。

我一直抿着嘴唇不开口，终于把他原本就绝对算不上好的脾气给耗尽了。

"江乔诺。"他毫不客气地直接称呼我的全名，"你到底委屈什么，你倒是说啊。"

我咬咬嘴唇，偏了偏脑袋："你要走就走，别那么多废话。"

对我招之即来挥之即去的人，不能这么轻易就原谅。

他霎时眯起了眼，身上的戾气明显开始堆积："你就那么希望我走？"

我仰脸，张嘴反驳："是你自己要走的！"

盯着他那张脸，我觉得胸腔里有满满的控诉要抒发："你已经十八岁了，不是八岁，别动不动就拿离家出走威胁我行不行？你一晚上不回来，我就要坐一晚上，你喝醉一次，我就要内疚一天，你说把别人肚子搞大了，我就得担心得要死、难受得要死，你——"

说到这里，他忽然截断我的话，目光如炬地盯着我的脸，敏锐精准地挑我字眼："你难受什么？"

我一窒，突然没了刚才那股子滔滔不绝的架势，居然张口结舌，一时间竟然说不出半句话。

他俯下身子，逼近我，低低地重复一次："你难受什么？"

我被他那种奇怪的眼神看得浑身不自然，身形刚动了一动，准备往后撤，胳膊忽地被他给扯住了。

我退无可退，一咬牙："我……我肉疼好吧？怀孕很需要钱的——"

又是话没说完，就被他挑字眼似的截住了话头："花钱也是花我的，你疼什么？"

"我……"

我找不出理由了。

他那双漂亮的眼睛直勾勾地看着我的脸，眸色阴沉地盯着我看了半晌之后，忽地朗然一笑："你已经……不喜欢何嘉言了吧。"

明明是疑问，用的却是陈述句。他这句话根本不像是在询问，反倒像是在通知我某件已经板上钉钉确凿无疑了的事情似的。

我张了张嘴，面色尴尬，却不忘嘴硬："我喜不喜欢他，都跟你无关。"

"是吗？"他那双漂亮却稍显冷厉的眼睛，看了我几秒，而后移开视线，似笑非笑地说，"那，你还赶我走吗？"

我气结："是我在赶你走吗，大哥？"

"哥？"他还攘着我的胳膊，手掌顺着我的手臂往下滑了滑，滑到手腕处握住我的手，顺势捏了捏我的手指尖，"差辈儿了。"

我被他这个暧昧而又亲昵的动作弄得大窘，手臂如同被电到了似的一震，赶紧下意识地甩开他的手。

他却没恼，微微眯着眼，好整以暇地看着我。

终于避开了他的手，我如获大赦，往后退了两步，也不敢看他的眼了，垂着眼帘问："真……真没怀孕的事？"

他冷哼："这么烂的理由，只有你会信吧。"

我抬起眼，不确定地追问一句："没骗我？"

他顿时皱起了眉。

我眼皮一颤："算了……"

他撇开眼，懒得看我了。

没一会儿，我忍不住了，又开口问："那……谈嫣呢，你们关系……很好吗？"

他终于转过脸来看着我，等这一刻很久了似的，脱口而出："你不喜欢？"

我咬着唇，却坦诚地说："我不喜欢她。"

"好。"他突然间欢喜了起来，眼睛亮晶晶的，伸过手来揽住我的肩膀，开心得简直有些莫名其妙，"不跟她玩了。"

Chapter 4

谁还记得，当年一诺

迟轩不闹着走了，也就没必要傻站在客厅里争论了。

两个人各自洗脸刷牙，回自己的房间。打开电脑忙了一会儿之后，我忽然想起了客厅茶几上那份合同，便打开门偷偷溜出去拿。

怕被迟轩发现，我猫着腰，蹑手蹑脚。谁想刚把合同攥在手里，一起身，正好看到他打开房门，走了出来。

我吓得不轻，还不死心地试图把合同往身后藏。

他走近，洞若观火地看我一眼，伸出手："拿来。"

我尴尬地笑："不……不好吧，私……私密信件。"

他挑眉："真是私密信件，那也是我的吧？"

我撇撇嘴，不情不愿地从身后将合同拿了出来递给他。

他的眼里泛起一丝微不可察的笑意，看了我一眼，也不说话，拿着合同就进浴室了。

我惴惴不安地站在外面，不久后，听到马桶的抽水声。他从里面出来，一双深邃的眼睛看着我："冲走了，放心了吧？"

被识破了心思，我太尴尬了，只好顾左右而言他："嗯，我忽然想起来还有事要跟同学讨论，晚安了啊。"然后落荒而逃。

第二天是周六，我没有课，临睡前连闹钟都没定，准备睡个大好觉。没想到，刚刚早上六点多，我就被捶门声给弄醒了。

我浑浑噩噩地下床，开门，卧室门口站着衣装整齐的迟轩。

我愣了，睡眼惺忪地问："有事吗？"

他竟然嫌弃地看我一眼，命令道："回去换衣服。"

我的脑袋迷糊着，根本就没明白他在说什么，只听到"回去"这两个字，我嗯了一声就准备关门。

说时迟那时快，他一只胳膊伸过来，果断扶住门框，让我关不了门的同时，眉毛微挑着，道："不是让你接着睡。"

"那干吗？"

"穿衣服，去学校。"

我瞬间醒了："去学校干吗？"

"排练。"

这下，我更不明白了。

"你去排练拖着我干吗？我晚上会过去看的。"

"你换不换？"他眉毛一皱，作势要伸手拽我了。

我低头看了看自己身上睡得皱皱巴巴的粉红色卡通睡衣，又看了一眼明显缺乏耐性的他，屈服了。

我换完衣服，下了楼，就见到先下来的他单腿支地骑在我那辆自行车上，漂亮的眉毛蹙着，明显等得不耐烦了。

我小跑着过去，他的眼睛迅速地在我身上打量一遍，然后发话："上车。"

一路上，我困得睁不开眼，还得强撑着。

眼瞅着他一副心情很好的样子，我不由得暗暗腹诽，周扒皮，这么早叫人起床！

到了学校，我从后座蹦下来，手里还拿着在路边买的尚未喝完的奶茶。奶茶有些凉了，我犹豫着还要不要喝。

迟轩看我一眼，腾出一只手来从我手里夺过奶茶。

"别喝了。"

我伸手就抢："大哥，这是我早饭啊。"

他皱起眉，扬手把奶茶杯扔进几步外的垃圾桶，出口的话丝毫不留情面："你该减肥了。"

我正为他多管闲事气结，却见他的目光越过我，朝我身后望了过去，渐渐地，嘴角勾出了一抹冷笑。

我转头："你看什——"

"么"字还没出口，看清来人，我脸上的表情就凝固了。

迟轩看我一眼，似笑非笑："你们聊，我去停车。"

我下意识地想要跟他一起去，以便避开站在我身后的何嘉言，谁想身形刚动了一动，就被叫住。

"乔诺。"

我在心底叹了一声，不情不愿地转过身，讪讪地看了他一眼，咧嘴干笑："你今天也在学校？真巧啊。"

任何人都听得出我这不过是一句客套话，可是何嘉言却不。他好看的嘴唇微微一动，明确地表明立场："不巧，我是在这里等你的。"

见他目光灼灼地盯着我，我的脸色不由得绷了起来："如果还是为了你和谈嫣的事，那就不用多费口舌了。我们本来就只是朋友而已，你和谁谈恋爱是你的自由，完全不必向我请示的。"

"只是朋友，"他喃喃重复，清秀俊逸的一张脸上泛起苦涩的笑意，"你……真的只当我是朋友？"

四年了，何嘉言。我喜欢你整整四年，如果不是谈嫣，我恐怕还会继续喜欢下去吧。你说，我是不是只当你是朋友？

我压下心底那股子没出息的酸涩，故作释然地笑了一下："以前的事都过去了，你也知道，我最近在带法学新一届的本科生，实在没时间去想那些有的没的。"

我回头看了一眼倚着自行车冷眼旁观的迟轩，重新又看向何嘉言："如果没事的话，我先走了。"

我不敢给他说话的机会，转身就要往迟轩那边走，却听到何嘉言苦笑着说："乔诺，以前的你不是这样的，你明知道我们之间绝对不只是朋友那么简单，如今何必说这种话？"

我顿住脚步，却没回头："以前不只是朋友，又怎样呢？现在……"我微微闭了闭眼，"现在还能做朋友，就不错了。"

"你真狠。"

他声音中的苦涩完全掩不住："我们以前相处的那些时光，说不要你就可以彻底不要了。你的心……可真狠。"

"是吗？"

我狠吗？

我的心明明在一阵一阵地绞痛着，面上却只能冷硬如铁："那你要我怎么做？你已经和谈嫣在一起了，你已经让所有认识我们的人都知道，我江乔诺被甩了，你已经和她成了众人皆知的金童玉女了，还要我怎么做？"

我转过身来，恶狠狠地盯住那张我喜欢了四年多的清秀面庞，一字一句地说："何嘉言，就算你曾经是我的神，是我的天，可也总该给我一个低下头去休息的时候吧？"

想起过往，我越说越悲凉："我不可能一直仰视你，不可能的。我江乔诺也有自尊，在我欠了别人一条人命，在我呕心沥血地努力报恩的时候，你在做什么？你没有陪我，你没有安慰我，你做的是和谈嫣一起研究了一个课题，然后就和她正式出双入对了。"

一口气说了这么多话，像是瞬间就把力气给耗尽了。我疲倦地看着一脸困窘的何嘉言，闭了闭眼，低声说："你要我怎么做呢？要我……给你何嘉言做小吗？"

这句话声音太轻了，轻得像是一阵风就能把它给刮跑了，我甚至不能肯定何嘉言是否听到了。扔下这句，我在原地再也站不住了，转过身，拖着脚步走向不远处的迟轩。

等我走近，迟轩似笑非笑："你还好吧？"

我举起手："打住。你敢多问一个字，我立马发飙。"

他轻嗤一声，一副凛然之色："我才懒得听你们说什么。"

"谢谢您了。"每次见到何嘉言，我都像是被抽了气的轮胎，蔫了吧唧的，连迟轩的冷嘲热讽都懒得回敬了。

走了几步，迟轩忽地侧过脸来，少年好听的嗓音里满是疑问，更夹着说不清道不明的幸灾乐祸："我说，他们做的什么课题啊？"

我仰起脸，一脸悲愤地看向他。

"这就是你的懒得听吗？"

整整一上午的紧张排练，我一点都没看进去。中场休息的时候，肖羽童递过来一瓶水，一脸担心地问我："姐姐哪里不舒服吗？"

见她一脸的担心，我强打起了几分精神："应该是昨晚没睡好吧，没事的。"

"可你脸色好差。"肖羽童紧张兮兮，"不然，去校医院看看吧？"

"我没那么弱，放心吧。"我摇摇头，笑着推她，"快过去，又要开始了。"

我抬头的时候，恰巧撞到一道视线，迟轩。他微微眯了眼，正若有所思地看着我。

他的身旁，当然站着阴魂不散的谈嫣。

想起他昨晚说的不跟谈嫣玩了那句话，看来应该是糊弄我的。我撇撇嘴，也懒得深究为什么他们离得那么近了，迅速移开了视线。

为了节省时间，午饭自然是订好了的盒饭，肖羽童和我坐一起，一直叽叽喳喳地说着各种明星八卦，明显是想要逗我开心。

我配合地笑笑，转过脸，看到谈嫣端着盒饭走到迟轩的对面，她笑着倾身说了一句什么，就挨着他坐下了。

我抿着嘴，看了两眼，谁想，恰好迟轩抬眼朝这边看了过来，和我的目光撞了个正着。

见他看我，我做了个"喊"的口型，收回了视线。

我眼角扫到，发现他低了头，很快很轻地笑了一下。

一下午的排练后，就是晚上的正式晚会了。

看过几遍排练的我对节目并没有太大的兴趣，加上晚上有事，所以准备看几眼就溜。

肖羽童果然没有让我失望，台风非常稳，倒是迟轩穿着正式主持服装出场时，让我着实错愕加惊艳。

他一开口，我甚至有一种时光倒流的错乱之感，我居然像是看到了……四年前舞台上，那个让我惊为天人、一见钟情的何嘉言。

何嘉言，何嘉言。

今天一早碰到他，然后一整天我脑子里都是他那张脸。

我咬着牙，低声暗骂自己："真没出息……"

晚会很顺利，我没什么可担心的了，有谈嫣坐镇，这里确实不会再有什么我可以干涉的事了。为了方便提前撤，我本来就坐在靠近门的位子，眼看快到见导师的时间了，就起身悄悄往门口走。

前面的座位上，有校长、副校长、院长以及各种老师，我不敢张扬，所以只顾低着头沿台阶往外走。

刚走了几步，口袋里手机振动，我边快步向前，边拿出手机查看。

"很好。"

发件人：迟轩。

我浑身莫名抖了一抖。

我已经走到了中间，没有再回去的道理，只好硬着头皮继续向前。

我向前走的时候，背上一直都凝着一道灼热的视线。不用猜也知道，是来自于"赞扬"我很好的那位。

没想到，刚走近门口，胳膊忽地被旁边座位骤然起身的人一扯，我完全来不及反应，就被那人拖进了报告厅外的一片黑暗。

报告厅内灯火辉煌，更加衬托得外面十分黑暗。忽然被人拽住胳膊拖到了外面，我实在是又惊又怕，几乎是条件反射一般地调动起了手脚，对那人展开了毫无章法的踢打。

"乔诺！"那人似乎被我的反抗弄恼了，语气不善地喊了一声我的名字，声音随着夜色传入耳朵里，莫名有些熟悉。

我停止挣扎，有些好奇地盯住那人的脸仔细看了看。

"苏……苏亦？"没想到会是他，我瞬间尴尬地愣在了原地。

直到坐在甜品店的桌前，往嘴里塞了一口冰激凌，我还是有些惊魂未定："你有病啊大哥，有什么事儿不能用电话、短信联系，非要搞人身劫持？"

苏亦无力地撑住额头："有些事，必须当面才能说清楚。"

我极其困惑地看了他一眼。

苏亦盯住我的脸："上次咱们说的事，还算不算数？"

我愣了好一会儿，硬是没有想明白，究竟是哪一个上次，我们又说了什么事。

苏亦看懂了我的表情，顿时露出一副很是受伤的神色："我就知道，你说要和我交往是骗人的！果然嘛，当时就冒出来了一个砸场子的儿子，这会儿你居然彻底忘了这茬事！"

交往？儿子？

我的脑子终于开始恢复运转了："做你女朋友的事？"

那天，苏亦同学明明已经判了我死刑，这会儿居然又拐回来找我重商大计，我顿时不太敢确定，忐忑而又困惑地看向他："可……可那天你不是说对我没兴趣吗？"

"不是'那天'，是'一直'。"苏亦看着我，一副凛然不可侵犯的神情，面带不屑地纠正我的语病，"你那什么表情啊？本来就是。别看这会儿我面前坐着的是你，但至今我脑子里晃着的，可还是你小时候穿开裆裤的样子——你自己说，我能对你有个屁兴趣？"

外人面前一直装温文尔雅的苏亦突然出言如此低俗，我气得直跳脚："你怎么说话呢！"

苏亦假装自知失言地捂嘴，眼底却都是促狭的笑意："忘了，忘了，说漏嘴了！在学校里，咱俩可是一直在装不认识。"

我哼："那也不能怪我吧，是你绯闻女友太多，又换得太勤，敢让她们知道我是你苏大主席的青梅竹马，我还要不要活了？"

苏亦点点头，一脸的严肃："也是。尤其是你后来不甘于做青梅竹马，居然打着想要做我女朋友的主意，那就更不可原谅了。"

我的嘴角抽了一抽，十分努力地压制着胸腔中澎湃呼啸的怒气，却依旧有一股想要掀桌的强烈冲动："姓苏的！就你那水性杨花、朝三暮四、自恋自大的个性，我觊觎你个屁！"

苏亦抬起头，闲闲地看我："不觊觎你那天干吗黏我身上不下去？"

我怒道："那是做戏，做戏！"

"你别是假戏真做了吧？"

"你自恋病又犯了才是！"

一直吵到结账，不少人都偷偷拿看神经病的眼神看着我和苏亦，转身的时候，我朝苏亦咬牙切齿道："每次跟你出门，一准儿得丢人！"

这还没算完。

等到刚钻进出租车，我的手机就振动起来，掏出来看了一眼，我眼皮直跳，一脚踹到了正准备钻进车里来的苏亦身上去："老娘要见导师，导师！因为你全给忘了！"

为了表示歉疚之意，苏亦提议送我回住的地儿去，一听这话，我心中警铃大作，摇头加摆手："不用不用，到齐家路放我下去，我自己走回去就成。"

苏亦不依，拿他勾人的桃花眼瞟着我的脸："不是吧，你干吗防我防成这样？总不能是……家里藏有男人？"

我是谁，哪能被他这么一句话就给诈出来。我一边摁着手机给同学写着帮我请假的短信，一边脸不红心不跳地说："屁话。我要是有男人，还能拉你回去骗我妈啊？"

苏亦想了一下："也是，"转头又问我，"那上次那个是谁啊？喊你妈那个。"

我眼皮直跳，心底暗骂苏亦干吗把那么窘的事记这么清，嘴上却是装疯卖傻地回答："哪个？喊我妈？有你这么骂人的吗苏亦？我就长得那么老啊？"

苏亦把两只手举起来，做出暂停的手势："江乔诺你别装，上次是你喝醉了，我可没醉。"

我撇了撇嘴，打算无赖到底："反正我不记得了，你别问我。"

"我说，"苏亦若有所思地盯着我，好一会儿才忽然冒出来一句，"你不是有什么事瞒着家里吧？"

我心一跳，面上却是做喷笑状："瞒什么？我跟人私订终身，并且已经偷偷生了一个儿子？"

"那还不至于，"苏亦回忆了一下，"那小子看起来怎么着也得十七八岁。"

你原来也知道二十多岁的姑娘生不出十七八岁的儿子这个道理！那你上次还装什么正义凛然不可侵犯，那么不给我面子！

我内心腹诽着，脸上却硬撑着没表现出来。苏亦又盯着我看了好一会儿，这才嘀嘀咕咕地转过了脸去。

我以为这事就算混过去了，谁想在齐家路我死命要求下车的时候，胳膊突然被苏亦从后面给拽住了。

我扭过脸，就见他一脸严肃地看着我："诺诺，你在学校再怎么胡闹我都不管，但如果有什么大事，你可千万别瞒我。"

这是他时隔许久第一次叫我诺诺，我愣了好一会儿都没反应过来，回过神的时候，出租车已经扬长而去了。

在原地站了好一会儿，我揉揉脸，迎着夜风往住的地方走去。

我一边走，一边念念叨叨："我当然不能说啊笨蛋。敢让我爸妈知道一个陌生的女人因为我而命丧黄泉，她的临终遗愿就是让我照顾她儿子的话，我爸妈不立刻杀到北京来才怪。"

这么多年来，我早已经习惯万事不让他们担心了，关于迟轩的这件事实在非同小可，不到万不得已，我自然绝不会说。

我回到家，看见迟轩坐在沙发上，他该是刚洗完澡，身上穿的是居家的T恤和裤子，正拿着干净毛巾在擦头发。

见我回来，他瞥了我一眼，与此同时，手上的动作也是随之一顿。

他的背微微往后倚，很是安静地看着我，明明眼神中有探究，嘴上却并没有说话。

我瞬间想起了那条只有两个字的短信，赶紧先声夺人："晚会怎么样？大获成功吧？我们要开班会，中途就得撤，所以没看到结尾就——"

他看了我一眼，从沙发上起了身，一边往浴室走，一边淡淡地说："不会因为你不在，就影响效果的。"

我刚换完鞋，听见这话不由得抬起脸，对着他的背影吐了一下舌头。

他放下毛巾走过来，漂亮的眼睛在我脸上扫了一下，然后冷嗤一声："开班会还有雪糕吃？真是好待遇。"

一听这话，我条件反射般地抬手往自己脸上摸。

迟轩冷笑："心虚了？"

我讷讷道："我心虚什么。"话虽如此，手指却下意识地在自己脸上寻觅着该死的雪糕残迹。

"蠢。"少年嘴唇一动，清清冷冷地吐出了这么一个字，然后微微俯身，修长的手臂准确无误地抓住了我胡乱摸索的那只手，另一只手的指尖却在我的面颊上轻轻划过，带出一丝柔软的凉意。

我困窘地道着谢。

下一秒，我才发现，因为我依旧站在门口的关系，他那身体微微前倾、伸手抓住我手腕的动作，很像是把我给拘在了他与房门之间的空隙里。

那是个暧昧而又危险的姿势，我的面部温度迅速飙升。

"喊！"他敏锐地察觉到了我的神色变化，俊美的脸上浮现出一丝欠揍的冷笑。

他冷笑完，胳膊终于撤了回去。

没了压迫，我在心底暗暗呼出了一口气。

进门就闹了这么一出，以至于洗澡的时候我用洗面奶洗了两次脸，生怕再留下什么残迹。等我从浴室出来的时候，迟轩已经不在客厅了，想来是回房间去了。

却没想到，我滚回自己房间打开电脑，盘着腿正缩在椅子上看动漫看得不亦乐乎的时候，旁边忽然传过来一句："不觉得这种东西很幼稚吗？"

我霍然回头，然后就看到自己床上坐着一个手长腿长的少年，我大惊失色，重心一个不稳就从椅子上跌了下去。

迟轩丁点想要出手相助的意思都没有，一边冷眼旁观，一边评头论足："白痴。"

我忍辱负重地自己从地上爬了起来，不忘仰起脸对他怒目而视："你不回自己房间睡觉，赖在我这儿干吗？"

他坦坦荡荡地答："我电脑坏了。"

"所以？"我眯了眯眼，很是警惕地盯着他。

他没说话，眼皮却耷拉了下去。

我正狐疑难道我猜测有误的当口，他一个矫健起身，以迅雷不及掩耳之势一气呵成地完成了拔电源、抢电脑和转身就走的系列动作，留下我目瞪口呆地愣在原地。

几秒钟后，我霍然回神，拔腿就往外追，恰好赶在他摔上房门之前，我一只手堵住将要闭合的门，一边朝他怒吼出声："迟轩！强盗啊你！老娘我要看动漫，看动漫，今晚大结局！你把电脑还给我！"

虽然顾及着我塞在门缝里的那只手，可他到底还是没半分想要物归原主的意思，不仅如此，还很不要脸地争辩着："那么弱智的东西，有什么好看的？"

我怒火熊熊燃烧："那是我的电脑，我爱看什么是我的事！"

他堵住房门，手指却开始噼里啪啦地在键盘上摁了起来："你的就是我的。客厅里有电视，要看就去看那个。"

我怒了："你怎么不去看电视——"

他终于把脸从门缝里露了出来，却是一脸的不耐烦与挑衅："你想系统崩溃？"

"嗯？"

他微微一笑："咱们俩谁都别想玩。"

我恍然大悟，继而咬牙切齿："你……你狠！"

他志得意满地飘飘然转身，也不怕门外的我随时可能冲进去。

眼看着自家电脑落入魔掌，我却无计可施，恨得牙齿几乎要活生生给咬碎。

那一晚，我把冰箱里储存的苹果全给吃了，一边咬一边恶狠狠地骂着迟轩。他倒是打游戏打得不亦乐乎，全然不管缩在沙发一角的我多么无聊。

更可恨的是，无聊还不是最让人恼火的，最令我想要抓狂的是，我等了整整一周的动漫结局终于上演了，可是我的电脑好好的，我人好好的，却只能坐在这里眼睁睁地看着别人霸占着我的电脑，刷Boss刷得眼冒红光。

到了后来，吃着吃着就累了，骂着骂着没劲了，我迷迷糊糊地爬起身，晃悠到迟轩的房门口时，正看到他一脸严肃地盯着屏幕，该是厮杀正酣。

我嘟囔了一句"恶魔"，转身往自己房间挪去。

瘫在床上那一秒，我忽然想到一个问题，迟轩这浑蛋，为什么没趁我洗澡的时候把我电脑抱走？

再一想，哦，对，他不知道我开机密码。

这浑蛋。

腹诽着腹诽着，我就睡着了。却没想到，就连睡梦里，都能有人来捣乱。

我梦到了何嘉言。

在梦里，那个时候我们关系很好，不像现在这么冷淡。

我好像是刚买了电脑，喜滋滋地拉着他一同坐在教室里看动漫。看着看着，他突然说："我给你设个密码，好吗？"

我说好，他就用纤细的手指在键盘上灵活地点了点，然后转过脸来，朝我笑："好了。"

我朝那一长串英文字母看了一眼，有些不解。他指着它们，说出了一句很好听的英文："Say how much I love you。"

"最后那个H，是何的简称。"

他说："你要一直用这个，不许改。"

就这样，我的开机密码，就成了"SHMILYH"，一用就是好多年。

黑暗中，我突然睁开了眼。

这不是梦。这是残存在我脑海里的片段。

白天脑子里全是他，也就罢了，如今连睡觉，他都来捣乱。

我恼火地爬了起来，接了杯水吞了片安眠药，气哄哄地继续睡。

这一次，我梦见了苏亦。梦见了我们第一次相遇那一年。

那年我四岁。爸爸所任职的初中来了一位新的女老师，教物理，长得温婉漂亮。她身后是儒雅成熟的丈夫，和一个眉眼漂亮的男孩子。

爸爸扯着我的手，说："诺诺，这是你张阿姨、苏叔叔和小亦哥哥，以后咱们就是邻居了。"

就这样，教师职工小区里，我和苏亦成了邻居，也因为父母关系较好，不得不成了朋友。

只是，并不像言情小说或者偶像剧里讲的那样——我和苏亦手拉手长大，从两小无猜的青梅竹马，变成了羡煞旁人的情侣。

事实上，我和他之间的关系亲密度，恰好是逐年递减的。

如果说，小学的时候，我们尚且可以一起去上学，等到了初中高中，他那个花心大蝴蝶可是恨不得把我这个他妈妈安插在自己身边的眼线给甩得远远的。

等到了高考的时候，我报了北京的N大，他认定我一心要去北京上学的想法很是媚俗，撇撇嘴，就把自己的志愿报到了上海。

我们是从小吵到大的，我咬破他的衬衫不知道有多少件，而他揪坏我的发卡更是数不胜数。所以，在听闻他本科四年之后考研报了我们学校时，我的第一反应，还不是那么简单的——这小子吃错药了吧？而是更加有深度的——来我们学校？要不要装作和他不认识？

事实证明，我确实执行了那个很有深度的想法——苏亦打电话告诉我他要来我们学校复试的时候，我毫不犹豫地告诉他："我撑死也就帮你订个宾馆，想要我带你逛校园和陪你复试，门儿都没有。"

他立马以牙还牙："求你了乔诺，你最好把宾馆的钥匙寄给我，我见都不想见你。"

很显然，把宾馆的钥匙寄给他是不可能实现的，不管怎么说我们也是从小一起长大的，所以去车站接他这件事，虽说我并不情愿，倒也早早地爬了起来，乘地铁奔赴目的地。

从出站口里出来的那一秒，苏亦张开怀抱就把我给揽在了怀里，与此同时，嘴上流氓兮兮地说着："呀，几年没见，你胸还是这么平啊。"

就这样，我刚刚滋生出来的久别重逢之感，顿时烟消云散。

把他带到了订好的宾馆，我头也不回地就回了学校。一方面，确实是因为和苏亦待在一起久了，我们俩势必得掐架，另一个原因却是——我第二天也有复试。

体检、专业笔试、英语口试、专业面试……

两三天来我忙得不行，哪里顾得上姓苏的流氓，直到第三天晚上万事应付完毕，这才得空给他打了个电话。

却没想到，流氓苏居然已经踏上回程的火车，刚瘫在卧铺上准备好好补觉。

我的嘴巴张了又张："你……你要走怎么不跟我说声？"

他在那边打着哈欠："我自己都要累死了，你也累得不轻吧？再说了，就算你来送我也不会有什么真心实意啊。放心吧，过不了几个月我们就成同学了，到时候有的是时间亲密。"

果不其然，被他那个乌鸦嘴说中，他和我都如愿考上了研究生，再一次要凑到一起去互相嘲讽和打击。

苏亦来到N大报名那天，我尽职尽责地带着他转遍了整个校园，等领着他去研究生公寓时，同寝室的男生撞了撞他的胳膊，暧昧地看向我："女朋友？"

我还没来得及否认，就见他大惊失色地赶紧撇清："哪能啊！乱说话，这我哥们儿！"

然后他百思不得其解地掉头过去看向自己室友，仔细求证："不会吧，你真看着……她像女生？"

我黑着一张脸，摔门而出。

自"哥们儿"事件之后，我彻底和流氓苏划定了楚河汉界——凡在N大校园之内及所有可能认识他和可能认识我的人面前，我们必须尽职尽责地扮演陌生人。

听到我这个提议的时候，苏亦兴奋得简直要跳起来："万岁！我这几天就在琢磨着，怎么才能不让你挡我桃花运——"

和他认识那么多年，我的耳朵早已习惯将他逆耳的话语进行自动筛选和过滤，我微笑着带上摁了双方手指印的江氏人造粗糙版合同，施施然班师。

从那之后，我江乔诺和他苏亦，就成了所有人眼中八竿子打不着的陌生人。

我们相安无事地过了研一，学校里居然没有人怀疑我们之间的关系。我俩当真算得上是演技派。

至于我喝得烂醉如泥，被他抱着遇到迟轩那次，则纯属意料之外的事。

事情是这样的——我和苏亦，分别是老江家和老苏家捧在手心里长大的独生子女，而我的爹娘和苏亦的爹娘，又都是中国传统观念根深蒂固的人——自打我和苏亦开始读研，他们四个殷切地向我们灌输着"孩子，你已经读研了，年纪不小了啊，谈朋友的事再不抓紧，好的可就都让别人挑走了啊"的观念。

一言以蔽之，逼婚是也。

可是他们逼婚，逼的却不是我和苏亦结婚，而是充分尊重我们的个人意见，再加上我和苏亦又彼此都清楚，我和他，哪怕演一年的假戏，也绝对不会真做，安全度简直可以名列榜单No.1。

基于这种形势，我自然不难想到苏亦这个绝佳的顶包人选，所以，那一天我灌苏亦酒灌得格外起劲，好不容易他大少爷松了口，认为装我男朋友的事对他自己好像也有些好处，结果就遇到了迟轩。

一见迟轩，苏亦脸色就变了，等到听到迟轩喊我妈，他更是阵脚大乱。

迟轩带我回家的路上，苏亦给我发来短信："死心吧大姐，装你男朋友已经够委屈的了，再认个儿子的蠢事，我才不干。"

就这样，我一晚上的献媚喝酒功亏一篑，数百钞票皆付流水。

真是要……谢谢迟轩。

一晚上都在做那些破梦，等到早上好不容易迷糊过去了，肖羽童给我打来电话，让我陪她去看运动会。

我垂死挣扎，无奈敌不过她的死缠烂打，只好穿衣洗漱后往学校赶。

学校里，操场上战况激烈，站在树荫下面的我却是哈欠连天。

肖羽童看不过去，捅捅我胳膊："姐姐！我是拉你过来看迟轩比赛的，你都要睡着了好不好！"

我往塑胶跑道上瞥了一眼，恹恹地抱怨："我昨晚一晚上都在赶论文啊，不就是运动会吗？他参加你来看就好了，非拽着我干吗？"

肖羽童不乐意地撇嘴巴："我不想自己一个人嘛。"

我叹着气揉揉额头，转头看了看身后的台阶，嗯，也不算太脏，索性往上面一坐，然后仰起脸看向日光笼罩之下的肖羽童。

"那好吧，我坐这里眯会儿啊，出结果了告诉我。"

没等肖羽童再皱眉头，我就闭上了眼。

刚刚眯了那么一小会儿，口袋里的手机振动起来，我不情不愿地掏出手机瞅了一眼，然后怒发冲冠了。

是贱人苏。

我从台阶上跳下去，站定，四下张望了一下，果不其然，东北方位一百米开外有一个颀长挺拔的身影，在人群中非常惹眼。

好吧，我承认，之所以能够在人海茫茫中认出他来，是因为他头上那顶标新立异的橙色帽子。

我朝肖羽童指了指那边："我有点事过去一趟，待会儿回来。"然后赶在她发嗲阻拦我之前，赶紧逃窜。

挤过人群走到苏亦身边的时候，他正要跳远，抬眼瞅见我了，就做了个手势，示意我等着。再之后，他动作轻盈，姿态优美地起跳、落定，惹得四周立刻惊叹声一片。

"被我迷倒了？"等着老师登记完成绩，他分开人群朝我走过来，嘴上很是不正经地调侃着，"要来看我比赛直接来就好了啊，躲在那边装睡干吗？"

我被他恶心得直翻白眼："天地良心，我真是被别人死拽来的。而且，我根本就不知道大少爷您要参赛。"

"不知道？"苏亦扬扬眉毛，再一开口，丝毫不掩饰语气中的抱怨，"研究生部这群老家伙个个懒得要死，我身为主席再不参赛，难道是要研部今年运动会参选名额突破去年只有三个的纪录？"

一听这话，我当场幸灾乐祸地笑了起来："今年几个？不会只有你自己吧？"

"那哪能。"苏亦面有得意之色，"下地狱也得拖个垫背的，这是我多年来做人秉承的原则。"

我敛了笑容，郑重其事地点头附和："深有体会。"

说话的同时，我随手接过苏亦手里的比赛卡看了一眼，然后就愣了："这么多项目？铁人啊你。"

"哈，有个比我还惨的，"苏亦朝我比了一根手指，笑得贼兮兮的，"除了一千五，其他全报了。"

我咋舌："不会吧？！"

任何稍微与体育挂钩的运动，都是我的噩梦，真的没有一丁点夸张。本科时每学期体育课期末考试都是要考八百米的，别人轻轻松松就能在三分多钟之内跑完，我再怎么咬牙拼命也得拖到四五分钟去。

就为了这个，高二时就拿了国家二级运动员证书的何嘉言，没少摇头叹气地感慨，我不具备运动潜质。

这个节骨眼上没来由地想到他，我的思绪不由得一窒，等到回过神来的时候，居然已经跟着苏亦走到塑胶跑道内侧的边缘了。

我定了定心神，随口问身边的苏亦："现在比什么？本科还是硕士？"

"八百米。"

苏亦收回看向起跑线的目光，然后箍住我的肩膀把我往他自己身前推了推，挑起嘴角幸灾乐祸地笑了："硕士的。那个比我还惨的人就要开跑了，背后标号是九的那个男生看到了没？就他，法硕二班的何嘉言。"

我顿时石化当场。

身后苏亦浑然不知地用手指戳戳我的背："仔细看好了啊，学学人家运动天才八百米是怎么跑的。"

完全没有了和他互相调侃的心情，我的第一反应，居然是想要掉头就走。

苏亦"哎哎"地喊着，自然而然地拽我胳膊："来都来了，干吗这就走啊？"

"我对体育比赛不感冒，你知道的。"我头也不回。

苏亦可不管那么多，霸道蛮横地将我拽回来："好歹也要看完这个。"

好巧不巧，被他扳过身去的那一秒，起跑枪声响了起来。我根本没来得及收回自己的视线，就与跑道上面从我右侧迅若疾风奔跑过来的那人，打了个照面。

苏亦很是激动地喊："9号，9号！"

他的喊声还没彻底落定，我就目瞪口呆地看到，那位9号参赛队员衣袂一闪，继而身形稳稳地定在了我的面前。

我脑子一蒙，苏亦也困惑极了，愣了一下："嘉言？"

何嘉言恍若没有听到，也不开口说话，就那么突兀地站在跑道上面，一动也不动，只用那双清亮的眸子定定地盯着我。

直到围观比赛的人都因为这边的动静而小小地骚动起来了，何嘉言才忽然没头没脑地说了一句"原来是因为他"，然后深深地看我一眼，转身就继续跑了起来。

苏亦如遭雷劈地扭头看向我，一脸的不解与惊诧："怎么了这是？"

我闭了闭眼，隐藏内心汹涌慌乱的情绪，嘴上却在说着："早说过我是八百米的煞星吧，是你不听的。"

早说过，我不该来看。

苏亦再想拖我去看本学院本科生的比赛，我自然是抵死不从。

他一脸挫败地看着我，居然妄图能够改变我的心意："不是吧乔诺，好不容易我今天心情不错，想跟你表现得亲密些，要不要这么不给我面子？"

我举起一只手来做阻止状："别别别，千万别，你跟我说这几句话的工夫，已经有好几个女生在瞪我了，求你了，放我回家补觉去吧。"

事实证明，仅仅是想要补一个觉而已，不伤天，不害理，却是那么难。

我刚要走出操场的大门，口袋里的手机简直是见了鬼似的立刻振动了起来。

有那么一瞬间，我十分天真地想要装作没听到——这会儿能给我打电话的人不多，一只手就数得过来，无非是突然想要走亲民路线的苏亦，再不然，就是想看运动会，可又觉得运动会无聊，故而需要拽上别人的肖羽童。

鉴于睡觉是王道、补觉比天大的原则，此时此刻这两个人的电话我都不是那么想接。可是显然那人很是执着，手机在口袋里振动了几分钟后，我叹了口气，认命地接了电话。

我还没来得及"喂"，电话那头，肖羽童的声音带着哭腔，很是慌张："姐姐，迟轩……迟轩跌倒了，你在哪儿啊，你快过来！"

我愣了几秒，然后拔腿就往回跑。

医务室里，我有些崩溃地看向肖羽童："这是怎么回事？"

迟轩腿上那个伤口很吓人，居然已经出血了。他不是来参加比赛的吗，怎么会摔成这样？

肖羽童撇撇嘴："谁知道啊，我在看台上看得也不大清楚，反正眼看着他跑得好好的，身后突然冒出来一个人要抢道，直接就朝他撞过去了……"她低头小心翼翼地去碰迟轩腿上的伤，"这得用了多大力气啊，跌得这么惨……"

我看了迟轩一眼，果不其然，那张原本就阴沉着的俊脸，因为肖羽童这句话，瞬间变得更加难看。

"那个，"我斟酌着该怎么措辞，"应该不是故意的吧？所有赛跑项目都是在塑胶跑道上进行的，难免会有——"

"别跟我提什么难不难免！"忽然杀出来的女声，蛮横地截断了我的话，再之后，门口露出了谈妈那张怒气难掩的脸。

她居然一进房门就朝我发难："江乔诺，都是你们班学生干的好事！4×100接力里头，第二组的3号是你们班的吧？就是他撞的迟轩！"

我张了张嘴，脑子有点蒙："不，不应该啊，"然后也不等她回答，低头摸起手机，拨通了班长刘越的电话后，直接让他通知那位3号同学比完赛立刻到医务室来。

谈嬷冷冰冰地看着我："装什么无辜哪。谁不知道你们2班能人少，担心拿不到名次，但也用不着使这么狠的招数吧？"

"怎么说话呢你！"听到班级名誉受辱，肖羽童霍然转头，气愤地瞪住谈嬷。

我伸手摁住肖羽童，示意她冷静，抬起眼皮淡淡地瞟一眼谈嬷："话也别说得太早了，等我们班学生来了，再下定论吧。"

谈嬷不屑地瞪我一眼，连带着将愤愤不平的肖羽童也给瞪了，然后走到病床边上，去慰问迟轩了。

刘越来的时候，是一个人。我愣了一下："那个3号呢？"

他一脸歉疚地看了看病床上的迟轩，然后才看向我，声音低哑而又窘迫地说："我就是3号。"

"好啊刘越，你为什么要撞迟轩！"肖羽童是个小炸药包，一听这话顿时就朝刘越蹿了过去。

谈嬷更是幸灾乐祸："上次晚会就是这位同学出的问题吧？那次没找你算账，这次倒又来惹我，你真当我谈嬷好说话，还是以为，我不像你们江小导那么关心自己的学弟学妹啊？"

谈嬷的话让我怔了一下，上次晚会？晚会怎么了？

我下意识地看向迟轩，却发现他的脸色很差很差，眉毛都几乎要拧断了。

迟轩没有看我，而是用一种很是克制自己情绪的语气对谈嬷说："谈导，我已经说过是自己不小心了，你要怎么才肯相信？"

谈嬷转头，面色因为迟轩的拆台而变得更加难看："不小心？你在参加比赛怎么可能不小心？明明就是他们2班为了拿名次，故意使用低劣的竞争手段！"

低劣的竞争手段？

难怪她硕士专门跳到了法学去读，可真是会上纲上线。

我咳了一声，一脸严肃地看向刘越："到底怎么回事，是你撞了迟同学吗？"

刘越看了看我，又看了看迟轩，本就内敛的男生瞬间涨红了一张脸："是，是迟同学突然变道的……我正要冲刺，根本就刹不住，所以才……"

我愣了一下，是这样吗？可迟轩正跑着，突然变道干什么？他不可能不知道身后有同学也进入了最后加速的啊！

"是这样吗，迟轩？"谈嫣明显强压着怒气，用一种任谁都听得出她不希望回答是肯定的语气问。

我、肖羽童、谈嫣、刘越，四个人八只眼齐齐看向迟轩。

他倒是一脸的淡漠，很是无谓地别开了眼，眼睛盯着地面，语气淡淡地说："我原本就这么说了的，是谈小导不信。"

谈嫣恼羞成怒："跑得好好的你变道干吗？"

我莫名其妙地觉得，听到这个问题时，迟轩若有若无地朝我瞥了一眼，然后视线陡然转开，满不在乎地说："没什么，看到了一些不想看见的场面而已。"

"胡闹！"谈嫣憋了好半晌，总算憋出了这么一句，再之后，教训学弟的语句瞬间就流畅了起来，"冲刺的时候突然变道和缓速，你知不知道有多危险？明天把八百字的检讨交给我，不然这事班导那儿别指望我帮你瞒！"

迟轩立刻看向我："我是受害者。"

我还没来得及说话，肖羽童就捅了捅呆站在她身边的刘越："你惹的祸，当然你写！"

刘越立刻答应："我写，我写！不光检讨，迟同学这几天上课的笔记，我也帮着写！"

谈嫣心疼迟轩，本来发狠话就是为了挽回自己的面子而已，这下听到刘越受到惩罚，总算觉得也算下得了台了。她剜我一眼，继而恨恨甩手离去。

我呼出一口气，也好，结果还算圆满。

当然，这圆满，有一个十分必要的前提条件——

必须忽略掉病床上的迟同学那几乎要烧了我的灼人视线。

"
Chapter 5
其实你很悲伤
"

　　肖羽童坚持要我们三个一起送迟轩回宿舍，迟轩脸色冷得像冰，毫不领情地拒绝："我不住学生公寓。"

　　刘越赶紧帮腔："那迟同学住哪儿？我们送你过去。"

　　迟同学立刻将视线转向了我。

　　我摸了摸鼻子，认命地说："我……我好像知道……"

　　一听我这话，肖羽童立即瞪大了眼："姐姐知道？姐姐怎么会知道？迟轩不是咱们班的啊，你们之前就认识？"

　　连珠炮似的问题，炸得我有点站不住，最重要的是——我不知道迟轩的想法，他愿不愿意让自己印象很不错的女生，知道我和他住在一起？

　　晃神的那么几秒钟里，肖羽童的眉尖已然越蹙越紧，情急之下，我脱口而出："我们……我们一个小区！"

　　肖羽童将信将疑，神色却是渐渐好看了些："这么巧呀？"尾音里，已然重新有了几分娇嗔的味道了。

　　我赶紧点头，扯谎的话简直信手拈来："可不是。也是今天早上下楼的时候才知道的。"

我在心底暗暗庆幸，还好自己反应快，结果转眼就看到迟轩微微勾着嘴角，正似笑非笑地盯着我的脸。

我以眼神向他传达自己的心声：张口之劳，不用太感谢我。

他嘴角的笑忽地敛住，瞬间转为咬牙切齿：回家我再收拾你。

我顿时皱眉不解，这就是传说中的以怨报德？

迟轩坚持不让肖羽童和刘越送，任凭他们两个说得多么好听。

我无奈："同学愿意送就送呗，也好加深一下彼此之间的感情。"

迟轩毫不客气地冷笑出声："我更想加深一下咱们之间的感情。"

肖羽童的脸色又要变了。

我哪敢再让迟祖宗多说，瞬间倒戈："刘越、羽童啊，不然你们先回吧，刚好我们住一个小区，顺路的，我送他回家就是了。"

刘越倒是没有太大意见，只是肖羽童用一种研究的眼神看了看我，又看了看迟轩，然后才不甚情愿地应了声："哦！也好。"

迟轩的腿受了伤，少不了要扶着他，我正琢磨着搭公交车是不是不大方便的时候，就听他很是大少爷脾气地说了一句："我要打车。"

我点点头："打车就打车，少爷受伤了，少爷你最大。"

一路无话，考虑到他受伤了，我自觉地做小丫鬟状扶着他进了小区，扶着他进了电梯。到了门口，我掏出钥匙开了家门，转脸对他明媚地笑了："少爷请吧。"

我态度好得简直应该发一朵大红花了，可是少爷根本就没觉得，他反倒挺理所当然，哼了一声，擦过我的身子就进屋了。

我的笑容僵了一下，然后忍不住有些恼了，我态度都这么好了，又不是我撞的你，朝我发什么火啊？

眼瞅着迟轩完全无视我的存在，直接就进自己的房间了，我绷了绷脸，赌气地拔腿也往自己的卧室走。

谁料就在这个时候，他忽然顿住了脚步，转过身子，墨色的眼睛直勾勾地盯着我的脸："操场上的事，不准备解释一下吗？"

这下换我皱眉毛了，操场上的事？

我仔细想了想，恍然大悟了。

"你……你都看见了？"我犹疑着，问他。

他的语气十分不善，那双黑眼睛冷冰冰地瞪向我："你以为，我为什么突然变道的？"

因为我？！

我愣了："我也没做什么见不得人的事啊……"

"被上次占你便宜的男人搂着，还不算见不得人？"他都要咬牙切齿了。

苏亦？

迟轩继续咬牙："还有何嘉言。你们三个居然凑到一起去了，可真是热闹！"

这下，换我脱口而出了："何嘉言在想什么，我是真没搞明白，再说了，是苏亦非要拖着我看什么八百米比赛的！"

"他拖你你就看，肖羽童拖你，你怎么装睡觉来着？"

我瞪大了眼，不能吧，肖羽童连这个都对迟轩说？还是说……是他自己看见的？

"你到底在气什么？"

一提起肖羽童，我的语气不由得变得有几分不自然了。

"谁说我生气了？"他冷冷地看了我一眼，扔下这一句，转身回自己房间去了。

晚饭迟轩没有出来吃，一直在自己房间里噼噼啪啪地摁着键盘打游戏。我思想斗争了好久好久，最终端着菜和饭走了进去。

他视我为空气，继续手指翻飞。

和他斗气，我向来都是甘拜下风的那一个，所以也就没再多挣扎，拖了一张凳子过去，坐下，把饭菜递他："吃饭。"

他哼："我不饿。"

我顿时皱起眉毛："你上午刚比完赛，中午又什么都没吃，能不饿吗？"

他依旧紧盯着屏幕，看都没看我一下："我有挂点滴。"

我叹气："那是怕你中暑所以才挂的，而且，也是为了给你腿上伤口消炎的好不好，谁家把点滴当饭吃的？"我又把饭菜往前推了推，用不由分说的语气说道，"吃完饭再玩。"

迟轩终于侧过脸来，抿着嘴唇，定定地盯着我，看了好一会儿。

他的表情太过凝重，盯着我看的脸色也太过认真了，就在我以为他又要说出什么让我招架不住的话的时候，他却别开了眼，一个字都没说，一只手干脆利落地摁了电脑电源，另一只手从我手里接过了外卖盒。

我在心底呼出了一口气，他还算听话。

"难吃。"

好吧，我收回刚才夸他的那句话。

晚上我洗完澡，就窝自己屋里赶起了论文，没多久忽然发现自己身后有人呼吸的气息，大惊失色地转过脸去，是迟轩。

这一次，我不再像上回那么没出息了。我不但迅速地敛掉了面部惊诧之色，还以迅雷不及掩耳之势站起身来，挡住了自己的电脑。

"你要干吗？"

见我神色警惕且行为夸张，他一脸嘲弄地看向我："不用挡，我不抢它。"

我可不信他的话，执拗地继续问："那你过来干吗？"

他漫不经心地看了一眼我的电脑，伸出一条腿，钩过一张凳子坐下："来告诉你，你的开机密码太弱智了。"

我心头一跳，嘴上却是自发完成回答："你没那么闲吧？"

"好吧。"他很快地笑了一下，精致的五官在橘色的灯光下居然显得有几分柔软，用一种我看不懂的古怪眼神看着我。

"我来是要告诉你……我和肖羽童之间，没什么。"

"嗯？"

话题突然转变，我一时之间反应不过来。

他却当作我是听懂了，并且在表示内心的惊讶，神色淡淡地看了我一眼，波澜不兴地继续说："我和谈小导，也没什么的。"

我顿时哑然，停了好半晌，才恍然明白过来，原来是要对我倾诉感情问题啊。

他不知道该在她们当中选择哪个吗？

我脱口而出："你和肖羽童，真的挺合适的！"

一场大获成功的迎新晚会，成就了一对无论是相貌还是主持功力都可以称为绝配的男女主持，新一届法学本科生乃至整个文法学院，都是以金童玉女的眼光来看待迟轩和肖羽童的，我不可能不知道。

而今天，肖羽童之所以那么殷切地关注迟轩的比赛和伤情，恐怕也和那些流言不无关系吧？

我只是就事论事而已，而且说的明明是实话，可迟轩的脸色却是瞬间就黑了。

"江乔诺。"他有些懊恼地皱起眉，神色颇为凶狠地盯住我，"我跟你说话你到底有没有听？"

我哪儿敢再敷衍，赶紧点头："听了。"

"听懂了吗？"他抬眼恶狠狠地瞪向我。

听懂没听懂的我还真不好确定，于是我继续一脸诚恳地看着他，然后有些惴惴不安地猜测着。

"你的意思就是告诉我……你没早恋，对吧？"

他怔了一下，而后那双墨黑色的眼睛里忽然透出一抹怒意，他一把甩开我的胳膊，头也不回地大步出去了。

我再去拍他房门，这次完全没人搭理我了。

就这样，接下来整整三天的时间里，我根本就没有机会好好地和迟轩说上半句话。通常是我醒过来的时候，他已经走了，而我们都清醒并且在家的时候，他完全沉浸在打游戏刷Boss之中，彻彻底底将我给无视了。

说我完全不知道他在犯什么别扭，那是假的，可如果真让我说出他到底是在生气些什么，我又不敢肯定了。

迟轩在和我进行着一场无硝烟的冷战，倒是肖羽童找我的次数，越发频繁了。

在她第三次追问我，她能不能去迟家看看迟轩的时候，我松口了："你问迟轩吧，他说可以的话，我就带你去。"

而事实是，肖羽童打了几个电话，他都不接。

"那……我也没办法了。"

除了这一句，我也不知道该说什么。脑子里忽然冒出来迟轩那天晚上郑重其事地对我说他和肖羽童以及谈嫣之间都没什么的场景，我更觉得和肖羽童站在一起不自然，随口找了个理由，落荒而逃般地赶紧走了。

到了家，迟轩依旧是在自己房间里打游戏。

我在门口站了好一会儿，吸了口气，推开他的房门走了进去。

听到动静，他连转头看一眼的动作都没有，完全岿然不动。

我的眼皮跳了一跳，强压了三天的好脾气瞬间轰然倒塌，我必须承认，自己终于彻底被他这副麻木漠然的神色给激怒了。

我快步走上前，劈手摁了他电脑的电源。一系列动作一气呵成地完成之后，就在他仰脸怒视我的那一秒，我以同样愠怒的神色看向他。

"江乔诺。"他愤愤然地喊我名字，声音因为通宵打游戏的疲倦而有些沙哑。

我避也不避，迎接着他的怒视，一字一句地说："有在这儿打游戏的工夫，你不如先去把饭给吃了。"

一进门，我就看到客厅茶几上连动都没动一下的外卖，这小子到底几顿饭没好好吃了？

我一脸凛然怒气，他更是寸步不让地瞪着我："不用你管。"

他的态度太恶劣，惹得我怒火噌噌地直往上蹿："我是你姐！"

"谁承认你是我姐？！"他吼的声音比我还大。

我愣了愣，然后就彻底怒了："只要你人还在这个屋里，就得听我的！我说去吃饭，再玩游戏，信不信我把你电脑砸了？"

一巴掌甩在他的胳膊上之后，我彻底没了往日的好脾气，绷紧了一张脸。

他冷冷地看着我，一言不发。

也不知道僵持了多久，他霍地从椅子上站起身来，不耐烦地吐出两个字"啰唆"，抬腿就往外走去。

我冷着一张脸追上去，原以为他是要摔门而出，没想到，居然看到他长腿一伸，坐在了沙发上，恶狠狠地抓过KFC的外卖袋。

他阴沉着一张脸，吃起东西了。

我抬起手扶住了门框，盯着他的背影看了好一会儿，怒气一点点地消散。

这就是迟轩，这就是注定了，要和我未来的生命密切相关的少年。

他有俊美眉眼，他穿素白衣衫，他脾气一点都不好，他动辄就会翻脸。

他会惹我生气，惹我发飙，惹我暴走，惹我怒火朝天。

可是即便如此，我居然一点……

一点也不讨厌，这样的迟轩。

我端了一大杯水，递到他面前，不知不觉间，自己的声音变得有几分柔软。

"喝口水，别噎着了。"

他头都不抬，嘴里却是毫不领情地哼了一声。

我大度地没有跟他计较，把水放到茶几上，坐到他对面。眼睛往他腿上看了一下，却发现伤口被长裤给遮住了，只好开口问："腿好点没？"

他嘴里咬着薯条，含混不清地嘟囔："瘸不了。"

我霍地从沙发上弹起来，想都没想地手起又落，一巴掌拍在他的脑袋上面："怎么说话呢！"

他猛地仰起脸来，又惊又怒地捂着头，张嘴就朝我吼："男人的头怎么可以乱打？！你找揍啊江乔诺？"

我也正在气头上，顺口就往下接："揍我？你揍我一下试试看？"

我的话音刚落，眼前忽然一花，等到反应过来的时候，已经被闪身过来的他抓住了胳膊。

我还没来得及反应，身子就是一个趔趄，下一秒，就被他扑倒压在沙发上了。

我张了张嘴，脑子里一时还处在真空状态，他却像是发了狠，手脚并用地压着我，桀骜不驯的眉微微扬起，居高临下地瞪着我："嘴巴毒、心肠狠，还又懒又蠢又笨，你说你自己有什么好的？！"

骂我？

我的神志终于回转，下意识地顶了句："我好不好关你屁事？！"

"不关我事？"他冷冷一笑，就那么眯着眼睛定定地盯着我瞧了一会儿，而后霍然低头，张嘴就咬在了我的嘴唇上，"我怎么会喜欢上你这样的人！"

一句简简单单的话，任何字句即使是单独剖开，都不会产生歧义，可是我却如遭雷劈，愣住了。

迟轩依旧保持着半坐在我身上的姿势，那双黑亮的眼睛盯着我看了好久，之后，嘴角蓦地扯出一抹兴味索然的笑容来。

"所以说，我比你还蠢。"

他笑容惨淡。

话说完，他利落地从我身上翻身而下，然后就直直冲进了浴室，哗啦啦的水声掩盖了尴尬。

我呆若木鸡地躺在沙发上，忽然想到他腿上还有伤，我狼狈不堪地爬起身，跌跌撞撞地往浴室冲："迟轩！你的伤口还没好，不能那么——"

"洗"字还没出口，浴室的门突然从里面打开了。他伸出一条湿淋淋的胳膊，一把将惊魂未定的我拖了进去。

不知道他要做什么，我几乎是下意识地挣扎了起来。

许是指甲划伤了他，他闷哼了一声，下一秒，我的两只手都被他给捉住了，整个人动弹不得。

我有些惊慌失措地仰起脸看向他，这才发现，他的眉眼压得很低，微微喘着粗气盯着我，眼里全是勃发的怒气。

我终于意识到怕，艰难地咽下一口唾沫，一开口，才发现自己的嗓音颤抖："你……你要干吗？"

眼前的少年浑身湿透，根本就没有脱掉的衣服紧紧地贴在身上，他那玄墨色的发梢滴滴答答地往下淌着水，整个人明明显得狼狈，却又漂亮到近乎妖异。

察觉到自己此时此刻居然还会生出这么荒谬的想法，我不由得别开了眼，谁想，我刚刚偏过头去不看他，他就恶狠狠地捏着我的下巴，将我的脸又转了回来。

他手上力气极大，我的下巴像是要被捏碎了，事已至此，我的脾气也被彻底激了上来，想也不想地张口就对他骂道："迟轩你疯了吧？！快放开我！"

他咬牙切齿地盯着我，从唇齿间磨出字字句句："放开？我看那个男人搂着你时，你挺高兴的。"

他摆明了是想要激怒我，我的眉眼渐渐冷下来。

手被他捉着，下巴被他捏着，只有腿还能动，满腔的怒气使我屈膝就朝他撞了过去。

他吃痛，几乎是条件反射般地手上加力，一把把我的身子掼到了墙角里。

脑袋磕到了墙面，我吃痛地闷哼了一声，他却并不罢休，湿透了的身子猛地逼近，两只手攥着我的手腕举过头顶，轻而易举地就将我的手臂紧紧地贴合在墙壁上，一双腿更是凌厉地抵着我的膝盖，明显是生怕我再有反抗的动作。

这样的姿势太过暧昧，我又羞又恼，一张脸已经通红滚烫："迟……迟轩你疯了？！你放开我，快放开！好痛！"

他不说话，就那么阴沉着一张脸，目光灼灼地盯着我。

他的目光像焚烧一切的火，我受不住，狼狈不堪地闭了闭眼，哑着声音开口："你要是不想我管，以后我再不——"

再不怎么，我没能说下去，因为我的嘴唇，被迟轩的嘴唇给堵上了。

他的唇很烫，而且动作并不温柔，近乎掠夺。

我瞪大眼睛，完全忘了该作何反应，只是又惊慌又愣怔地看着他。

被他拥着，两张脸离得那么近，呼吸都可闻了，我觉得自己的一颗心怦怦直跳，像是要跳出嗓子眼。下一秒，终于反应过来我们这是在做什么，我恼羞成怒地屈起了腿，毫不犹豫地往他的膝盖上顶了过去。

迟轩的眼神里全是迷离，显然完全没有防备我会突然发难，身子不由得往后趔趄了一下。

趁他失神，我眼疾手快地从他的禁锢中彻底挣了开来，张皇地去摸门把手，回头又惊又怒地瞪他一眼："下……下不为例！"

直到很久之后，我才明白，那一天的迟轩，为什么会那么的反常和暴戾。

只是，那终归是"很久之后"的事。

第二天一大早，迟轩搬回了自己的宿舍。

他悄无声息，连招呼都没有跟我打一个。

起床醒来，看着他空荡荡的房间，我在门口待了好久好久，最后还是坚持不住，由着自己疲惫不堪的身子沿着墙壁，慢慢地滑坐了下去。

他走了。房间里本就不算多的所有东西，被他搬得彻彻底底。

我昏昏沉沉地过了整整一夜，用一晚上的时间想通了一件事，可就在我彻底撑不住，短暂地迷糊了过去的凌晨，他以这种不告而别的方式，离我而去。

那一天，我直接冲进了迟轩所在的男生公寓，可是他的室友告诉我，他只是把自己的东西扔在了这儿，人根本就不住在这里。

我有点蒙："那他住哪儿？"

"抱歉学姐，"室友表示爱莫能助，"我也问了，可是他没说。"

往回走的时候，我胸腔里的某个地方一直空落落的，对啊，相处了好几个月，可是除了他叫迟轩，他随母亲姓，他是有钱人家的少爷之外，我对他还有多少了解？

他刚说完喜欢我，就干脆利落地不告而别，更加可笑的是，我连去哪里找他，都一无所知。

我昨晚想了整整一夜，想那样张扬气盛的他，怎么会喜欢上这样迟钝懒散的我。可是，他走了，我找不到他，连要个说法的机会都没有了。

接下来的整整一周，我再没见过迟轩。

他就像是从人间消失了似的，再没出现在我的视线里面。

我不是没有主动去找过他，可是任凭我如何围追堵截，都没有一次能够成功地拦到他。他像是在自己的身上安装了极其灵敏的雷达，而那个雷达的功用，正是为了防我。

在第四次守在他上课的门外，却再一次扑了空之后，我彻底告别了做一个跟踪狂的日子。

既然他不愿见我，我又何必自找没趣？

那句话，想来不过是他气极了，随口说的。

我确实蠢吧。别人随口说的一句话……我却险些当真了。

迟轩走后，我渐渐回归了研究生部的生活，每天懒懒散散地去上课，心情好了，就出去逛街。

本科法学2班的学生们也慢慢地适应了大学里面的节奏和生活，给我发来的求助短信越来越少了。

日子不疾不徐地过，又过了一周，终于迎来了第一个勉强算得上是长假的假期——国庆节。

作为一个从小就对家庭和父母依赖无比的独生女，我认为七天已经足够长了，足够我拎着行李箱，踏上火车风风火火地赶回家，上演一出母慈子孝的相逢场景了。可是——凡事总是会有可是的——我家太后很显然并不这么想。她一直固执地认为，除了寒暑假，在其他时候回家的想法都是完全没有必要的。

在外求学多年，我早养成了一个良好的生存习惯——只要我打着非正当时候想要回家的念头，给我妈打电话的时候就总是卑躬屈膝的。

"妈妈，您起床啦？"我实在是太谄媚了。

"废话。"我妈没觉得我态度乖巧，竟然有些恼，"这都几点了，我能睡到这会儿吗？"

马屁拍错了地方，我干笑两声，赶紧岔开话题："是，是，您最勤快了。我爸呢？"

即便相隔千里，我妈依旧明察秋毫，她狐疑地问："你爸当然还在学校上课了。怎么，你有事啊？"

"没，没什么事。"我一边假笑，一边想，说北京下冰雹了？不行，太弱智了；说我锅碗瓢盆全坏了没办法吃饭？我妈肯定会让我再买一套的；说我房租到期了没地儿住了？不好不好，她铁定会二话不说地往我账户上打一笔钱，与此同时不忘第九百遍数落我当初搬出有谈嫣存在的宿舍是多么任性而为和意气用事。

我天马行空地遐想了一下，最终认了命，张嘴老老实实地说了句："妈，我想您了……"

我自认自己的语气足够小女儿式的娇嗔，腔调也拿捏得恰到好处，可我妈不愧是我妈，她四两拨千斤地来了句："是吗，那你这么久都没给家里来个电话？"

被她反将一军，我原本准备好的"我好想您，好想我爸，您看这不刚好有个国庆假不然我回家吧"的台词瞬间就没了用武之地。我想也没想地就来了句："我最近不是做了本科生的小导，忙得厉害嘛。"

我不给他们打电话当然不会是因为这个——是因为迟轩，和迟妈妈。

我刚说完忙，我家太后施施然地在那边说："啊？你很忙啊？我还想着跟你商量下回来住几天的事呢，唉，那还是算了。"

搬起石头砸了自己的脚，我嘴角一抽，赶紧变卦："其……其实也就前几天忙，这几天好多了！"

我妈立刻扬声道："那你还这么久都不往家里打电话？"顿了一下，她莫名欣喜起来了，"我说江乔诺，你不会是……恋爱了吧？"

我虎躯一震。

见我沉默，我妈顿时兴奋起来了："是你们学校的男生吗？比隔壁老李家女儿的男朋友帅吗？家在哪儿，离咱家远吗？哎呀你怎么不早跟妈妈说呢，你爸整天念叨你好久没打电话会不会是有什么事，我当然知道你忙所以拦着他没打扰你，可妈妈哪知道你是在忙这个呀，早知道我能不致电问候一下吗？"

"妈！"我忍无可忍地打断她，"我什么时候承认自己是在忙恋爱了？"

"啊？"我妈震惊又失望，语气急转直下，"那你最近不务正业地在干什么？"

我的嘴角抽了一抽，眼皮直跳，只好说了句："妈，妈啊，刚想起来我还有点事没忙完呢，我先挂了啊。"赶在她长篇大论之前，火速挂了电话。

挂了我妈的电话，我就瘫在床上了，懒得多想，于是放空了脑袋，结果没多久就睡着了。

等我醒过来的时候，房间里已经全黑了。

我摸索着爬下床，啪的一声摁了开关，然后重新回到床上睁着眼睛趴着，等待自己彻底从睡意中清醒过来。

谁想，我还没彻底清醒，一直被扔在床尾沉默了好久的手机，倒是先我一步醒了。

出于本能，我以为是我家太后打回来骂我的电话，所以犹豫着不想去接，可是手机很执着地不断振动，我叹了口气，只好抓到了手里来。

一看屏幕，我就愣了。苏亦给我打电话干吗？

我还没反应过来，攥在掌心里的手机再次振动起来，我的手指还没来得及撤开，好死不死地就接了电话。

苏亦在那边神经兮兮地笑："大白天都不接电话，在那边干吗呢？"

多年相识，我深知苏亦是那种即便对方是只狗也会出言调戏一下的人，所以我一点都不诧异他会说这种猥琐的话，哼了一声，一边趴在床沿上找拖鞋，一边没好气地回他："这哪还是白天啊，晚上七点了大哥。"

"嗯，那你吃晚饭了吗？"

话题跳转如此之快，我想不愣一下都是做不到的，考虑到对方是何秉性，我心中顿时警铃大作："你想干吗？"

"啧！"他失笑，"不要那么自我感觉良好啊江乔诺！我再饥不择食地想要对人下手，都不能找你吧？"

我想了一下，也对。我踩着拖鞋下了地，老老实实地回答："还没，我刚睡醒。"

一听这话，他就再次贱贱地笑了起来："把你床伴儿也叫起来，一起吃个晚饭呗？"

下楼后，我举起一只手来，朝他招了招，他看到了，举步向我走过来。

见他一副左顾右盼的模样，我忍不住笑："没逮住我的相好，是不是很失望啊？"

他睁着那双勾人的桃花眼："好不容易有人愿意跟你同榻而眠了，我当然想要见见。"然后又故作认真地四下找了起来，"怎么，先走了？"

"姓苏的，"我伸手拧他，"怎么没人愿意跟我同榻而眠了，我是怪物还是洪水猛兽啊？"

苏亦疼得直叫："你睡觉流口水！这么大了还跟婴儿似的，恶心死了！"

这话倒是不假。

我弯着眼睛笑："我屈尊纡贵地下楼，可不是为了跟你追忆似水年华的。"四下张望了一番，瞅见装修最豪华、价位最高的那一家，开口问，

"去哪儿吃，望海阁吗？"

"美得你。"他拔腿就往前走，"大排档，爱吃不吃。"

我似笑非笑地盯着他的背影："哟，大少爷您什么时候学会体察民情了啊？几年没见，麻辣烫您吃起来不反胃了啊？"

他脚步一顿，转过脸来咬牙切齿地看着我："你喜欢的东西，我怎么可能会喜欢。"

我摊了摊手："所以我说不如去望海阁。"

虽说吃饭的地点不是望海阁，但苏亦当然也不可能会带我去吃大排档。他领我到了事先定好的地方，是一家私家菜会所的包间，我仔细看了看内部装潢，转头问他："你买彩票中奖啦？"

他很是嫌弃地瞥我一眼："出息点吧。"

等到点好的菜被端上来，他这才幡然醒悟，自己低估了我的出息。

眼看着我风卷残云般把自己面前的食物吞咽下肚，他张了张嘴，然后忍无可忍地朝我低吼："你几顿没吃了啊？"

我很委屈："我妈不许我国庆节回家，下午刚哭了三个小时，我不得补充一下体力啊。"

他额角冒黑线："刚还说睡了一下午的那个，是猪吗？"

"谁说的？"我一脸无辜。

那天，我的食量实在是把苏亦给吓坏了，尽管他早就了解我的彪悍习性，却依旧忍不住眉头越蹙越紧，到了最后，他忍无可忍地隔着桌子伸过手来，一把攥住了我的手腕："白酒你都敢喝，找揍啊。"

我嘿嘿地笑："白加啤，尝尝嘛。"

他攥着我的手腕不放，那双妖娆的桃花眼锁着我的脸直勾勾地看，半晌后，他突然说："你到底怎么了……失恋了？"

我撇撇嘴，含混不清地说："我又没恋，往哪儿失去？"

他盯着我："反正你就是不对劲儿。"

"可不嘛。"我耷拉着眼皮，看着杯子里金黄色的液体，没心没肺地说，"我下午不刚跟人睡了——"

"江乔诺！"

我应声抬起眼皮，就看到苏亦罕见的一脸厉色，到了嘴边的话，瞬间就咽回去了。

"你给我说实话！"他凶我。

实话？我自嘲地笑了笑，压下心里的苦涩，然后仰起脸："上次叫我妈的那个人，你还记得吗？"

他用一副果然如此的表情看了我一眼，然后点了点头。

我撇撇嘴，没敢看苏亦的眼睛，明明心里慌得很，嘴上却是用尽可能无所谓的语气说了句："就他啊。他不要我了。"

　

也许是酒劲儿上来了的关系，我的脑袋有些晕晕乎乎的。昏昏沉沉的结果就是，苏亦勒令我讲清楚我和迟轩之间的关系时，我居然答应了。

其实仔细想想的话，也并不是什么必须要瞒着别人的事情吧？

我和迟轩之间，本来也就不是什么见不得人的关系，之所以以前不敢说，不过是因为害怕苏亦会告诉我父母，惹得他们担心，如今迟轩已经不告而别，又摆明了是在躲着我，想来他是不会再回来同我有什么瓜葛了。

既然事已至此，那么即使告诉了苏亦，又有什么关系？

事情虽然复杂，但总还是讲得清楚的，除了最后一天迟轩的反常表现之外，其余的事情我都跟苏亦讲了。

讲完之后，我口干舌燥，伸手去拿桌子上的水喝，坐在对面的苏亦看了我一会儿，然后有些犹疑地问："也就是说，你们……同居？"

"错。"我抓住水瓶子，侧脸纠正他的语病，"只是住在一起而已。"

他想了一下，然后脸色变得有些不大好看了："我上次问你是不是出了事，你为什么瞒我？"

我喝了一大口水，然后舔舔嘴唇："我爸妈知道的话，会疯了吧。车祸，别人又因为我没了命，再加上迟妈妈临终时的遗愿是让我照顾迟轩，一桩桩一件件都不是什么小事，我可不觉得我妈的承受能力有那么强。"

"也是。"苏亦显然回忆了一下我妈妈以往对突发事情的处理态度，然后掀起眼睫看向我，一脸认真地说，"还是不要告诉乔阿姨比较好。"

我当然知道。

喝了不少酒，我扶着桌子站起身，笑嘻嘻地对苏亦说："我去下洗手间啊。"

他有些担忧地看了我一眼，作势要起身扶我，我赶紧摇摇手，连连说着我没事。

他这才点了点头，我保持着一脸明媚的笑容，略微摇晃地走出了包间。

进了女洗手间，我对着镜子里头那个面颊绯红的自己看了一会儿，然后嘴角的笑容渐渐地消失了。

天晓得……天晓得我到底是怎么了。

迟轩走了，房子不过是空了些，我每天不过是无聊了些，自己的呼吸、心跳声无非是放大了些，在大街上一个人晃荡，都不愿回到那个空房子的次数不过是多了些，回到家里也不过是发呆的时间更久了些……这又有什么？

我本该更加珍惜终于回归了安静的、自我的生活空间的，可是为什么，为什么我会莫名觉得像是有什么东西，以摧枯拉朽、势不可当的姿态钻进了我的房子里、我的心里，然后弹指一挥间，就带走了曾经把我的房子和心都填充得满满的东西？

越是回想，心底就越是闷闷的，我弯下腰用冷水打湿了脸，两只手撑在梳洗台上，安静地等着水滴沿着脸颊滑下来。

过了一会儿，我仰起脸看向镜子，额头上有水滴蜿蜒而下，爬到眼角，嵌在那里，像极了泪。

我嘲弄地弯了弯嘴角，伸手把它抹掉了。

等到我从洗手间出去的时候，苏亦已经等在门口了。他的神情再明显不过——在担心我。

我朝他抱歉地笑了一下，还没开口，胳膊就被他拽住了。

"你哭了？"

我撇撇嘴："哪有。你见过我哭吗？"

他半信半疑地盯着我看了一会儿，然后嘴角痞痞地挑起来了："我说，你喜欢那小子吧？"

"喂！"我急忙反驳，然后抬眼瞪他，"东西可以乱吃，话不能乱说的。"

"得得得，"他松开我的胳膊，笑着往前走，"当我没说。"

苏亦坚持要送我回家，我正犹豫，他一句话就把我堵死了："以前是因为有别人，所以你不想我去，这可以理解，但是现在总没问题了吧？"

我张了张嘴，却无话可说。

上楼之前，我一直在警告苏亦："你休想赖在我这儿，十点之前必须撤。"

他用一种看白痴的嫌弃表情瞧着我，眼神里的意思却是再清楚不过了——你求我，我都不会多待的。

从电梯里出来，苏亦就在一旁啧啧感叹："有学生公寓不住，偏偏跑出来交这么贵的房租，果然从小智商就低的人，再怎么长个子，也不可能变聪明了。"

我掏出钥匙开门，头都没回地对他说："毒舌男，只用说一句'你家还不错'，就好了。"

我进了门，眼角无意中扫到，门口地毯上一双拖鞋当中的一只反着，正暗暗狐疑出门的时候是不是这样，苏亦就从身后追了上来，特别三八地追问我："你哪儿来的钱哪，叔叔阿姨太惯着你了吧？"

我瞬间忘了什么拖不拖鞋的，很骄傲地扭头看向他："姐姐读研公费，你交学费的钱，我来交房租，多公平啊。"然后手一挥，指点他，

"随便坐。"

我从冰箱里拿了一瓶绿茶扔给苏亦，然后身子倚着冰箱门，也不说话，一双眼睛紧紧盯着他。

他打开绿茶喝了一口，转眼注意到我的表情，就问："干吗？"

我笑："看你能撑到什么时候。"

自从来了我们N大读研之后，一直积极踊跃地与我共演互不相识桥段的苏亦，前段时间在操场上，居然在公众目光之下拉着我一同看比赛，这已经足够奇怪了，今晚又巴巴地跑来请我吃了顿一看就价值不菲的晚餐，吃过饭又死皮赖脸地非要到我家来——他表现得这么明显，如果再看不出是有求于我的话，那我真就不是从小和他一起长大的江乔诺了。

苏亦面色犹疑了良久之后，突然说："诺诺，有件事你一定要帮我。"

果然是出了什么事。

我呼出一口气，走过去挨着他坐下："你说。"

"韩贝贝她……要从上海过来了。"

我蹙了蹙眉，困惑地看向他："韩贝贝是……"

"我以前的女朋友。"

他垂着眼，修长的手指捏着瓶子，语气里没了平日的不正经，反倒带着几分让我难以置信的寂寥："我大学四年，只交了那么一个女朋友，后来她跟别人在一起，把我给甩了。"

我似懂非懂地琢磨了一会儿，然后有些迷茫地问他："她过来干吗？"

"找工作呗。"他终于把手里快要捏瘪了的瓶子扔了，长腿一伸，身子后仰，歪在沙发上面，"她本来就是北京人，比咱们高一届，后来留本校读研，今年研三了。大概是觉得北京机会多，又方便家里安排，所以她就回来了。"

顿了一下，他侧脸看我一眼，意味深长而又一脸嘲弄地笑了："我太清楚了，她一向最懂得把握机会的。"

我安静地想了一会儿，还是有些不明所以："她来找她的工作，你紧张什么？害怕见了她旧情复燃？还是怕看到她过得挺好的，衬托得你这几年放浪形骸很没劲啊？"

苏亦抬起眼看我一下，竟然没有张嘴反驳，反倒苦涩地笑了一下："说出来不怕你笑话，我确实没能忘了她。"

认识苏亦这么多年来，在我面前他向来是不正经的、调侃的、吊儿郎当的，像今天这么严肃认真的样子，还真是少见。

我不禁好奇："可是这关我什么事啊？"

"很简单，"苏亦直起身子，一把抓住了我的手，目光灼灼地看着我的脸，"装我女朋友，就够了。"

我眼皮一跳，险些就咬到了自己的舌头，想也不想地甩开了他的手："疯了吧你。"

苏亦着急了："我这两年怎么过的你很清楚，虽然人在花丛走，却是片叶不沾身，那些和我好的姑娘，都是场面上做做样子罢了，真正能让我稳住心神的，恐怕只有你了。"

这话我可承受不住。

"我是能让你稳住心神，我能让你稳到爆炸。"

苏亦叹气："平时跟你吵，那都是闹着玩的，遇到正经事你总是会帮我的，这总没错吧？"

"话是没错。但我对掺和别人的感情，尤其对扮演坏心肠女配的剧本，一点都不感兴趣，你还是另请高明吧。"

"江乔诺。"苏亦微微眯了眯那双桃花眼，表情危险而又警告地眦向我。

我岿然不动，无惧无畏，勇敢地迎接他的视线："我是有原则的。"

"那没办法了。"他一脸惋惜地站起身子，一边往外走，一边淡淡地说着，"我只好回去给乔阿姨打个电话，问候一下她和江叔叔了。"

我脸上胜利的笑容，瞬时一僵。

贱人苏继续边走边念叨着："开学快两个月了，还没好好跟乔阿姨唠唠呢，今晚一定得多说会儿……"

一步，两步，三步……

"贱人。"我出声喊他，无奈妥协，"我服了。"

他的脚步立刻就顿住了："好诺诺！"然后迅速回身，一双贱手以极其亲昵的姿势揽住了我的肩膀。

"就知道你对我最好了！"他把头靠在我的肩上，一开口，完全是港台剧恶心女的腔调。

我抖着浑身的鸡皮疙瘩，皱着眉毛去推他的身子："离我远点儿，就会威胁——""我"字还没出口，苏亦身后传来钥匙开动门锁的声音，再之后，房门开了。

天公不作美，造化总弄人，就这样，我和苏亦以"耳鬓厮磨"的姿态，出现在了迟轩的眼前。他只看了一眼，然后手里拎着的一大袋子零食就随着他嘴角徐徐挑起的冷笑砸到了地上去。

袋子落地，咚的一声闷响，我的心随着眼皮一起跳，回过神来便去推搡苏亦，他也是一副很意外的表情。我们相互看了一眼，各自僵在原地。

完蛋了。

我的脑子里第一时间闪现出来的，居然是这三个字。等到下一秒，脱线的神经更是加速运转起来，我甚至想——迟轩不会认为……我要推开苏亦的动作，其实是在欲拒还迎吧？

三个人愣愣地对视了好一会儿，居然是苏亦率先打破尴尬，他看了看僵立在门口一脸冰冷的迟轩，再转过脸来看了看我，然后磕磕巴巴地说："就……就是他啊？"

他见过迟轩，这不是废话吗！

虽然不知道迟轩为什么突然又回来了，但一想到要对本来就对我有些误会的迟轩解释今天的事情难度会有多大，我就郁闷得几乎要哭了。

不知道该以什么样的表情面对他，于是我绝望地闭了闭眼，抬起一只手为贱人苏指了指大门,实在无力再说什么话了。

等我再睁开眼的时候,苏亦自然已经走了,我有些惊慌地四下看了看,迟轩呢?

几秒钟的失神之后,我用百米冲刺的速度往迟轩的房间里冲过去,可是迎接我的,依旧只是空空荡荡的房间而已。

他就像是一场梦,来了又去,明明我看到了他的眉眼,明明我见到了他的神情,却自始至终,都淡得毫无声息。

眼眶又酸又涩,我疲倦不堪地倚着门框苦笑,对啊,对啊……

你曾质问我的那句话,其实我也很想亲口还给你啊。

我怎么会,那么介意,你这样的人呢。

我抱着毛毯坐在沙发上等了整整一夜,迟轩再没出现。

我一遍又一遍地打着他的电话,直到手机耗完了全部的电量,他都没有接。

到了最后,我实在撑不住了,迷迷糊糊地睡着了。等我再醒来的时候,已经是新的一天了。

如果不是自己的手机里确实存在着近百个名字为"迟轩"的已拨记录,我真的要怀疑,自己昨晚只是做了一场荒谬揪心的梦了。

只可惜,那不是梦。

门口那袋我昨晚完全无暇顾及的零食,袋子依旧敞着口凌乱地摊在地上,它就是迟轩曾经来过的、最有力的证明。

我又在沙发上蜷了一会儿,然后拖着疲倦的身躯,爬起来走回自己的房间补觉。

我实在是……对这样成事不足败事有余的自己无话可说了。

Chapter 6

满身风雨，你在这里

自从那天之后，苏亦有两天没敢来找我。

苏亦不找我，我乐得清静，装别人尤其是他的女朋友，并不是什么乐事，我当然不会主动伸过脑袋去由着他或砍或剐。

到了第三天，最终还是苏亦忍不住了。他一个电话过来，命令我立刻穿上自认为最最好看的衣服，光速出现在楼下。

他的语气十万火急，我却是一边抬起手绑着头发，一边对着手机扬声器喊："我下不去。今天他们法学2班组织了活动，我得去参加。"

苏亦可不管这个，在那边蛮横地发号施令："我还有几分钟就到你楼下了，你不下来，可别怪我再去你们家。"他所谓的再去我家，当然是在提醒我三天前他做的那件好事了。

不提那个还好，一提我也火大："怎么，你还有理了啊？不是你那天搞那么一副架势，迟轩他能误会我吗？"

苏亦有求于我，自然立刻服软："我错了，我错了还不成吗？可你那天也答应要装我女朋友了吧？今天就是一个绝佳的机会，我求求你一定要出场，行不行啊姐？"

"你比我还老，少叫我姐。"我绷着一张脸，"今天怎么了？韩贝贝要跟你视频，还是怎么着？"

还让我穿上自己最好看的衣服，不用弄得这么隆重吧。

苏亦叹了口气："她到北京了……"说完这句，接下来的字句里，苦笑意味就更加浓郁了，"她今早给我打了个电话，说是想要一起吃顿饭……我答应了。"

直到坐上苏亦的车，我还在匪夷所思着。

"不是，我说你们夫妇到底怎么回事啊，你脑子进水，她思维也不正常吗？"

苏亦打了一下方向盘，不悦地看我一眼："只是一起吃顿饭而已，不用上升到智商残缺的高度吧。"

我不敢苟同地摇摇头："你们分都分了，你既然这么介意，还能装得若无其事地跟她一起吃饭，我实在是不能理解。"

苏亦明显并不指望着我能够理解，他目视前方，很是冷静地说："你只负责微笑和吃东西就够了。"

我抿着嘴巴想了一会儿，然后释然了，想想也是，就当蹭顿饭吧。

刚好法学那帮本科生小孩儿的活动，本来我也就不是那么想去，更何况，还能替苏爸爸苏妈妈看看，让他们宝贝儿子为之神伤的女孩子长什么样，简直是一举多得。

一百米外的路口是红灯，苏亦将车速缓了下来，我这才后知后觉地意识到一件事情："你租的车？"

苏亦侧脸看我一眼，一副"江乔诺你的反射弧真是越来越长了"的表情："跟同学借的。"

我恍然大悟地点了点头，回头将车内虽不奢华却足够精心的布置打量了一下，然后意味深长地看着苏亦笑："看来，那个妞在你心里果然有着非比寻常的位置哇。"

苏亦瞪我："什么妞不妞的。"

我虚心求教："那能叫什么？嫂子啊。"

天晓得，万年嘴贱心狠毒舌男苏亦，闻声居然脸红了。

我哀号一声，瘫在副驾驶座上："开快点成吗？我迫不及待地想知道韩贝贝到底是何方神圣了。"

到了目的地，我仰脸盯着装潢豪华的用餐场所看了一会儿，然后郑重其事地对停好车回来的苏亦说了句："韩贝贝家一定很有钱吧？"

苏亦没说话，那张漂亮的脸蛋，却写满了三个字——你真俗。

那有什么。我俗我快乐。

"诺诺，"他皱眉来挽我胳膊，低声与我打着商量，"待会儿……你能尽量别跟我呛起来吗？"

和他相识多年，我早已养成了不轻易许诺的良好习惯，一边推他胳膊，一边以不变应万变地笑着说："这可得看你是怎么表现的了。"

他用一副"我求你了，姐姐"的表情看着我。

我故作苦恼地叹了口气，瞬间坏心肠女配的感觉就附身了："你这分明是在难为我啊苏少，你明知道我多么喜欢你，却带我来见她……"

就在我努力挤着眼睛，准备滚出来几滴泪渲染一下气氛的时候，苏亦终于被我逗笑了。他抬手朝我脑袋上不轻不重地拍了一下，失笑："演够了吧。"

我郑重承诺："只要你别招我，我肯定好好配合的。"

苏亦泪眼婆娑："诺诺……"

我肉麻地抖了一下身子，以眼神警告他千万别再往下说。

我们正要举步往前走，我的眼角无意中扫到，二楼落地窗畔的那桌人，好像正盯着我们这里看。

隔得不算太近，我只隐隐约约分辨得出，对方似乎是一对年轻男女，我莫名地心一跳，故作淡然地拍了拍苏亦的一只手，本来就低的声音不由得柔软了些："别紧张，没事的。"

不管究竟是为了什么，韩贝贝离开了你；不管究竟是为了什么，她又跑到你面前来……

你是苏亦，我是诺诺，我们可以吵，我们可以闹，但我终归会是无条件帮你的那个。

我带着一腔的豪情壮志，跟着苏亦朝战场走去。

只可惜，我为朋友两肋插刀的豪情壮志，在看到韩贝贝对面坐着的那个男孩子时，烟消云散了。

餐桌上，任凭苏亦如何在桌子底下掐我胳膊，我都神情恍惚得像是刚刚看完了一部惊悚片。

到了最后，他认命了，自己露出了一脸淡漠而又好看的笑容，客套而又有礼貌地应对面那个面孔精致、眼角眉梢却有些倨傲的女孩子。

而坐在韩贝贝身边的那个少年，却自始至终都噙着一抹冷笑，他垂着眼睫，看都没看我一下。

一顿饭寡淡无味，我根本没吃多少东西，偏偏觉得精疲力竭。苏亦示意我可以走了的时候，我总算回神。

站起身的时候，我却是控制不住地晃了一下。

苏亦敏捷地伸过手来，及时扶住了我的腰，得体却又近乎挑衅一般地朝韩贝贝笑了笑："我女朋友今天不大舒服，见笑了。"

"哪里。"韩贝贝微笑着，朝我看过来一眼，那一眼，意味深长。

我下意识地朝她身边的那尊雕塑看了一眼，他还是垂着眼睫，安静得像是睡着了。

我心底也不知怎么，忽地就泛起了一阵失落，我就像溺了水的人寻找浮木一般地抓住了苏亦的手，低低地开口："走吧。"

走出餐厅大门的时候，我低低地说了句"对不起"。

苏亦沉默了好一会儿，才说："你脸色一直很差。"

我抿了抿嘴唇，没再说话。

身后，却仿佛有一道灼热而又扯离不去的视线黏着，如芒在背，让我觉得又疼又热。

坐在车里，我和苏亦一路无话，气氛沉闷而又有些尴尬。

下车时，我的心情总算整理得好些了，诚恳而又抱歉地看向苏亦："我真没想到……迟轩会是韩贝贝的男朋友啊……下次我一定不会这样，一定不会的。"

苏亦定定地看着我，伸手揉了揉我的头发："也不怪你。"他笑笑，"感情这东西，本来就是谁都料不到的。"

我确实没有料到。

所以，当身材高挑、面容娇美的韩贝贝微笑着自我介绍"你好，我是韩贝贝，迟轩的女朋友，苏亦大学同学"的时候，我真的是彻彻底底地蒙了。

我绞尽脑汁也想不到，会在那样的情况下，会在我虚与委蛇地扮演别人女朋友的时候，再见到已然成为别人真正男友的迟轩。

那天，我一路心神不定地由着苏亦把我送回了家，关上家门那一秒，我命令自己什么都不要再想了，拿了干净衣服进浴室冲澡。

我洗完澡，吹干了头发，又打开电视看了几眼，觉得那些节目实在是看不进去，便准备回卧室睡觉了。

刚刚转了个身，扔在沙发上的手机响了，我接起来，是苏亦。

他问我在干吗，我说准备睡觉。他说："你没心情不好吧？"我说我刚洗完澡，神清气爽，心情好得不得了。他沉默了一会儿，然后说："韩贝贝约咱们，明天一起出去玩。"

我恍惚了一下，他立刻说："你要是不想去的话，那我拒绝就是了。"

我想了想，心底虽然因为韩贝贝这个名字而没来由地有些空荡荡的，嘴上却是无所谓地笑了一下："干吗不去啊？说好了我要帮你呢，总得帮到底吧。"

挂了苏亦的电话，我就回房去睡了。

我躺在床上了，却许久都睡不着，一闭上眼，眼前就是和韩贝贝、迟轩一同吃饭的场景。

定定地盯着天花板望了一会儿，我扯了扯嘴角，翻了个身，心想：迟轩，原来你也没有那么喜欢我。

你可以说来就来，说走就走，说喜欢我的同时，又成了别人的男朋友，我又何必因为你而不开心呢？

我是江乔诺，在韩贝贝和苏亦的爱情游戏里，我是坏心肠的恶毒女配，并不是苦情的被虐角色。

你的喜欢来得太快，未免也走得太疾了。

放心，我再也不会因为你，掉无谓的眼泪了。

第二天，自然又是四人行的约会。

韩贝贝准备好的节目，是去后海划船，我一心想要弥补昨天因为走神而大打折扣的假女友扮演效果，因而这一次，在苏亦身边黏得分外起劲。

一路上，我都能感觉得到，但凡我和苏亦亲密些，就有一道视线似笑非笑地看着我。

后来，迟轩和苏亦争着要去买票，韩贝贝柔柔地笑着，一锤定音："让迟轩去吧。"

苏亦终于得了机会凑到我耳边说话，好气而又好笑地道："你演得也太假了吧，姐姐。"

我顿时惊慌失色："不会吧？我昨晚可是狂补了大半晚上的韩剧啊……"

苏亦郑重其事，眼神又悲又叹："你本色出演就好了，真的。"

我乖顺地点点头："好，搅黄了你的报复大计，可别算我的。"

划船的时候，我明显比之前要安静了许多，不，说安静已经不够准确了，应该用恍惚，或者木讷。

在韩贝贝第四次主动跟我说话，我都没听见的时候，苏亦恼了。他伸手不轻不重地在我胳膊上捏了一下，面上虽笑，实则暗恼地喊我一声："诺诺！"

我恍然回神，这才注意到，除了迟姓冰山少爷之外，另外两人的目光都黏在我身上，这才反应过来自己肯定错过了什么。

韩贝贝目光含笑地睨着我："想什么呢？这么出神。"

我下意识地看向苏亦，眼神中写满了"本色出演，还是回答假的"，得到了他一个白眼，我明白了，当即实话实说。

"我在想，你是怎么把苏亦甩了的。"

说出这句话之前，我并没有意识到，其实我完全可以不必这么实诚的。等到说完之后，我意识到了，但是已经晚了。

韩贝贝神色明显变了一下，转瞬又变为略微牵强的笑意，她看了一眼苏亦，语气淡淡地说："在一起不太合适，当然就好聚好散了。"

我看了苏亦一眼，他果然神色落寞。

韩贝贝没注意苏亦，她一直盯着我，一副兴趣很是浓郁的样子："说起来，你们在一起多久了？关系很不错哦。"

我正想着该怎么回答，苏亦已经不由分说地替我将台风眼引到自己身上去了："也没多久，昨天刚好三个月。"

然后，似乎是为了证明韩贝贝那句"关系很不错"，他自然而然地伸过手来抓住我的，用实际行动来回答她的第二句话。

我不由得看了苏亦一眼，心想：编瞎话你就编吧，怎么还有零有整的啊。然后就听到，韩贝贝身边一直沉默着的那位，突然飞快地笑了一下。

那声笑，声音明明很低，嘲讽的意味却是再也明显不过了。

我也不知道自己是怎么了，就像是一只被踩了尾巴的猫，霍地竖起了全身的毛，狠狠朝迟轩瞪了过去。

我当然知道他在冷笑什么。

三个月之前，正是他备战高考的那段时间，我基本上每一天都在想方设法地密切关注着他，哪有时间和心情谈什么恋爱？

他肯定已经看出来，我和苏亦是在做戏的了。

一股莫名的邪火驱使之下，我根本就没控制住自己的嘴，直接反问出了一句："你们呢？"

韩贝贝愣了一下，像是没反应过来我在问什么，迟轩却是忽然朝我看了过来，那双漂亮的眼睛中，目光灼热得可怕。

我被他那副神情弄得心神一凛，本能地觉得自己问这个问题是不是问错了，他却不紧不慢地接下了话茬。

"我们啊——"他盯着我的眼睛，一字一句地说，"在一起三天了。"

他意有所指，我听得懂的。三天前，就是他搬出我家的日子。

结果，自然是不欢而散。

我和迟轩的表情都难看得要死，反倒苏亦和韩贝贝不得不临时充当起了和事佬的角色。临走时，我听见韩贝贝低声对苏亦说："乔诺认识迟轩吗？好像一所学校的对吧……难道不对盘？我怎么看着两人一见面就要干仗似的。"

苏亦看我一眼，似笑非笑地说："女人心海底针，我哪知道啊。"

到了我家楼下，我推开车门要下车，苏亦忽然似忧似喜地说了句："这个假女友的身份，你怕是做不了多久吧？"

"为什么？"我的动作顿了一下，不由得扭头看向他。

他笑得高深莫测，却打起了太极："原因你比我清楚啊。"

我眯着眼睛瞄了他一会儿，然后笑了。

"哪里，"我笑眯眯地说，"我乐在其中呢。"

事情已经过去，多想不仅无益，而且只会徒增烦恼。于是一到家我就扔下包，冲进浴室洗了个澡，又给自己随便弄点吃的，然后就一头钻进卧室热火朝天地看起动漫了。

我正看得愉悦的时候，手机响了。眼睛瞟见屏幕上显示的来电是"老妈"，我心头一跳，等到接起来，听到她字正腔圆的一句"江乔诺"时，我几乎要拿不稳手机了。

于是，接下来的将近一个半个小时里，我的身心遭受了一场前所未有的浩劫，等到老妈掐掉电话的时候，她的声音里依旧带着未曾彻底消去的怒气，而我的手机后已经微微泛热了。

我抱着膝盖，神情恍惚地在椅子上缩了一会儿，然后老老实实地翻着手机，找到一个号码拨了出去。

苏亦接得很快："怎么了？"

我垂头丧气，如被打败了的公鸡："我妈让我明天回去。"

"回家？"苏亦的声音里充满了不解，"你不是挺想回去的吗？"

"拜托。"我重重地叹一口气，"这个时候回去能有什么好事？她是给我安排了相亲，而且听那语气，根本就不是一场两场的事！"

"不是吧……"苏亦咋舌，一语道破重点，"你妈受什么刺激了？"

果然不愧是苏亦。

"杜明羽，你还记得吗？"我揉揉酸胀无比的额头，"就小时候除了你，总跟我打架那个。听我妈说，他刚从大不列颠留学回来，又被安排进了什么什么局，神气着呢。今天他妈妈跑我家去找太后，不知说了点什么，我妈就魔怔了似的，一心认为我和姓杜的配得人神共愤，一定要尽快把我们凑到一起——"

苏亦幸灾乐祸地打断我的话："你说不是一场两场……难道还有别人？"

我愁得已然无心骂他，只顾叹气了："所以说祸不单行啊。我爸他们学校最近新来了一批年轻教师，按我妈原话说，那就是'其中好几个条件都不错，你爸费尽了心思，刻意给你留着呢，再不回来可就晚了啊江乔诺，这次你要还是嫁不出的话，江家列祖列宗都不会原谅你的'，你说我是造了哪门子的孽啊！"

听动静，苏亦在电话那头笑得几乎要前仰后合了："哎，乔诺，还真别说，你妈对你的认知真够准确呢。这世上能够正确认识到你真不一定能嫁得出去的，除了我，也就是阿姨了吧？"

"姓苏的！"我完全忍不住，开始磨牙，"老娘给你打电话不是找磕碜的！我妈命令我回家相亲的时候语气特别差，我记得你那天说要给她打电话的，不会回去真打了吧？"

他立刻在那边叫道："哪能啊！我敢把你的事捅出去，不想活了？"

我半信半疑："你真没说？"

"千真万确！"

"敢发誓吗？"

"说的是猪！"

"你是我是？"

"当然是我！"

"好吧。"他发了如此狠毒的誓，嫌疑自然被排除了。我铁青着脸挂了电话。

电话挂断，我在屋里来来回回地走，又烦又恼，眉毛拧得几乎要断了。

不错，我是想回家散散心，但我想回家，可不是为了相亲啊！

我太清楚我妈了，相信我，最迟后天我还没起程回家的话，她绝对会带着杜明羽以及某个要么神经同样脱线，要么对我爸淫威实在反抗不得的可怜娃，气势汹汹地杀到我的楼下。

我在屋里来回走啊走，走了约莫五分钟后，终于想到了一个办法。

我给我妈打电话，说我买不到票，干脆不回去算了。

我妈老神在在，一副一切皆在掌握的姿态："别急啊我儿，这事啊你爸早就办妥了。他有个同事刚好在北京出差，原本定的是明天回来，结果有事走不开，手里刚好有张票要转让。来来来，你把他号码记一下！"

我真的是差一点点就把牙齿给咬碎了，叛徒哉，我爸！

第二天，我视死如归地踏上了回家的飞机。

我刚过安检口的时候，苏亦的电话追了过来："乔诺，我想了一夜，总算想到阿姨可能是因为什么生气了……上次我妈又催我找女朋友的事，我觉得烦，随口就说了句我已经有了，她……她不会是跟乔阿姨说了吧？你知道的……她们平时就最爱比这个，不会是我有女朋友了你还没找到男朋友，乔阿姨觉得自尊心受挫……吧？"

我咬牙切齿地笑："亲爱的，我很快就回来了，你等着。"

飞机上，关掉手机的那一秒，我忽然想到了一个问题，如果韩贝贝这几天再约我们玩却没见到我因而问起来的话，苏亦应该还不至于笨到实话实说我回家相亲去了吧？

这个念头只在我脑海里闪了一下，就昙花一现般地消失了。无他，再想下去的话，我脑海里，铁定要出现某张霹雳冰山脸了。

为了养精蓄锐迎战老妈，我在飞机上小小地睡了一觉，醒过来的时候，飞机已经快要降落了。

刚刚出了安检口，我妈就朝我迎上来了："我儿，可算回来了！快快快，咱家的车就在外面，赶紧跟妈回家！"

我被她风风火火地拽上了车，没多久，就发现那个司机小李并不是路人甲了。

果不其然，车子刚刚上了机场高速，"司机小李"已经开始痕迹明显地和我攀谈起来了。

"江小姐如今哪里高就呢？"

高就？我嘴角一抽，暗自嘲笑我妈找来的人演技不怎么着，眼角扫到我妈在瞪我，赶紧一板一眼地给予回答："我还没开始工作，今年正读研二。"

司机点点头："上学好啊。"

我妈顿显喜悦之色。

司机又说："学生都是住学校的，平时出去玩的机会多吗？"

"我不住学校啊。"我看着他，一派天真懵懂之色，"我妈没对你说吗？我早就和别人同居啦。"

我妈大惊失色："江乔诺！"

可惜，已经晚了。接下来的一路上，那个司机再没和我说一句话。

停好了车，司机借故匆匆走了，我妈自然不能饶我，她怒气冲冲地瞪着我说："江乔诺，我就不信你不知道，他是我安排给你相亲的！"

我顿时做被雷劈状："相亲？他不是老爸找来的司……"话未说完，我恼羞成怒，"老妈你要我！"

我妈顿时愣了。

我皱了眉毛，很是心疼地说："您怎么这样啊妈，您要给我安排相亲好歹先打声招呼啊，我说话向来彪悍，没有人比您更清楚的吧，您这样我找不到男朋友到底是算您的还是算我的啊？"

我一脸心疼，进了家门给今天休息在家的老爸打了声招呼，装腔作势地叹了口气，然后脸色惨败地回房了。

门外，隐约间听见我爸在问我妈情况怎样，我妈原本积攒的怒气，自然立刻轰轰烈烈地全砸向他。

房内，我靠着房门，忍笑忍得几乎要内伤了。

笑完，我反锁了房门，第一件事，当然是给苏亦汇报情况。

我回家这一路上至少接到他五条询问我战况如何的短信，我的表现如此优异、战况如此在我控制之中，当然要向他炫耀一番才是。

我拨了他的电话，却没想到，响了好久才被他接起来。

我根本没给他向我打招呼和废话的机会，开门见山地把我刚才如何KO了一位相亲人士的经历添油加醋地讲了，末了，美滋滋地朝他讨赞赏："怎么样，我表现不错吧？以我现在的踌躇满志和斗志昂扬，不消三天，就能把所有的洪水猛兽全给打退啦！"

那边沉默了好一会儿，忽地说了一句："你回家了？"

声音有些低，似乎不想被别人听到似的。

我心想苏亦这是喝忘情水了还是刚睡醒啊，张嘴正准备骂他，脑子里一根神经突然跳了跳，这声音……

"你不是苏亦吧？"我紧蹙眉头，心底忽然有种不好的预感。

对方什么都没说，只有轻轻的呼吸声。

"你是……迟轩？"鬼使神差地，我莫名冒出了这么一句话。

电话那头终于冷笑一声，咬牙切齿道："相亲？很好。"

我一激灵。

他又恼又怒地吐出几个字："你死定了。"

我眼皮直跳，哆嗦着手，一不小心……居然把电话给挂了。

果不其然，我刚失手掐了电话，手机就再次嗡嗡振动起来，盯着屏幕上那两个表明身份的名字，我知道，他是用自己的手机给我打回来了。

我又不是自虐狂，哪敢再接，像是抓着一个烫手山芋似的一把丢了手机，抱着腿就往床边缩。

手机埋在被子里，嗡嗡的振动声沉闷得像是从地底发出来的，我眼睁睁地看着它亮了三分钟后，屏显灯光终于暗下去了。

他把电话挂了。

我恍若劫后余生，狼狈不堪地长出了一口气，身子一点一点地瘫在了床上。

我拧紧了眉头苦苦地思索起来，苏亦的电话怎么会在迟轩手里？难道，韩贝果真又约我们一起去玩吗？

下一秒，我才意识到问题的关键所在——迟轩把我怎么KO相亲对象的经历全听光了！真是丢死人了啊！

这么一个小插曲，成功把我原本就不怎么好的心情，彻底给摧毁到了十八层地狱，下午老妈押着我出门奔赴一场必须去的相亲的时候，我简直是以一副行尸走肉的姿态晃荡出家门的。

不用说，相亲过程中，我的面瘫脸模式自然是十分有效的，起初，对方似乎认为这是我心境淡然的表现，所以主动找话题聊。等到最后，他大概是终于察觉到了我的无趣，于是推了推自己鼻梁上那副金丝眼镜，表情漠然地说了句："江小姐，我觉得咱们不大合适。"

一听这话，我总算恢复了活力，扶桌，推椅，起身，一系列动作一气呵成，然后在对方明显讶然的模样下，朝他粲然一笑："张先生，谢谢你的甜点。"

他顿时表情僵硬，我礼貌地点头，转身离去。

刚走到门口，一直在扮演路人甲的我妈，从另一个桌子旁狂奔而来，她压低声音朝我怒吼："人家姓李，姓李！"

初战没有告捷，二战同样失败，我妈气得几乎要把我嚼吧嚼吧，吞到肚子里去。

仰头看了看天色，像是要下雨，我随口道："我爸不是说，晚上有人来家里吃饭吗？您赶紧回家吧。"

我妈张了张嘴，想要骂我，似乎又觉得千言万语都不足以表达自己的怒气，最终怒其不争地剜我一眼，恨恨拂袖而去。

我注视着她所乘的的士消失在街角，这才疲惫不堪地呼出了一口气。

我这是怎么了，上午不还好好的、斗志昂扬的吗？怎么迟轩一个电话，就把我的心情搅成了这个样子？

沿着街道漫无目的地晃荡着，我也不知道自己这是要往哪儿去。

正值十一黄金周，即使天色暗淡，街上的行人依旧一点都不见减少。

走着走着，就到了一个公交车站，我踮起脚往不远处看了看，有一家奶茶店，就乐颠颠地跑过去买了一大杯奶茶，然后小跑着回来，踏上了一辆也不知道是开往哪儿的公交车。

车上起初人多，但像我这种闲着没事硬是要撑到终点站的人，可就不多了。慢慢地，除了司机，车上就剩我自个儿了。

车窗外早就开始下大雨，我把脸贴在玻璃窗上往外看，整座城市都被氤氲的雨丝笼罩了一层拉扯不断的雾气，又黏又稠，就像自己剪不断理还乱的心绪。

眼看站牌逼近，车辆的速度缓缓降了下来，我在站起身的同时，随口问了司机一句："师傅，这是哪儿啊？回去的话，到对面坐车就行了吧？"

司机点了点头："到马路对面，还坐132就成。"然后有些诧异地问，"怎么，你不是来长途车站接人的啊？"

我一愣："这也是长途车站？"

"就在这附近。看见那个路口没？"他抬起手指向一个方向，"从那儿拐过去，直走二百米就到了。"

我浑浑噩噩地点了点头，却像是着了魔似的，眼睛盯着那个路口，久久都无法移开视线。

如果说，整整二十二年有余的时光里，我都是不相信"心有灵犀"这句屁话的话，这一次，我真的是不得不相信了。

就在我下了车，咬着奶茶吸管，愣愣地盯着那个路口的时候，恰好有一道颀长挺拔的身影，迎着雨帘，从路口的另一个方向转了过来，即便是隔着重重雨幕，依旧惹眼地闯入了我的视线中。

是迟轩。

我几乎第一秒就认出了，那个浑身被雨淋得湿透，却依旧身形傲然宛若王子的人，就是迟轩。

那一刹，有什么酸涩而又甜蜜的东西，从我的胸腔里轰然炸裂开来，啪的一声，手里的奶茶杯跌入了地面狼藉不堪的水洼里，我拔腿就向他狂奔而去。

事后的许多年，我总是会回想起那一刻的心境，即便是隔了多年的时光，我依旧清清楚楚地记得，那一天的我，朝迟轩飞奔过去的时候，脑子里几乎是空白的，唯一残存的意识，只有一句——满身风雨，你从海上来。

多么好，原来你也在这里。

我终于跑到他的面前，头发和衣服都被淋得不成样子，正琢磨着是该仰起脸朝他笑一下，还是装模作样地问一句"你为什么来这里"的时候，肩膀上猛然一沉。

是他的一条胳膊，压了下来。

"累死了。"他的声音里有着浓郁极了的疲惫，抬手抹了一把脸上的雨水，在我耳畔嘟囔着，"什么破车，要坐这么久。"

然后，他掀起浓睫，瞟我一眼，疲倦之色缓缓褪去，面容瞬间泛冷。

"没去相亲？"

说这些话的时候，他的胳膊搭在我的肩膀上，半个身子的重量都由我承担着。是暧昧而又亲昵的姿势。

我张了张嘴，却哑口无言。

他像是本来就没准备等我回答似的，挑了一下眉，朝前张望了一眼，然后侧脸问我："怎么回去？"

这下，我总算是有反应了："回……回哪儿去？"

"你家啊。"他微微蹙起了眉，嘴角更是立刻抿出不悦的弧度，"我没订宾馆。"

我看他一眼，下意识地开始婉拒："我……我和我爸妈一起住的……"如果擅自把一个陌生少年带回家的话，他们铁定会无休无止地盘问我。

迟轩却没听懂似的，盯着我的眼："所以？"

"所以，我带你找宾馆去。"

我伸出一只手，去拦身后过来的出租车，谁想迟轩一只手伸了过来，拍掉我的手，蛮横地道："我要坐公交车。"

我一脸为难："公交车要等，你会感冒的。"

他眉峰不动，只一脸坚持地看着我。

和他对视几秒，我服了。

"好。"我抬起手，认命地指了指前方不远处，"站牌在那儿，走过去吧。"抬腿要走，肩膀却被他扳住了。

我扭过脸去，有些困惑："又怎么？"

我刚出声，身子一个趔趄，直直就扑进他的怀里去了。

我愣了愣，下一秒回神，就要站直身子，不料，胳膊突然被他紧紧地箍住了，他抱紧我的腰，将脸埋在我的项窝里，闷闷地说了两个字："别走。"

他的声音，低沉沙哑，我愣了。

他箍紧我的身子，又喃喃重复了一遍："等一下。"

也不知是中了魔，还是怎么，他明明只说了五个字，我却瞬间连一丝反抗的力气都没了。

那一天，他就那么抱着我，在冰凉的秋雨里站了好久。

大雨瓢泼，路上行人很少，整个世界，仿佛只剩下了我们俩。

那一天，他什么都没说，就那么一直一直抱着我，那样紧紧拥抱的姿势，就好像……

就好像，他生怕失去我。

雨水滑过我的脸，我闭了闭眼，手指像是自发有了意识似的，轻轻地回抱住了他的腰。

明明又冷又饿，我却觉得，这样挺好。

真的，挺好的。

" Chapter 7
我好想你
"

韩贝贝打来电话的时候，我和迟轩刚刚找到一个尚未客满的宾馆，办了入住。

迟轩完全没有任何顾忌，当着我的面就把电话给接了起来，倒是我，神色微微一变，下意识地就要往后避一避，以表明我没有偷听的癖好。

等他挂了电话，我愣愣地看向他："你来这边……她知道吗？"

他皱了皱眉："她不用知道。"

果然，他来找我，自然是要瞒着正牌女友的。

一路从车站到宾馆，初见他那一刻完全无法自控的惊喜与悸动早已归于平静，智商重新上线，我记起了他有女友，也记起了我们之间古怪的关系，我的心情莫名其妙地低落了："那……我走了。很晚了，你快睡吧。"

身形刚动，我的胳膊就被人从身后拽住了。

我的心一跳，立即回头。

迟轩盯着我："你衣服湿了。"

"哦！"听他说的是这个，我莫名有些失望，喃喃道，"我家不远，回去再换吧。"

他不松手，一脸的坚持："洗了澡再走。"

然后他不等我反驳，从自己行李箱里找出了两件衣服，塞给我，不由分说地把我推进浴室去了。

被热水淋着，果然舒服了许多，我站在莲蓬头下面，默默地想，他来这里找我，算什么呢？

背着自己的女朋友，找自己的姐姐？

可他说过，我不是他姐姐。

还有，刚才那个长长的拥抱……又算什么？

我抹了一把脸，愣愣地想，是啊，我算什么呢。

心神不定地擦干了身子，我这才发现，他给我的衣服，是一件大大的衬衫，和不算薄的一件外套。

我拎起那件衬衫比了比，能盖到大腿的位置，那件外套，差不多的长短。

看了一眼旁边放着的湿透了的衣服，我叹了口气，硬着头皮套上了衬衫，用外套裹住身子，然后走了出去。

迟轩已经换了干净的衣服，正倚在床上看电视。

见我出来，他看了我一眼，然后起了身："我去洗澡，你看电视。"

我张了张嘴，要走的话硬生生卡在了喉咙里。

等他洗好了出来，我刚把头发吹干，从床上站起身："我得回家了……"再晚的话，我妈饶不了我的。

"不急。"迟轩拿起床头的电话，背过身去，"麻烦送两份套餐上来。"

我蒙了。吃完饭再走的话，我会挨揍的。

我匆匆上前，开口阻拦他："我……我妈等我回家吃饭呢……"

话没说完，他扫了我一眼："穿成这样，你怎么回家？"

我低头看了看，然后张口结舌。

一起吃了饭，我以为总算可以走了，没想到，迟轩居然看都没看我，自顾自上了一张床，抬手给我指了指另一张："今晚睡这儿。"

我目瞪口呆。

迟轩没再理我，找了个舒服的姿势躺下之后，就闭上眼了。

我要抓狂了。怎么办？！

打电话给我妈，让她给我送套衣服吗？

不行。敢让她看到我这副衣衫不整的模样，她要么亲手杀了迟轩，要么……亲手杀了我。

可，衣服……有外卖送货上门的吗？

想到这个，我颤抖着往床头挪了挪，刚摸到电话，迟轩冷冷的声音传了过来："和我在一起，就那么不自在吗？"

我愣了一下。

下一秒，我回过神来，不是自在不自在的问题啊，而是……

"我……我再不回家，我妈真会宰了我的！"

他冷笑一声，又不说话了。

这场面太过纠结，我愁啊愁啊，愣是不知道该怎么办了。就在这个时候，手机嗡嗡振动起来，我一看，我妈打来的！

吸气，呼气，再吸气，再呼气，我颤抖着手接通了："妈？"

"江乔诺！"

我妈完全处于暴走状态，在那边失控了般喊："明羽在这儿等了你三个小时，三个小时了！你死哪儿去了？"

我妈声音太大，震得我耳朵发麻，我忙不迭地把手机拿得远了些。我这么一动作，抬眼就看到迟轩那张本来就表情难看的脸更冷了，他正一眨不眨地盯着我。

我一激灵，想也没想地就对我妈说："妈，我……我今晚可能回不去了——"

刚说了这句，迟轩那张冰山脸瞬间偏了偏，终于不再目光灼灼地逼视我了。

我妈在那边怒气未消地喊："你是不用回来了！别以为我不知道，你是故意躲着不想相亲的！"啪的一声，挂了我的电话。

我哀号一声，栽倒在床。

两面不是人啊……

拨了总机的电话，叫了洗衣服的服务，然后我裹着被子就睡了。可是，我身上穿的是迟轩的衣服，闻到的自然是他的气息；旁边那张床上躺着他，连呼吸都能够听清——这么"恶劣"的环境之下，我想要睡着，真不是那么容易的。

那一晚，我一直辗转反侧，迟轩却安静得很，半点动静都没有，好像早早就睡着了。直到半夜，我才迷迷糊糊地睡了过去。床垫轻微地往下沉了沉，我隐约觉得，原本就萦绕在自己周遭的男孩子的清爽气息，莫名其妙地变得更加浓郁了些。

我无意识地动了动，手臂碰到一处暖暖的东西，嗯了一声，想也没想地就将脑袋凑了过去，头顶，隐约传来低低的一声叹息。

第二天我醒过来的时候，迟轩已经起床了。有人敲门，我去开，送洗的衣服洗好了。我看了一眼时间，然后趁着迟轩在洗澡，火速换了衣服，战战兢兢地给我妈打了个电话。

果不其然，我妈的声音比秋风还要寒冷："今天中午明羽还会来的，你看着办吧！"

没什么好看着办的，我必须回去。昨晚我放了一次鸽子，今天敢再放，我妈铁定得把我给办了。

迟轩洗好澡出来，我刚好整理完毕，我说："我得回家了。"

他深深地看我一眼，半晌后，他说："好。"

他就说了这一个字。

回到家，等着我的，果然是三堂会审。

我原本就抗拒相亲，心情哪能好，瞅见我妈身边居然还坐着一个戴了眼镜的陌生男人，眼瞅着这还没到中午呢，想来这厮该也是相亲大军中的一员，不由得迁怒于他，想也没想地直接就甩了一个白眼过去。

却没想到，那厮居然乐颠颠地笑了起来："几年没见，诺诺越来越漂亮了啊。"

我妈坐在一旁，朝我投以冷飕飕的眼神："江乔诺，你昨晚夜不归宿，还有理了？！"

还是我爸懂得体贴人，在一旁明是埋怨，实则帮腔并提醒地说："诺诺啊，这是你明羽哥哥，昨晚等了你好久呢。"

杜明羽？

我猛地抬头，雷劈了似的看向姿态优雅地坐在沙发上的眼镜男，心底宛若台风过境似的，嗷嗷呼啸。

不是吧？

不会吧？

天哪！

小时候那个流着鼻涕水、爱和我掐架的小胖墩，真的是"男大十八变"了？！

我目瞪口呆地盯着杜明羽看了好一会儿，然后……

台风过去，我平静了。

天地做证，我对杜明羽的所有想法只有一个，那就是惊诧。等到那股子惊诧过去了，我自然而然地就想滚回自己的房间去，好好思考一下，该怎么处理，昨晚刚和我孤男寡女共处了一室的那个人之间的关系。

可是很显然，我妈并不是这么认为的。她用一种"江乔诺你敢离开客厅半步，老娘势必把你拿下"的眼神看着我，一脸的警告和威胁神色。

我……怕了。

在老妈面前，我从来都没学会威武不能屈的高尚做人准则。

眼看着自己甩手离开的话，后果是十分可怕的，我只好眼观鼻鼻观心，坐在老妈与杜明羽对面的沙发上沉默着。

约莫两个半小时后，对面那两位终于意识到时间已经不早了，我妈一副恍然大悟的表情："哦，居然已经十一点半了！我去做饭。"

我妈扯起我爸就走，走了两步，转过头来，意味深长地笑了一下：

"和明羽聊天就是开心，你看，我都忘了时间了。"

我腹诽，那你们就好好聊啊，做什么饭啊。我妈要去做饭，杜明羽自然要拦，两个人互相推让了好一会儿之后，杜明羽回来了。

他扶了扶自己的眼镜，有些尴尬地说："阿姨不让我帮忙……"

她当然不让。她就想着客厅里只剩下咱们俩呢。

为了避免他和我交谈，我装模作样地打了个哈欠，他立刻关切地问："昨晚没睡好吗？"

想到昨晚，我顿时愣了。

迟轩他……现在在干吗？

他是在看电视？还是从宾馆出来了？

接下来的时间里，杜明羽又说了什么，我完全没听进去，脑子里想的全是迟轩的事，连我妈端菜上桌都没注意到。

见我六神无主，我妈拿筷子敲了我一下，我霍然回神，这才注意到，杜明羽正有些失落地看着我。

我在心底叹了口气，耷拉了脑袋。

一顿饭吃得各怀心思，饭桌上，我妈极力赞扬着杜明羽，什么年轻有为啊，什么前途无量啊，听得我浑身发麻。

好不容易吃完饭，我妈笑着推我一把："去，陪你明羽哥下楼转转！"

送杜明羽出门和下楼，这件事根本不用我妈逼迫我，我都愿意做的。

眼看着我点了点头，杜明羽看向我的眼神，简直可以称得上是柔情似水了。

我哆哆嗦嗦地躲避着他的目光，一路哈欠连天地把他送下了楼，看到临时停车位上停着一辆全黑色的宝马，我不由得笑着调戏他："哟，小胖现在混得不错嘛。"

他抬起手推了推金丝眼镜，这样的姿势，却依旧掩不住面部的尴尬之色。

"我现在已经不是小胖了……"

"你是的。"

我倏然敛了笑意，郑重其事地拍了拍他的肩膀，一脸的诚恳与坚定之色："相信我，纵使我们隔着千里之遥且多年未曾见面，但是，你小胖的形象，一直都活在我的心中！"

我实在是太不会说话，他嘴角的笑容，一点一点地就僵了。

我知道自己很没礼貌，心里对他说了一万句抱歉，但我不敢表现出来，只好视若无睹地又打了个哈欠，朝他摇摇手："快回家吧，我昨晚没睡好，得上去补个觉。"

确定我的意思已经表达得很清楚了，我背对着他做了个挥手告别的姿势，哼着小曲儿就钻进楼道里了。

刚踩着楼梯走了两步，口袋里的手机振动起来，我以为是杜明羽发过来的，正暗自着恼我妈居然如此自作主张地把我的号码告知于他，掏出手机一看，我就愣了。

发件人：迟轩。

我盯着手机屏幕看了好一会儿，才点了查看。

"你嫁不出去，我真是一点都不奇怪了。"

短信上这样说。

我正琢磨着，他究竟用的是嘲讽，还是别的什么语气的时候，手里抓着的手机嗡嗡振动了起来，我的手指还没来得及收回来，一不小心就按了接听。

电话里，迟轩说："我在楼下，出来吧。"

眼看着杜明羽的黑色宝马倒出停车位，上了正路，不一会儿就消失在了转角，我一步一步地挪到站在阴影里的迟轩面前。

我说："你怎么来了？"

他一脸淡然："待着无聊。"

我说："哦。"

他看了一眼离去的宝马，嘴角微挑："金龟？"

我嘴角一抽："小时候一起长大的，今天来玩。"

他似笑非笑。

杜明羽来做什么，两个人心照不宣，我有点尴尬，就左顾右盼，下意识想转移话题："你今天有安——"

话没说完，我就听到他突然没头没脑地说了句"他长得没我帅"。

我一时没能跟上他的思路转换，不由得愕然。

他继续说："也没我高。"

我蹙了蹙眉。

他再接再厉，语气里是掩饰不住的嫌弃："还戴着眼镜，他近视。"

我终于忍不住了："你到底要说什么？"

"他没我好。"

他微微低了头，盯着我的眼。

那一刻，十月天，雨连绵。

漫天沁着丝丝凉意的雨滴，裹着微风，从阴沉的天空中洒落下来，落到我眼前那个少年的乌发上、额角边，和他漂亮澄澈的眉眼间。

他用干净的嗓音，低低地对我说："他没我好。"

"我替你想了想，你还是应该留在我身边。"

他的话，让我发了好久的呆。

我身子很冷，心底却渐渐地开始发热，变暖。

我徐徐地勾起了嘴角，想要笑，脑海中突然飘过一句，那韩贝贝怎么办？

我脸上还没来得及绽开的笑容，不由得就垮了下来。

那天，和迟轩分开之后，我回家补觉，他一个人回了宾馆。

第二天，我正睡着，接到了他的电话："我遇到你妈了。"

平地一声雷，我霍地从床上弹了起来："哪儿碰见的？！"

"你家楼下。"

"躲起来，快！"我对着电话叫，"找棵树快点躲到后面去！"我一边说着，一边以迅雷不及掩耳之势跳下床，一时之间也顾不上会不会暴露了，扑到窗边一把推开窗子，然后探着脑袋往楼底下看。

那个提着菜篮子神采奕奕的中年女人，可不就是我们家乔女士吗？！

慢点！我不是让迟轩躲起来的吗，他怎么……怎么在朝我妈走过去？！

眼看着迟轩一步一步朝我妈走过去，我一颗心几乎要提到嗓子眼里去了。

等到瞅见他一脸笑意地对着我妈打了个招呼，然后我妈立刻顿住脚步，两人居然呈现出礼貌交谈的姿态的时候，我更是从楼上跳下去把迟轩拍晕的心思都有了。

离得太远，我根本不可能听清那两人在说什么，也正是因为听不清，所以我才更加害怕。

在接下来的时间里，我一边目光灼灼地盯着楼下看，一边暗暗握拳。

是谁说过世界上最遥远的距离不是生与死，而是我就站在你面前你却不知道我爱你？

错！

完全错！

大错特错！

世界上最遥远的距离，是有个脾性阴晴不定的小破孩儿笑意盈盈地拽住你老妈，而你眼睁睁地看着，却根本猜不出他们到底在说什么东西！

迟轩和乔女士的交谈，约莫进行了几分钟，于我而言，却像是过了好几个世纪。

眼看着我妈朝迟轩点一点头，然后转身往我们这栋楼走来，我生不如死地哀号一声，拔腿就朝门口冲去。

我妈进家门时，我立刻以百米冲刺的速度冲了过去，露出一脸殷勤谄媚的笑容，接过她手里的菜篮子："买菜去啦？"

"废话。"乔女士果断赏我一个白眼，一边往厨房走，一边不屑地说了句，"没人拎着菜篮子去洗澡的。"

"那是。"自小就被这样的口舌教育围绕着，我一点都不尴尬，更不觉得自己被羞辱了，反倒很是乐颠颠地直接跟进了厨房，"您还生我气哪？"

我妈瞥我一眼，语气不善："我生什么气。"

她可不生气。昨天她让我陪杜明羽转转，我直接就把人给赶走了，回到家，她瞬间就怒了。

我看了一眼我妈的脸色，想了想，然后字斟句酌地说："妈，我知道您还是因为杜明羽的事跟我闹脾气。可您想啊，杜明羽他可是从小就跟我一起长大的人啊。不都说感情就是靠神秘感和陌生感维持的吗？您觉得，像我们这种从小就在一块儿光着屁股打架的两个人，能有什么神秘和陌生可言？"

我妈正在择菜的手顿了一下，困惑而又不悦地看着我："是谁说的你那个理论？"

"嗯？"

"谁说婚姻的支柱，就是神秘和陌生来着？"

"尼采。"听明白了我妈的问题，我立刻脸不红心不跳地回答。

没有人知道，我的心底，却是在咆哮般地叫嚣着——谁记得每一句有关爱情啊婚姻的所谓至理名言是谁说的！这年头，只要是个谈过恋爱的，就能冒出几句酸诗，如果每一个都记住的话，我还不得累死啊？！

听到理论奠基人的名字，我妈明显怔了一下，眼看着她像是在琢磨我这句话的可信度有多高，我立刻善解人意地补充了一句："不信等我爸回来，您问他，他是语文老师，应该也知道这个的。"

我的模样落落大方，语气坦坦荡荡，果然让我妈那原本半信半疑当中的"半信"，瞬间变成一多半了。

瞅着时机差不多了，我伸手过去装模作样地帮着择菜："您自己去买菜来着？"

事实证明，我妈原本对我怨愤至极的心情，明显因为我的名人理论而稍微解冻，她从我手里夺过菜去，随意地答了句："和隔壁你李阿姨啊。怎么，有事？"

当然有事。不过——

"不是和张阿姨一起啊？我还心想，这次回来没来得及去看她，您要是见了，直接约她在咱家吃顿饭呢。"

这句话我是发自内心说的——张阿姨就是苏亦的娘亲，好歹也算是从小看着我长大的人之一，如果不是这次临时被空调回来是为了一场接一场的荒谬相亲，我铁定直接就扑到她家去了。

我妈正把择好的菜拢到一起去，听到我这话怔了一下："你张阿姨去北京了，你不知道吗？就连你苏叔叔都去外地开一个什么教育会议来着，家里哪有人在。"

我的思维还停滞在老妈的前一句话那里，见她转身要去洗菜，连忙张嘴追问："张阿姨去北京干吗？不会是——"

"猜对了。"

我妈回头朝我笑，却笑得咬牙切齿："换你在北京不让人费心地找到了男朋友，老娘也不惜连夜飞过去。"

我如遭雷劈："什……什么时候走的？"

"昨天夜里。"

在原地僵了几秒，霍然回过神来，我立刻就往自己卧室里冲。

我一进门，就看到床上手机振得几乎要跳起来。

是迟轩的来电。

我摁了接听，匆匆说了句"等一下啊有点事"，然后就挂了电话。再一看手机里，果然有好几条是在我和老妈插科打诨的时候收到的、来自苏亦的短信。

我颤抖着手指，把短信点开查看，一条一条看下来，不由得冷汗涔涔。

以我对苏亦的了解，这次张阿姨的突击检查，势必会让他手忙脚乱，而他口中那个自己已经交到了的女朋友——也就是我——恰好这个节骨眼上好巧不巧地离了京。

一言以蔽之，他这次必然气得不轻。

在床尾站了一会儿，我焦急的心情渐渐地平复了下来——笨蛋啊江乔诺，如果不是苏亦那个浑蛋打电话时没遮没拦地说自己终于交到了女朋友，我家太后怎么可能会雷厉风行地抓我回来相亲？！

所以，同情他是完全没有必要的！是绝对不应该的！没错，以德报怨根本就不是我江乔诺的为人处事之道！

明确了自己的角色定位，我努力忍着想要捶床大笑的冲动，给苏亦回了条短信："你知道的，我正沉浸在相亲的汪洋之中无法自拔，自求多福吧。"然后把手机揣进兜里，晃到厨房继续找老妈逼问情报去。

见我挂着一脸的舒畅笑容，我妈看向我的眼神顿时充满了狐疑。

我摆摆手："没事，没事。"然后笑嘻嘻地凑过去，"妈，您去买个菜，怎么用了那么久？是不是路上遇着什么人了？"

说话间，口袋里的手机又开始嗡嗡振动起来，我无暇顾及，直接摁掉了。

我妈睨我一眼："没遇见什么人啊，怎么——"忽然想到了，"哦对了，回来的时候是遇着一个男孩子来着。"

没等我应声，她自言自语了一句："挺帅一小伙子呢。"

我几乎屏住呼吸："他说……说什么了？"

"问路啊。"我妈敛了神思，自然而然地答了这一句，然后，打量我的眼神瞬间变得警惕，"不是啊江乔诺，你今天到底是怎么了？"

问……问路？

迟轩！耍我啊你！

在我妈困惑而又狐疑的眼神注视之下，我黑着一张脸冲进自己的卧室，拿了件白色外套，看都没看厨房，说了句"我出去一趟，中午可能不回来吃饭了"，便匆匆往外跑。

刚冲出家门，我给迟轩打电话，恨恨地从齿缝间磨出一句："在我们小区外面等着，听清了，是外面！"

见了面，我怒气冲冲："你你你……你居然找我妈问路？！"

迟轩看我一眼："怎么？"

怎么？我崩溃："你找谁问路不好，问我妈干吗？知不知道我在楼上看得有多紧张？"

他皱起眉，眼神敏锐："你紧张什么？"

我张口结舌。

他不依不饶地盯着我的脸，嗓音微沉："你以为，我是要做什么？"

"我……"

我的脸开始发热。

他看了一眼我发烫的脸，眼底渐渐开始漾起了笑意，一只手抬了起来，摸了摸我的头发。

"傻瓜。"

他这一句，很轻很轻，温柔极了，以至于听惯了他冷言冷语的我，当场就僵住了。

天哪天哪天哪！这是迟轩吗？！

我难以置信地抬起头，恰好和他微笑的眸子撞了个正着，他有一秒的困窘，然后就生硬地将脸别开了。

我分明看到，他的眼角眉梢，都带了笑意。

那一天，我带迟轩去了我高中的母校。逛校园的时候，我犹豫了很久，最终给他讲了我和苏亦之间的关系。

迟轩很平静，一点惊诧的感觉都没有。

他看我一眼，淡淡地说："我知道。"

我震惊："你……你知道？"

他看着我，眉眼深深："比起苏亦……你和另外一个人的事，我更想知道。"

我一愣："谁？"

"何嘉言。"

我早该想到，迟轩这一趟千里之行，断然不会只是来见我一面的。

我们之前闹矛盾，就是因为苏亦和何嘉言，如今苏亦和我的关系，他知道了，会问起何嘉言，简直是再自然不过的事情。

那一天，坐在湖边，我给他讲了我和何嘉言之间的事。

其实，也并没有什么大不了的事，可是迟轩听得很认真，在我淡淡地讲述的时候，他那双漆黑的眼睛一直盯着湖面，一眨不眨。

我想不到，他会对我和何嘉言的关系如此上心。

当初我和何嘉言只是暧昧，更何况，如今他已名草有主，多说无益，所以我尽可能地言简意赅。

我讲了我是因为他在舞台上主持而一见钟情，讲到这里的时候，迟轩好像看了我一眼；

我讲了我们是一个班的，熟识起来很容易，所以后来经常在一起玩；

我讲了何嘉言脾气很好，对人很温柔，尤其是对我，简直到了宠溺的地步；

我讲了何嘉言在我想方设法地报恩时，被别人挖了墙脚，成了我最讨厌的那个女生的男朋友。

起承转合，面面俱到，我适时地住了嘴。

这才发现，我对何嘉言长达四年之久的喜欢，竟然只用这三两句话，就能说完。

讲完之后，心底空落落的，我直起身子，远眺湖面。

这个时候，一直一言不发的迟轩，突然开了口："你好歹要个理由。"

我一愣，然后失笑："要什么理由？他为什么和别人在一起吗？"

我理了一下额角散落下来的碎发，盯着湖面，喃喃地说："我有什么资格去问呢。"

我又不是何嘉言的正牌女友，他又从来没给过我任何明确的承诺，是我自发自愿地跟在他身边待了四年之久，他要和谁在一起，不过是一个选择的问题，我根本没有立场过问。

想到这里的时候，我又突然想到了昨晚的事情。

其实，不只是何嘉言吧……

对于已然有女朋友的迟轩，我又何尝不是不知道该如何定位自己的身份呢？

那一天，我和迟轩在湖边坐了许久，我是因为刚刚讲述了自己的凄惨失恋史，所以心情有些低落，他却不知道是因为什么，眼睛一直盯着湖面，我多久没有说话，他就也沉默了多久。

我妈给我打来电话的时候，我们正在闲逛。我的心情刚刚好了那么一点，一听太后的懿旨是让我回家见杜明羽，顿时脸色一沉。

我妈在那厢威逼利诱，说什么苏亦已经有女朋友了，我不能再这么懒散下去。我闷声闷气地顶了一句："您要是想要冒牌的，我也找得来。"

我妈顿时起疑："什么意思？"

我自知失言，赶紧补救："没什么意思。"

"没什么意思是什么意思？"她穷追不舍。

"是我不会回去的意思。"我回归主题。

"江乔诺！"我妈顿时发飙，"有你这么跟自家老娘呛声的吗？"

我没说话。

她继续在那边喊："这事要是换一个人，你看老娘管不管？我为了你这点破事简直操碎了心，你……你不听话也就罢了，还变着法子地来气我！"

她是真的气得不轻。

她认准了杜明羽很好，他对我很有好感不说，最重要的是，我们俩是从小一起长大的，彼此都知根知底，她认为我不该错过这个好机会。

可是，我对他一点感觉都没有。

我想了一下，然后问我妈："您让我见他，见他，再见他，见完之后呢？和他结婚？"

我妈一听我话有松动之意，顿时笑了："那还不至于。只要你们互相不讨厌，先处处看也成。"

我踢了一下脚边的石头，只见它越滚越远，直到它停住了滚动。我盯着不再滚动的石头，喃喃地说："那就处吧。"

没等我妈搭腔，我挂了电话。

转脸看向迟轩，我说："去喝酒？"

他垂着眼睫，看不清究竟是什么表情，嘴唇却紧紧地抿着，半晌都没有说话。

我看了他一眼，然后低下头："有女朋友就是好，好好珍惜。你看我妈，快催死我了。"

这句话，究竟算是解释，还是别的什么，我也不知道了。

话音未落，我率先举步朝前走。

那一晚，我喝了很多酒，其间杜明羽给我打了不少电话，我都给摁了。

我是在想啊，也许明天，他就会渗入我的生活了，今晚，让我最后自在一把。

这一自在，我直接就喝到了晚上。

我喝酒的时候，迟轩并不阻拦，他甚至一句话都不说，只在我仰头灌下一大杯啤酒的时候，默不作声地喝下同样的分量。

我心想：挺好。有人陪着，就不算是喝闷酒了。

我喝醉了之后，应该话格外多，可是那天却反常得很，硬是一直没说一句话。

我也不知道自己是怎么了。

也许，是下午跟迟轩讲述的那些旧事，刺激了我，又或者，没准儿是方才做出的那个决定，让我懊悔了。总之，我一直在做着倒酒、喝酒、再倒酒、再喝酒的动作，等到结了账之后，站到大街上，我几乎站不稳了。

为了防止我跌倒，迟轩揽着我的腰，我想，他大约也是醉了，所以才会控制不住力度，手上用的力气那么大。

他几乎不是在揽我，而是把我整个人抱进他的怀里了。

夜风吹得我有些冷，便无意识地在他胸口蹭了蹭。

鼻间隐约嗅到了昨晚那种熟悉的清爽气息，我狠狠地怔了怔，然后迷迷糊糊地摇了摇头："又……又做梦呢……"

我的嘀咕，让揽在我腰间的那只手，莫名僵了一下。

杜明羽驱车赶到的时候，我已经控制不住地开始说酒话了。

我揪着迟轩的衣服，哭得整张脸都花了。我醉眼迷离地仰着脸，看着他，委屈极了地控诉。

"你不喜欢我，就……就告诉我啊……"

"你……你让我喜欢你那么久，然……然后你跟别人走了，你……你多坏啊……"

杜明羽一脸茫然地看了看迟轩，不知道我这是怎么了。

迟轩一双眼漆黑，他盯着我的脸，嗓音清冷地说："她醉了。"

我确实是醉了。

因为我自己都听不懂，我的那些话，究竟是在控诉何嘉言，还是在控诉别的什么人……

杜明羽很有男朋友的自觉，十分绅士地把我送回了家，我妈一见我喝成这架势，当场就恼了。

还是我爸心疼我，他皱着眉，打断我妈的话："先把闺女扶回屋里吧！"

我这一进屋，直接就睡到第二天了。

醒过来的那一刻，我拿起手机，里面有无数条来自杜明羽的短信。

我没笑，但是咧了咧嘴。

我想，哦，他是我男朋友了。

从那一天起，杜明羽开始频频约我。

吃饭要一起，看电影要一起，甚至，他去参加什么研讨会，也要带着我。

从他的眼睛里，我看得出来，他喜欢我。

我妈比我道行深，更看得出来，见杜明羽的邀约我从未推掉，她笑得那张脸都快要开出花了。

她笑，我只好也笑着。

没错，我被招安了。

我并不是不想推托，但即便我推了，他这个人就能从我的生活里彻底消失吗？

不会的。

一个杜明羽倒下了，会有千千万万个杜明羽站起来的。我妈说了："你要是有男朋友或者喜欢的人，妈也就不逼你了，可关键不是你没有吗？好诺诺，我知道你不愿意相亲，那你就听妈的话，明羽那孩子，错不了的。"

我拗不过我妈，她也确实是为我好，所以我就顺从她的话。

更何况，她说得对，我确实没有男朋友，我不知道自己喜欢谁，更不知道，那个人喜不喜欢我。

所以，就这样吧。

我妈高兴，杜明羽也高兴，皆大欢喜不是吗？挺好的。

反倒是我爸，他是看出了我的不上心，不止一次对我说："你妈虽说是为你好，可你也不必事事都听她的……你要是有自己喜欢的，爸爸支持你。"

我低头沉默了好久，最终只是说了句"谢谢爸"。

杜明羽的约会，我必须要去。

杜明羽带我去游乐场，我说好。

杜明羽带我去喝咖啡，我说好。

杜明羽送我大捧大捧的玫瑰，我抱在怀里，微笑。

杜明羽把我介绍给酒会上的各色朋友，我自始至终都很配合地弯着嘴角。

可是，杜明羽要亲我，我几乎是出于本能地躲开了。

他看着我，有些受伤："诺诺，你……"

我不知道该说什么，只好低下头，不看他。

我怎么，他没再继续往下说，红灯跳转成绿灯，他发动车子了。

那几天，我一直和杜明羽在一块儿，再没见过迟轩。迟轩不给我发短信，不给我打电话，就好像是已经离开我们市了。

我原本想要打电话给他，可又一想，他来这里就是毫无预兆的，也许，已经悄无声息地回北京了吧。

毕竟，那里有他的女朋友，在等着他。

我这么一想，就觉得没有打电话的必要了。

难得的是，杜明羽居然没有问我，那天和我一起喝酒的男孩子是谁。这一点，总算让我对他有了点好感。

这场恋情，我淡然应对着。

可是，有不能淡然处之的人存在。

苏亦给我打电话的时候，在那边叫得跟被雷劈了似的："江乔诺，你……你居然跟杜明羽在一起了？！"

我当时正敷着面膜，便淡淡地说："对啊。"

他跳脚："跟他在一起，还不如跟我在一起呢！"

我故作遗憾："可惜你有女朋友了啊。"

说起这个，我问："张阿姨去北京，你用谁顶的包？"

他支支吾吾："你别管这个，反正是蒙混过去了……"看样子，是不想跟我多说。

"哦。"

不说算了。

我最近没心情管别人的八卦，就点了点头，起身去洗脸上的面膜。

苏亦突然问："你和杜明羽在一起，那……迟轩呢？"

我僵了一下。

他在那边很困惑地说："他不是大老远跑去找你了吗？怎么会让你跟杜明羽在一起啊？"

一听这话，我比他更困惑："迟轩有自己的女朋友，他管我跟谁在一起干吗？"

苏亦很吃惊："其实韩贝贝和他——"说到这里，突然话锋一转，"算了算了，谁知道你们搞什么呢，我不多管闲事了。"

还没等我说话，他就把电话挂了。

我张了张嘴，合上，再张开，喃喃地骂了句脏话。

又是一天过去了，还有最后一天，我就要回北京了。

杜明羽说，赶在我临走之前，想要和我爸妈一起吃个饭。我没有意见。

原本定的是出去吃，可惜那天下午我爸开教职工培训会议，不知道具体结束的时间，左等右等都不回来，我妈想了想，说在家里做得了。

做饭时，发现酱油不够用了，我妈派我出去买。

杜明羽要和我一起，被我妈拦着了，看我妈那神色，想来是有什么话要背着我对他说。

我拎了一件大衣披上，下了楼，被夜风一吹，不由得紧了紧衣领。

小区内的路灯不知道什么时候坏了，物业还没有来得及修，长长的一段路都被笼罩在一片漆黑的夜色里，看起来幽深而又吓人。

我踟蹰了一会儿，甚至有些打退堂鼓，可是，一想到我爸还没回来，家里是杜明羽和极其支持杜明羽的我妈，我叹了口气，硬着头皮往前走。

两边都是郁郁葱葱的花木，不时会有虫子的低鸣，我摁亮手机的手电筒，依靠着那么一点微弱的光，深一脚浅一脚地前行。

只是一段没有路灯的路而已，我却几乎汗湿了衣服。不管是微风吹过，还是虫子鸣叫，传到我的耳朵里后，都会变成阴森森的基调。

我咬了咬牙，攥紧手机，一闭眼，也不看路了，不管不顾地就往前冲。

却不想，刚刚走了没几步，砰的一声闷响，我的脑袋就磕到了什么东西。

那个东西硬硬的，暖暖的，还一起一伏。

我愣了愣。

下一秒，我回过神来，吓得呼吸都快要窒住了。

我猛然睁开了眼，然后，借着手机的微弱光线，我隐约看到了一张轮廓模糊的脸，那张脸，离我很近很近，眉眼我却看不清。

我惊叫一声，手机都抓不住了，应声落地。与此同时，我更是条件反射一般地踉跄着后退，却不想竟被那人狠狠一扯，跌进了他的怀里。

我心跳如擂鼓，只想着惨了惨了，小区里居然也有打劫的。我抬起脑袋，正要张嘴呼救，就被那人摁进了他的怀里。

他在我头顶出声，低低地说了两个字："是我。"

我浑身一颤。

这个声音……很熟悉。

是迟轩。

我揪住他的衣服，没敢抬头，却渐渐冷静了下来。然后，我终于嗅出了，我紧紧拥着的这个身子，确实有专属于他的清新味道，心中一安。

而他的身上，还有浓郁至极的酒气。

他喝了酒，还喝了不少。

我闭了闭眼，惊魂甫定，伏在他的胸口大口大口地喘着气。

人吓人，吓死人，我吓坏了，真的。

我就那么伏在他的身上，他也一动不动，两个人就像是谁都没觉得这样不妥似的，一直那么站着。

直到，我终于喘匀了气，作势要站直身子，他突然伸出手，一把抱住了我的腰。

"别走。"他的声音，又沉又哑，还带着浓郁的醺然之意。

我的心一颤。

就在这个时候，被我扔在地上的手机，嗡嗡振了起来。

我被吓得眼皮直跳，看了一眼，屏幕上显示着名字，是杜明羽。

这么久了，我还没回去，他该是担心了。

我动了动，动作幅度明明很小很小，耳畔立刻就传来暗哑的一句："不许接。"

我又是一僵。

迟轩的话，像是有魔咒，不管他说什么，总是有能够令我动弹不得的力量。

于是，我眼睁睁地看着手机一边振，一边亮，许久之后，终于安静了。

一切，都回归寂静。只有周遭的虫鸣，和我们彼此的心跳。

我鼓足勇气，终于抬起了脸，然后就看到，紧紧揽着我身子的那个男孩子，他面如寒霜，嘴唇紧抿，双眼凛冽地盯着我的脸。

我的眼皮颤了颤，喃喃道："迟轩……"

他盯着我直勾勾地看了好久，喝了酒的他脸庞冰冷苍白，他的眼神，涣散了又凝聚，凝聚了再涣散。

我动了动嘴，正准备再叫他一声，他却突然低下头，整个身子的重量都压到了我的左肩。

我身子一僵。

"我好想你……"他在我的脖子处蹭了蹭，拖着浓重的鼻音，瓮声瓮气地低喃，"妈……"

天晓得我是不是中了邪，我眨了眨眼，扑簌簌的眼泪砸了下来。

迟轩的酒劲儿，来得太不是时候。

就在他说出"妈，我好想你"那句话之后，我等了好久好久，才鼓起勇气叫了声他的名字，可是，回应我的，是他突然将头压在我肩上的重量，和染了酒气的呼吸。

他睡着了，或者，应该说是醉了过去。

此地不宜久留，杜明羽也许已经下了楼，万幸我刚才几乎要走到亮光处了，所以半拖半抱着迟轩走了几步，就到了路口。

我拦了辆车，司机帮我把醉得昏昏沉沉的迟轩扶到了车的后座上，我喘着气平稳了一下呼吸，然后开口报了他所住宾馆的名字。

车辆刚刚驶走，杜明羽的身影，就出现在了那个路口。

我盯着他的身影，怀里却抱着迟轩，直到他越变越小，消失不见。

到了地方，我费了好大力气，总算把迟轩弄到了房间里。

刚把他搁到床上，我正准备把胳膊抽出来，他一个无意翻身，好巧不巧地把我的胳膊死死搂在了怀里。

我尴尬地红了脸，明明是站立的姿势，却因为弯腰的关系，被他将手臂抱住了，我下意识地想要抽出胳膊，他却抱得越紧。

喝醉了的他，再也没有了往日的阴晴不定，他像是一个贪恋温暖的孩子似的，抱着我的手臂，还用脸轻轻蹭了蹭。

我抿了抿唇。

我知道，我一动，他势必会醒。

犹豫挣扎了好一会儿，最终败给了他就连睡着了都皱着眉的睡容，我闭了闭眼，把心一横，小心翼翼地爬到了床上，动作尽可能轻地在他身旁躺了下来。

事实证明，我这个决定，实在是错误至极——

几乎就在我刚刚天人交战结束躺了下去，原本沉睡着的迟轩霍地睁开了眼来，他手脚敏捷、动作灵活地缠了上来，紧紧将我抱在自己的怀里。

我怔了一怔，然后恼羞成怒："迟轩，你——"

他根本没给我继续说下去的机会，滚烫灼人的嘴唇突然压了上来，一边在我脸上胡乱吻着，一边呢喃着我根本听不懂的、支离破碎的话语。

"为什么……她……她要那样……你……你也是……"

她？

她是谁？

我听不懂他的话，但也知道应该阻止他这么迷乱疯狂的行为，手脚都被他紧紧地箍在自己的怀里，我根本动弹不得，唯有在他吻过来时，张嘴狠狠朝他咬过去。

他闷哼一声，显然是吃痛，眼神灼热却又醺然地看着我的脸，明明像是清醒了，却又像是还沉在梦里。

他恍神的工夫，我早已趁机从他的桎梏中逃了出来，跳下床之后仍不放心，就又往远处避了避。

等到见他依旧瘫在床上，没有追过来的迹象，我才一边喘着气整理自己的衣服，一边对他怒目而视："你最近到底犯了什么毛病？！"

他脸颊通红地倚在床上，因为酒气的关系，原本就精致的五官更加显得魅惑，那双玄墨色的眸子定定地瞧着我，半晌后，居然孩童般无邪地咧了咧嘴角。

他的眼神明明哀伤得几乎要溢出水来了，面颊上，却是稚气无比地笑着。

他望着我的脸，喃喃地说："我没病，我开心……"

我一怔。

然后，就见他眼神悲伤而，自嘲地朝我弯了弯嘴角："我总算知道了，自己……是谁的私生子。"

我愣了，一个字都说不出来，只会一脸震惊地盯着他的脸看。

可就像是内心深处在惶恐地躲避着什么似的，就像上一次那句"妈，我好想你"一样，这一句一出口，他疲倦地朝我笑了一下，然后眼皮仿佛重若千钧地压了下去。

这一次，他没再那么轻易醒过来，他皱着眉，眼睑紧紧闭合，呼吸绵长。

" Chapter 8

爱已成舟，无路可退
"

那一天，我不知道自己在迟轩的床前站了多久，反正等我悄无声息地为他关了房门，轻手轻脚地走出去时，夜色已经浓重得像是泼了一层墨。

我没离开，只是走出宾馆，给我妈打了一个电话。

电话很快就被接起，我妈在那头怒气冲冲地喊："让你买瓶酱油，你买哪儿去了？明羽找不到你，快急疯了！"

"妈。"我张了张嘴，轻轻地喊她，喃喃地说，"您静一下，您……听我讲个故事，成吗？"

生平第一次，我用一种哀婉而又喟叹的语调，给我妈讲了一个故事。最后，她在电话那头长久地沉默了。

到了最后，是我爸从我妈手里接过电话，语气凝重地说："那孩子在哪儿？"

"就在咱们市。"

我爸没有一丝犹豫，通情达理道："带回家来吧，给我和你妈见见。"

我说好，然后转身重新走进宾馆。

那一晚，迟轩睡了多久，我就在他床前坐了多长时间。

等他醒过来的时候，我正盯着手机屏幕玩游戏，抬眼看了一眼窗外，天都亮了。我揉揉眼，低头看向他："快起床吧，我爸妈早饭都准备好了。"

他愣了一下。

我朝他扯了扯嘴角，重复一遍："我想带你回家……见见我爸妈。"

他若有所思地盯着我看了好久，就在我以为他要问我为什么的时候，他起了身，与此同时说了一个字："好。"然后就进了浴室。

回家的一路上，我和迟轩都没有说话。

他是向来不爱说话，而我是在想，待会儿见了我爸妈，究竟该怎么介绍他才好呢。

我们一路魂不守舍地到了家，走到小区楼下，恰好看到物业正在修那个坏掉了的路灯，经过那里的时候，我和迟轩的脚步，都不由自主地顿了一下。

进了我家，爸妈果然早就准备好了早餐，并都在客厅里等着。

看见跟在我身后的迟轩，我妈顿时怔了一下——不用说，显然是认出了我带回来的恩人之子，居然正是前几天同她问路的那个漂亮少年。

一进门，就被我家人这样盯着，迟轩的脸色难免有些尴尬。

好在我爸及时缓和了气氛，他从沙发上起了身，快步朝我们走过来，看了看我，又看向迟轩，眼神里有疼惜，也分明有着几分欲盖弥彰的歉疚。

"诺诺，"见我神色微怔，他撞了撞我的胳膊，"还不介绍一下？"语气中故作轻松的意味，连我都听出来了。

我看了一眼我爸，然后转脸向迟轩看了一眼，这才对我爸说："爸，这就是迟轩。"顿了一下，"迟轩，这是我爸，给你说过的，初中语文老师，脾气特好，在他面前，你不用紧张的。"

稍一留心就不难发现，我介绍迟轩的话，只有五个字，而且，重音全在"这就是"这三个字上面。

意味太明显了，我在强调。

之所以强调，当然是因为，我爸已经知道有关这个人的事了。

好在迟轩仿佛恍然未觉，他礼貌地向我爸伸出手，微笑："江老师好。"

我爸顿时眼底蕴笑，面露慈爱之色。

寒暄间，我妈终于把脸色恢复到正常模式了，见她走了过来，我赶紧介绍。

眼看气氛太尴尬，我特意调节气氛："这是我妈，爱美丽，爱生活，尤其爱看小帅哥。"说完这句话，我几乎有些忐忑地看着迟轩，在我面前，他多数都是偏冷的，但以我妈的性格，更喜欢那种能闹一点的男生。我真怕他不给我面子。

令我没想到的是，听到我的话，迟轩居然笑了。

他那张俊美的面庞，虽然略显青涩，却实在好看极了，那双黑眼睛亮亮地看向我妈，笑："阿姨看我入眼吗？"

我松了一口气，我爸妈都笑了。

吃饭时，多数是我爸同迟轩说话，我当然是在埋头吃饭。

至于我妈，她其实也没什么，就抿一口豆浆，看一眼我，然后再微笑着看一眼迟轩。

我妈那眼神，别人看不懂，但我看得懂。尤其是，一听到迟轩说和我住在一起的时候，我妈的眼神，就更加意味深长了。

为了避免我爸妈说出什么不该说的话，我借着要去厨房洗手的由头，给我妈使了个眼色。

我妈跟我进了厨房，第一句就是："你不跟明羽好好处，就是因为小轩？"

"嗯？"我愣了。

我妈逼近我一步，一双眼睛里闪烁着睿智的光芒。

"别想狡辩。我去机场接到你那天，你就对相亲的司机先生说你和人同居，那时候，我还以为你是在故意捣乱，原来……原来你说的是真的！"

我崩溃："我那是捣乱，我那真是在捣乱！"

我妈完全不信我的话，在那边自己盘算着："请你吃甜点的李先生，带你坐摩天轮的时先生，三番五次邀请你去听音乐会的彭老师……这一个个的，也都算得上是不错的人选了。我说呢，怎么就都不入你的眼……"

言下之意，就是说，我之所以推拒了那些相亲人选，全部是因为迟轩。

我哭笑不得："他有女朋友的！你想多了！"

我妈愣了一下，似乎是完全没料到，下一秒，睿智的光芒瞬间转成了惊讶："有女朋友？那他来这儿干吗？"

"我哪知道。"

我是真不知道。

我妈当然不会满意于我这种回答，她往我身边凑了凑："你们俩平时住一起，他就没什么表示吗？比如说，时不时约你去看个电影啊，送你朵玫瑰花啊……"

我打断她："你说的是杜明羽，不是迟轩。"顿了一下，我挺委屈地说，"他肯给我个好脸色，就很不错了。"

一听这话，我妈的眉毛立刻就皱起来了："脾气那么差？看不出来啊。"

我很心酸："他对别人都挺好，就对我那样。"

我妈思索了一下，然后大胆猜测。

"难道……这就叫因爱生恨？"

我抖了一下，打断她的瞎想："他是烦我总管他。"

"那也得管。"我妈忽然变成了一副郑重其事的表情，"他还小，他妈妈又把他托付给了你，就算是惹得他不开心，有些事情该管还是要管的。"

不提这个还好，一提这个，我就更憋屈了："我是想管他啊，可他不让。还过一段时间就跟我搞一次叛逆，别看他长得那么高，心智跟个孩子似的。"

我妈陷入沉思，半晌后，一锤定音道："这么着吧，你晚两天再回北京，让他在咱们家住几天。"

"为啥？"

我妈一脸郑重之色："能不能把你交给他，我跟你爸得好好看看。"

我无语地望着我妈："人家有女朋友啊……"

她走远了。

我妈以家长的身份，给我们学校研究生部和本科部分别打去了电话，脸不红心不跳地扯谎说，我们家有点事情，学生恐怕得晚两天回去，算是给我和迟轩请了假。

就这样，迟轩在我们家住了下来。

自打那天饭桌上，和迟轩展开了一场投机的交谈之后，我爸似乎对他印象极好，私下里没少跟我说："这个小伙子不错。"

我十分平静地点点头，说："嗯，是不错，您可以考虑认作干儿子。"然后无视我爸瞬间变得尴尬的表情，继续吭哧吭哧拖地。

我刚拖没两下，我妈一把夺过我手里的拖把。

"快快快，明羽来了！"

我无可奈何地洗了手，换衣服，梳头发，去赴我的约会。

没错，要求迟轩住下来的时候，我妈就是这么对迟轩说的——我和杜明羽刚交往，两个人的感情还不稳定，她希望我们能多发展发展，我再走。

说起这点，我妈其实是要了点心机的，她的原话是这么说的。

"小轩要是当场不同意，那就说明他对你是有意思的；小轩要是同意了，那我和你爸还能多和他相处相处，增加了解，也算是有些收获。"

当时听了这话，我表示佩服，朝我妈竖了竖大拇指："您真费心了。"

我妈确实费心。

在使用各种办法试探迟轩的心思的同时，她还严密地督促着我和杜明羽的交往，用她的话说，这叫两手都要抓，两手都要硬。

我五体投地。

来说说杜明羽。

有一天，他在我家和迟轩打了照面，当场就愣住了。

"是……是你？"

迟轩看了他一眼，面无表情，看样子是不准备作答，我只好点点头："嗯，是他。"

我那天不是和迟轩一起喝酒，被去接我的杜明羽碰见了吗？

从此之后，他就记住了，每天只要我和他一起出去，他必然要旁敲侧击地问问迟轩在做什么，言语间的试探意味，简直和我妈试探迟轩的时候，如出一辙了。

我原本就对他没感觉，之所以答应和他交往试试，也真的是碍于实在拗不过我妈，现在又被他这么一盘问，当场就哭笑不得了。

"你是和我谈恋爱的，干吗整天惦记着迟轩？"

杜明羽这才意识到自己做得太露骨了，他扶了扶眼镜，憋了好半晌，才低低地说："我总觉得……他看你的眼神，怪怪的。"说到这里，他抬起头，看着我，很认真地说，"他看你的眼神，让我不舒服。"

我愣了愣："有吗？"

迟轩看我的眼神，很奇怪吗？我怎么不觉得？

杜明羽苦笑："你不是男人，你看不出来，但我看得到的。"

我张口结舌。

杜明羽问我："他喜欢你吗？"

我的眼皮跳了一下："别逗了，我是他姐。"

"可我从没听过他叫你姐。"

没等我说话呢，他飞快地加了一句："而且他看你那眼神，根本就不像是弟弟在看姐姐。"

完了。又绕回眼神上去了。

那天回到家的时候，已经挺晚了，我爸妈都睡了，只有迟轩一个人坐在客厅看电视。

见我开了门进来，身后跟着杜明羽，迟轩蹙着眉毛看我一眼，神色顿时冰冷极了。

我换了鞋，然后对杜明羽说："我到家了，你放心吧。"

"嗯。"杜明羽有意无意地扫了一眼坐在沙发上的迟轩，然后倾了倾身子，过来吻我，"早点睡，我明天来接——"

他的话还没说完，迟轩霍地从沙发上弹起来了。

与此同时，我的脑袋偏了一下，杜明羽的吻，落了空。

一时之间，杜明羽和我都怔住了，气氛有些尴尬。

身后，迟轩默不作声地扔了遥控，回房间了。

我仰起脸，朝脊背僵直的杜明羽干笑了一下："很……很晚了……路上小心。"

那一晚，我翻来覆去地睡不着，满脑子想的，都是杜明羽那句迟轩看我眼神很奇怪的话，和他那个猛然站起的动作。

后来，半梦半醒之间，我隐约觉得，自己好像接了一个电话。

我睡得迷迷糊糊，连眼都没有睁，哑着声音喂了好几声，那边一直不说话。

我掀了掀眼皮，想看看是谁打的，可是睁不开眼，就又"喂"了几声。

那边一直沉默。

直到我困惑不已地要挂了，那头终于开了口，声音带着恼恨的意味："你让他亲你。"

只有这五个字，然后，就是"嘟嘟嘟嘟"的忙音了。

我迷迷糊糊的，完全没能理解这句话，翻了个身，就又睡着了。

第二天一大早，杜明羽早早地来接我。

我妈正在做早餐，听到动静，从厨房探头出来："大清早去哪儿呢？"

我捂着肚子，叹了口气："爬山……"

杜明羽一直嫌我不肯和他一起参加运动，再加上我这几天就要回北京了，他要求我，无论如何都要和他一起爬次山。

他跟我提这个要求的时候，是在他说迟轩看我眼神古怪之后，我也不知道自己怎么就有些心虚，觉得连这个都推拒的话，实在有些说不过去，就答应了。

可是，此时此刻，我真是由衷地后悔，自己为什么要答应他。

"爬山好，爬山好。"我爸却完全没体会到我的后悔之情，他笑呵呵的，还若有若无地扫了迟轩一眼，"早上空气好，爬山强体魄。"

这么一来，我就更不好扫众人的兴了。

就这样，我们由爬山二人组，变成了四人小分队。爬的，是我们市出了名的、最最陡峭的菱山。

一路上，杜明羽好像不怎么开心，他一马当先，走在最前面，我爸和迟轩跟在他身后，一边走着，一边评论着风景，只有从早上起来就腹痛的我，生不如死地落在最后面，没爬多久，浑身就冷汗直冒了。

"爸，爸……"我喊我爹，等他转过脸来，我立刻苦了一张脸，"你……你们上去吧，我……我在这儿等着。"

见我脸色不好，杜明羽终于不再表现他对那两个硕大电灯泡的不满了，他脚步慌乱地杀了回来，一把抓住我的胳膊："怎么了诺诺？"

冷汗从额头上大滴大滴地滑下来，我脸色发白，心底发虚，反手就把他的手给抓住了："我……我好像恐高……"

这个时候，我们其实才爬到了半山腰，但因为菱山历来是以险峻陡峭闻名的，所以即便只是到了这个高度，我只要往下面望一眼，就觉得脑袋发晕，冷汗直冒，肚子更是疼得要死。

说话间的工夫，我爸已经拐回来了，他拨开杜明羽的手，一脸严肃地看了看我："这丫头从小到大都没恐高过啊，怎么回事？"

我哪知道啊！我唯一知道的是，我很难受，难受得连眉毛都皱紧了。

"来，诺诺。"

我爸弯了腰，要抱我，被迟轩一脸严肃地伸手格开："我来。"

一路上，我被迟轩背着，他的步伐很快，可是又很稳，明明是山路，却如履平地似的。

我趴在他的背上，肚子疼得要命。我抱紧他的身子，喃喃地说："好难受……"

他没说话，脚步明显加快了些。

我爸在一旁扶着我的身子，急得不行："早上起来还好好的，这是怎么了？"

杜明羽默不作声地跟在我们身后，脸色阴晴不定，紧紧盯着背着我的迟轩。

"你带她吃了什么？"迟轩头也没回，突然开口。

我们出发的时候，我妈还没把早餐做好，杜明羽带我出去吃的早餐，吃的是我们小区外面出了名的鸭血粉丝。

杜明羽愣了愣，然后照实说了。

迟轩皱了皱眉："她放了很多辣？"

杜明羽点头。

迟轩脚步瞬间变得飞快："胃穿孔。"

"胃穿孔。"医生对护士喊，"进急诊！"

被推进急诊室的那一刻，我疼得眼睛几乎要睁不开了。我的眼角扫到，迟轩回身，一拳就朝杜明羽脸上招呼了过去。

我醒过来的时候，守在我病床旁边的，是我妈。

看见我睁开眼，我妈的眼圈顿时就红了："可算醒了，可算醒了，吓死妈了。"

我手臂上挂着点滴，浑身上下都又酸又疼的。我张了张嘴，有气无力地说："我……我怎么了……"

"胃穿孔。"我妈眉毛一压，有些恼火地说，"明羽不知道你不能吃辣吗？怎么也不管管你？"

我怔了一下，然后开口替他辩解："他、他又不知道……"

"他不知道，你也不知道？！"我妈眉头一皱，矛头顿时就指向了我，"不能吃辣，还管不住自己的嘴，这下好了吧，胃穿孔！还好小轩跑得快，你知不知道胃穿孔有可能会死人的？！"

那么严重？我到了嘴边的辩解，顿时就咽下去了。

"乔诺。"我妈叹气，"你二十三岁了，不是三岁，你连自己都照顾不好，怎么让我跟你爸放心？"

我有些歉疚："我错了。"

我妈转过了脸去，半晌后，才转了过来。

她看着我，眼睛红红地说："你现在不是一个人了，小轩的妈妈既然把他托付给了你，你就得好好照顾他。就因为你胃穿孔，他背着你跑了那么远；就因为你胃穿孔，他跟明羽打了一架，迟妈妈要是泉下有知，能满意吗？"

我妈的语气很严肃，是我从来都没有听过的认真。我看着她，张了张嘴，却不知道该说什么。

我妈抓住我的手，有些哽咽："你在北京出车祸，都不跟家里说一声，你知道……你知道那晚给我打电话的时候，我跟你爸有……有多后怕吗？"

她的声音很低，手却几乎把我给抓疼了："我跟你爸就你这一个孩子，你就不能……就不能让我们俩省点心啊……"

那一天，我妈前所未有的脆弱。

我这才知道，这些天以来，我曾经出车祸险些死掉的事情，她和我爸一直都后怕着，再加上，今天我爬山的时候胃穿孔，更是把他们俩原本努力隐藏着的那些畏惧，彻底给激发了出来。

那一天，我对我妈保证了很久，我说我以后再也不吃辣了，我说我以后好好照顾自己，一定不让自己再出状况了，我的语气很诚恳，发自肺腑。

我妈抽噎了一下，抬起脸看了看我，她很认真地说："不光要照顾好你自己，还要照顾好小轩。"

我点头："当然了。"

因为我的胃有病，所以不敢胡乱进食，我妈喂我吃了一点清淡的粥，然后我就昏昏欲睡。她轻轻地起了身，给我掖了掖被角，说晚上她再过来陪我。结果，晚上来陪我的，是迟轩。

眼看着他早上还漂亮极了的脸上，多出了几处瘀青的伤痕，我有些歉疚，讷讷地说："疼吗？"

他没说话，走到我病床旁边，坐下。他这才撩起他那长长的睫毛，看了我一眼。

他那一眼，明明古井无波的，我却从里面看到了责怪。

我的脸腾地就红了。

他看了看我扎了针的手背，终于说了句："疼吗？"

我赶紧摇头。

"胃呢？"

我再次摇了摇头。

他说："阿姨说，今晚不吃东西比较好。"

"嗯。"我自知理亏，有些讨好地笑了笑，"我不饿。"

他点了一下头，然后，就又不说话了。

病房里，只有我们两个坐着，邻床是个小男孩，睡着了，整个病房安静得很，他一不说话，我就觉得尴尬。

我看了看他的侧脸，见他垂着眼睫，根本没有主动和我交谈的迹象，就主动找了个话题。

"我这一病，恐怕……又要耽误回北京了。"

"没事。"

"不用……跟韩贝贝说一声吗？"

他抬了眼，嘴角绷着："跟她说什么？"

我口舌一窒。

我发誓，这真是我随口找的一个话题，没想到，好像又踩到他的雷点了。

突然想到，那天苏亦在电话里欲言又止地跟我说的话，我不由得怔了怔，他和韩贝贝……闹别扭了？

不会是，因为他突然离开北京吧？

一想到这个，我就觉得不安，话根本没经过脑子，直接就脱口而出了："其实，你可以先回去的，不用等我——"

说到这里，我就被他突然间冰冷的眼神给冻住了。

他盯着我，瞳仁漆黑，眼里像是着了一团火。被他那么看着，我愣愣的，什么话都说不出来了。

就那么看了我好一会儿，他忽然扯了扯嘴角，牵出一抹冷冷的笑意。

"让我先走，你好和杜明羽郎情妾意吗？"

我僵了一下。

他不说，我几乎要把杜明羽这个人给彻底忘了。

回过神来，我急忙开口："不是的——"

话没说完，他盯着我的眼，很急促地笑了一下："我打了他，你生我气吗？"

我张口结舌："没……没有……"

他忽然支起了身子，盯着我的眼，直直逼近我的脸，几乎和我鼻尖碰到鼻尖了。

"那，他打了我，你生他气吗？"

离得太近，我几乎可以看到，映在他瞳孔上面，那个脸色发红发烫的我了。

我张了张嘴，想说话，可还没来得及发出音节，嘴巴就被他凉凉的嘴唇堵上了。

他轻轻地吻着我，轻轻地说："分手吧……离开他。"

迟轩的那个吻，和那句话，让我几乎失眠了一夜。

整整一夜，他都在病房里守着我，我说让他去旁边的空床睡觉，他不去，就坐在我旁边守着。

最开始，我劝他，他还肯同我说两句话，等到后来再催他去睡觉，他干脆就不理我了。

我定定地看了他片刻，然后带着既甜蜜又复杂的心情，躺下睡了。

那一晚，我做了个梦。

梦里，我也不知道因为什么哭了，我泪眼婆娑地问迟轩："你喜不喜欢我？你喜不喜欢我？"

天晓得究竟是怎么了，在梦里，我好像只会说那一句话。

即便是在梦中，迟轩依旧是面容冰冷的，他看了我一眼，然后很漠然地说："你不是有喜欢的人吗？那个人，不是我。"

说完这句，他转身就走了。

我没有片刻的犹豫，拔腿就去追他，可周遭突然间有浓浓的雾气，铺天盖地地笼罩下来，我看不到路了。

大雾遮掩了路，也遮掩了迟轩的行迹，我突然间觉得整个世界都被掏空了，跌坐在地上，号啕大哭起来。

我哭的时候，苏亦经过我的身旁，他伸出手，对我说："诺诺，你起来，我带你离开这儿。"

我哭得眼睛红肿，喘不过气。我对他摇摇头，我想说我要等迟轩回来，可我说不出话。

渐渐地，苏亦消失了，又有一个人从大雾中徐徐地现出了身影，是杜明羽。

他一脸温柔地看着我的脸，对我说："诺诺，我是真的喜欢你。你别哭，来，你跟我走吧。"

我一边哭，一边恶狠狠地瞪着他，真的是睡梦和现实全都混淆了，在梦里，我居然会想着，你打了迟轩，你是坏蛋，我才不要跟你走啊。

杜明羽的身影，也渐渐地消散在雾气中了，我揉着眼睛，狠狠地揉着，我想要分辨出来，迟轩到底去哪里了。

就在这个时候，我看到了。

我看到了一张眉眼温和的脸，我看到了一张……我曾经喜欢了整整四年的脸。

那是何嘉言。

他站在几步开外，没有走近我，他用一种类似于同情，又类似于温柔的眼神看着我，他对我说："诺诺，你起来，地上冷，你快过来找我。"

他让我过去找他。

他却站在原地一动不动，不肯靠近我。

我呆呆地看着他，神情恍惚。

看到他那张脸的那一刻，我居然恢复了知觉，我喃喃地说："我不要，我不喜欢你，我喜欢别人了……"

梦到这里，我醒了。

许是梦里哭了太多，醒来的时候，我的眼睛涩涩的。

我睁开眼，看到了一张熟悉的脸，他正悬在我的脸上方，有些担忧地看着我。

想到那个梦，眼泪突然间从我眼眶里滑了下来，我盯着那张脸，喃喃地说："你……你喜不喜欢我？"

"喜欢！"杜明羽脸颊涨红，近乎激动地说。

我眨了眨眼，又眨了眨，这才渐渐清醒起来，我的视线开始清晰，我看清了，悬在我脸上方的，是杜明羽。

我困惑地开口，嗓子有些哑，我说："迟……迟轩呢……"

杜明羽顿时冷了那张脸，好半晌，才闷闷地说："被江老师叫走了。"

我怔了一下。

我还没来得及说话，他就将脸凑了过来，一脸急切地对我说："对不起……对不起诺诺,我……我不知道你不能吃辣……"

我心神不宁地摇了摇头,说:"不怪你的。"

他一把抓住了我的手,信誓旦旦地保证:"我……我以后会照顾好你的!"

以后?

我愣愣的,一时之间竟然不知道该怎么作答。

那天上午,杜明羽一直在病房里面陪着我,他怕我无聊,想尽了办法逗我笑,可是他讲的那些笑话,连旁边那张病床上的那个小男孩都觉得没劲极了。

杜明羽出病房接电话的时候,小男孩对我说:"姐姐,护士姐姐对我说,你男朋友是个很好看的哥哥,他到哪儿去啦?"

很好看?是说迟轩吗?

我朝他笑了笑:"哥哥很忙,被姐姐的爸爸叫走了。"

一听被我爸爸叫走了,小男孩的眼睛顿时变得亮晶晶的:"姐姐和哥哥结婚了吗?"

我摇摇头。

"那昨晚,哥哥为什么要亲姐姐呢?"

我僵了一下。

小男孩立刻露出得意扬扬的神色:"你们以为我睡着了,其实我没有睡着,我都看到啦。"

我好窘迫。

"哥哥趴在姐姐床边上,一晚上都抓着姐姐的手呢,姐姐,你手不累吗?"

"不……不累……"

小孩子居然观察如此细致,我简直要笑不出来了。

谁料,这还没完。

"姐姐,你脚踩两条船吗?刚才那个人,怎么一直赖在这儿不走啊?"

我嘴角抽了一下："他……他是我朋友。"

"普通朋友吗？"

我点点头："对。"

杜明羽刚进病房，小男孩就笑嘻嘻地朝他喊了起来："你别待在这儿了，姐姐不会跟你的！"

我眼皮一跳，杜明羽却是连脚步都顿住了。

小男孩看了看我，又看了看杜明羽，浑然没有觉得气氛古怪，反倒乐颠颠地继续往下说："姐姐喜欢昨天来的那个哥哥，那个哥哥比你长得好看，也比你对姐姐好得多！"

杜明羽的脸一阵红，一阵白，他快步走近我，一把抓住我的手："诺诺，是真的吗？"

事已至此，我觉得确实没有必要强撑下去了。我偏了偏脑袋，闭着眼，低低地说："我们不适合……"

"我们从小一起长大的，怎么会不适合？！"

"我……我对你没感觉……"

"那迟轩呢，他整天摆着一张冰山脸，他和你就适合了？！"杜明羽刻意避重就轻，直接无视了我刚才说的那句话。

我无奈："你不用管他怎样，我……我对你没感觉……"

"江乔诺！"杜明羽霍地从我床边上直起了身，他恼羞成怒地盯着我的脸，气急败坏地说，"从小时候到现在，我喜欢你足足十几年，那时候你是小公主，我配不上你，所以我为了你减肥，为了你出国留学。听说你一直一个人，我放弃了国外大好的机会又回了国。我做的所有这一切，都是为了你，为了你！可你对我说什么？对我没感觉？我为你付出的，难道没有那个姓迟的多？"

小男孩被突然发起火来的杜明羽吓到，缩在被窝里，不敢说话了。而我，也同样被吓呆了。

杜明羽双眼冒火地瞪着我："我问过乔阿姨的，迟轩他有女朋友！就算他守你一夜怎么样？就算他对你再好又怎样？你不过是一个可有可无的人，他既然有女友，你现在和他纠缠不清算什么你知道吗？你算是第三者！乔诺，你仔细想一想，你好好回忆一下，他来我们市这么久，他是不是连一句最起码的喜欢你，都不肯对你说？！"

杜明羽的话实在是太有影响力了，直到他走后，我都没能从他激烈的指责当中回过神来。

小男孩爬下床，凑过来摇摇我胳膊，他有些紧张地看着我的脸，怯怯地说："姐姐，姐姐……你怎么哭了？"

我也不知道，我怎么突然就哭了。

也许，是因为我那隐隐作痛的胃；也许，是因为我刚刚被人骂了；又或者，是因为……杜明羽那一句，刺耳刺心的话。

我期待爱，也期待被人爱，可我……我不要做第三者。

迟轩来的时候，我对他说："你不必等我了，先回北京吧。"

他刚走到门口，听到我这句话，顿了一下。

只是一下，他就面色冷静地走了过来。他自顾自地盛好了粥，然后坐下，一派平静地说："吃饭了。"

我别开了脸。

他拿勺的那只手，停在半空中。

他盯着我，皱起眉："你怎么了？"

"韩贝贝在等你。"我闭了闭眼，尽可能平静地说，"你快回去吧。"

"说过不用你管的。"他微恼。

"你不回北京也可以，"我咬一咬牙，"别待在我身边就好了。"

我的这一句话，让迟轩顿时僵住了。

下一秒，一只修长的手突然握住了我的手，手指猛然使力，逼迫得我不得不抬眼看向他。

我看过去，就见他那张凛冽而又张扬的面庞上，清晰地泛起了浓郁的冷意。

他那双潭水般幽深而又澄澈的眸子，定定地盯着我的脸，就那么看了好久好久，终于一字一句地说："你赶我走？"

我心下发涩："是我求你。"如果你不可能喜欢上我，那就求你了，别让我陷得更深了。

他紧紧地盯着我，一字一句："所以，你以前说的永远都会照顾我的话，不作数了？"

我呆住了。

我确实说过那样的话。但是，不是对迟轩说的。

事实上是在迟妈妈的葬礼之上，这是我一脸诚恳，主动对所有来宾亲口做出的承诺。

可是，我清清楚楚地记得，那一天，迟轩当场一脸冷漠地别过脸去，以自己的实际行动，对我这一厢情愿的承诺表示了不屑，我没想到……

没想到如今看来，他竟然一直都记着。

想明白了，我忽然间疲倦极了。

"对。"我点了点头，喃喃地说，"我原本是决定，以后都要好好照顾你的，可是……可是我真害怕——我怕等我介意了，你忽然又转身走了。"我们之间，承诺全是我给的，而那个说走就走的人，永远都只有你一个。

我闭着眼，轻轻地说："很喜欢的人，突然间形同陌路，我已经经历过一次，再来一次的话，我……我会受不住的。"

我说这些话的时候，迟轩一直都没有说话。

整个病房都静静的，静得连我因为心疼而紊乱的呼吸声，都被放大了。

我以为他会什么都不说，冷着一张脸离开的，可我没想到，我忽然听到他低沉的声音："上次我搬出去，是因为我妈。"

我浑身僵了一下。

迟轩低低地笑，笑容里全是自嘲："就是在那天晚上，我知道……我爸爸是谁了。"

那一秒，就像是有好多个惊雷，齐齐在我头顶炸裂了开来，我惊呆了。

脑子飞速地运转着，我很快地回忆了一下，然后就嘴唇轻颤了起来，确实……

那几天的迟轩，确实很反常。

那时的我，以为他只是因为腿受了伤，所以心情不大好，可是如今看来，似乎所有我当时不能理解并且为之恼火的事情，都是有缘由的。

在眼睁睁看着他的房间变得空落落时，我一直以为，他不过是在犯小孩子脾气罢了。

又或者说，叛逆是他们十七八岁少年的权利，我无权剥夺。

他生气，他别扭，他忽喜忽怒，他刚刚说了喜欢我，可转眼就能毫不留恋地一走了之，在我为他的离开而心慌难过的时候，他决绝到可以时时处处地躲着我——我根本就不想掩饰，我一度对这样的他，是极其恼恨的。

原来，是有原因的。

我表情呆滞地愣了好久，一直在消化他那简短的两句话。

那个时候，他知道自己的父亲是谁，想来，对他而言，该是很有冲击力的。而那个时候，我没有陪着他，我没有呵护他，我做的……是同他怄气，同他冷战，还一心以为是他阴晴不定，我那么做，完全是没错的。

可我……

我全错了。

我恍恍惚惚地转了脸，看向迟轩。

我喃喃道：“你怎么……不告诉我……”

他盯着我的眼，慢慢地说：“你赶我走……”

见他还在执着于我刚才说的话，我立即摇头：“那是气话！”

他突然一把握住了我的手臂，紧紧盯着我的眼，看了我好久之后，喃喃地说：“江乔诺，你在害怕什么？”

我身子一颤。

他抿着嘴角,目光灼灼:"我是没给过你任何承诺,可你呢?你有对我说过你自己的心声吗?"

他微笑着,笑容却苦涩,他盯着我的眼,一字一句地说:"若我是懦夫……你也一样的。"

那天,迟轩冷着一张脸,在我的病房里待了一整天,旁边那个小男孩这下不说他好看了。趁迟轩出去的时候,小家伙偷偷地朝我撇嘴巴:"哥哥好凶。"

我心有戚戚焉地点了点头。

"哥哥这样,没有女孩子会喜欢的!"

我说:"才不,他有一个很漂亮的女朋友。"

"哥哥的女朋友,不是姐姐吗?"

我摇了摇头。

小男孩顿时就搞不懂了:"可……可为什么不是啊?"

"没……没有什么为什么。"这个小男孩说话太少年老成,我有些招架不住。

"哥哥有喜欢的人吗?"

"嗯。"不喜欢怎么会让她做他女朋友。

"那姐姐呢?"

"以前有。"

"哥哥知道姐姐喜欢别的人吗?"

"知道。"

"哦哦。"他一脸恍然大悟,"哥哥是吃醋!"

我忍不住失笑:"哪有那么简单。"

小男孩托着下巴,又搞不懂了。

我想了一下:"你真的想知道为什么?"

"嗯!"他眨巴着大眼睛,狂点头。

"来。"我拍了拍自己的床,他颠颠儿地跑了过来。

我将他揽在怀里，很温柔地说："那，姐姐给你讲一个故事。"

"好啊好啊！"

"从前，有一朵喇叭花，"我盯着窗外，开始讲了，"她很喜欢一棵木棉树，可是后来呢，刮了一阵大风，喇叭花处境很不好，木棉树就和水仙花在一起了。被自己喜欢的人抛弃了，喇叭花当然很伤心啊，好在这个时候，她认识了一棵冷杉。一些特殊的原因，让他们住在了一起，然后……渐渐地就有了些好感。可是呢，冷杉又遇到了一朵玫瑰，他们成了男女朋友……玫瑰当然要比喇叭花好啊，既漂亮，又温柔，喇叭花希望冷杉能幸福，喇叭花更怕……更怕自己再被人丢了。你说，除了自行离开，缩在角落里，喇叭花还能怎么做呢？"

小男孩就是再聪明，也不可能听得懂我这番几乎像是胡言乱语的话，他在我胸口抬起脑袋，愣愣地看着我。

"姐姐……花花怎么会喜欢上树啊？"

我愣了愣，然后，忍不住微笑："对啊……她怎么会喜欢上树呢？"

"木棉树"给我打电话的时候，我正睡得迷迷糊糊，哈欠连连地接了起来。

好梦被扰，我有些不满，语气不怎么好，那头沉默了一下，半晌才说："乔诺，你病了？"

这个声音，我听了四年，当场就是一激灵。

这一激灵，我才想起来，回来之后，我换了一个手机号，居然忘了再把他拉黑。

事已至此，我唯有硬着头皮道："嗯，一点小病。"

"严重吗？"他有些紧张。

"说了只是小病。"我语气平静。

"你总是不会照顾自己。"他在那边叹了口气。

他的语气里是浓郁的叹息，不像作假，一时之间，我抿了抿嘴唇，不知道该说什么。

他突然问："你……不在北京？"

我点点头，然后，发现他是看不到的，就嗯了一声。

"哦！"他若有所思，"难怪……"

难怪什么？

我脱口而出："怎么了？"

"没……没什么。"他话有躲闪之意。

我眯了眯眼："何嘉言，你今天给我打电话，不可能是没有事情。"

他没应答，在那边长久地沉默。

"我挂了。"我是真的要挂机。

"等等！"

"那你就说。"我的手指，依旧停留在挂机键上。

他很犹豫："你和苏亦……在交往？"

我愣了一下，出于本能地想要反驳怎么可能，下一秒，却想到了那天在操场上的事情，料想他是误会了什么，于是我抿了抿嘴唇："对。"

"他很花心。"他几乎是立刻说。

"我知道。"

"他和许多女生都暧昧不清！"许是见我语气平静，他有些急。

"我知道。"

"他对你不可能是真心！"

我淡淡地说："是吗？"

我的无所谓彻底把他激怒，他有些气急败坏："乔诺，即便确实是我伤了你的心，可你……你也不该这么作践自己！"

我被他骂得有些愣："他做了什么？"

"他陪一个女生，去……去医院……"

何嘉言一向温文尔雅，今天却像是被人激怒了的狮子，他压低了声音，几乎是咬牙切齿地说："你不在北京，他陪人去流产，他这不是对不起你，又是什么？"

我被"流产"那两个字镇住，好半晌愣是没回过神来，何嘉言却以为我是伤心了,在那边连连劝我:"你别难受,那天在医院见到他,我已经警告过他了,他要是敢再做对不起你的事情,我——"他的话没说完,我手一抖,失魂落魄地就把电话给挂了。

"嘟——嘟——"

苏亦刚把电话接起来,我就河东狮吼:"姓苏的!你把谁弄怀孕了?你还陪她去流产,苏叔叔如果知道这事,铁定饶不了你的!"

苏亦完全被我火山爆发的气势骇住,好半晌都没说话,等了一会儿之后,他那边传来怯怯的一句:"苏亦不在,他……他……"

居然是女孩子的声音,我顿时火起:"那你是谁?!"

"我是他……他女朋友……"

他女朋友多了去了!

我的怒气怎么压都压不住:"把电话给他!"

"他……他在喝酒……"

"我说,把电话给他!"

"好……好……"

那姑娘手一哆嗦,居然……给我挂了。

挂了?

我气得直大口喘气,转过脸,就看到邻床的小男孩正一脸惊恐地看着我。

我敛了敛怒容,尽可能朝他温柔地说:"别看了,快睡觉!"

他立马就闭上了眼。

接下来的时间里,任凭我再怎么给苏亦打电话,都没人接了。我气得恨不得拔掉手上的针管,立刻杀回北京。

结果,我没能成功杀回北京,因为,我正怒火熊熊燃烧,我妈来了。

考虑到苏亦的身家性命,我就是再恼火、再愤怒,也不敢在她面前表现出来,于是只好盯着手机,扮面瘫。

见我脸色不怎么好,我妈也没多想,以为我是这几天闷坏了,就絮絮叨叨地在我身边说着我爸学校里发生的趣事。她说的那些话，我一句话都没能听进去，但终归是冷静了一些。

我一冷静下来，终于想起了方才忽略掉的事情。

何嘉言会关注苏亦……是因为我吗？

上一次，在操场上，他没头没脑地对我说的那句话，是因为……以为我和苏亦在一起了吗？

想到这些，我一时之间有些踌躇。

说起来，我真的有好久都没再想起何嘉言了。

也许，是因为迟轩的出现占据了我生活中的大部分时间，又或者，也和我自己刻意地不去想起不无关联，总之，我以前曾经以为应该会同自己朝夕相伴的人，如今，却是连偶然想起，都很难出现。

但我相信，他不是来嘲笑我的，更不会幸灾乐祸。

如他所说，即便他辜负了我，也不希望我再被别人伤了心。我相信的。

和他认识的时间有好几年，几年间，执着地喜欢他，更是我心甘情愿。

就像如今新一届的小孩儿追捧迟轩一样，曾经的何嘉言，也是所有女生心目中，类似于白马王子般的存在。

他家世很好，优秀、温和，几乎无所不能，是所有老师的宠儿。

更要命的是，他不仅长了一张动漫男主角似的俊脸，还非常有交际能力，永远是一副淡然微笑的模样。

记得我曾经得了便宜还卖乖，打趣他："你对谁都那么好，当心以后的女朋友会吃醋哦。"

他也不解释，就那么安安静静地看着我，映着背后一大片灿烂的阳光，朝着我笑："你不误会就好。"

令人怦然心动的话语，他也会说，却并不让人感觉肉麻，只会觉得恰到好处的熨帖。可就是这样的人，即便曾经有过那么多宠溺的表情，说过那么多温暖好听的话，却依旧会在一个转身之间，越来越远。

想着想着，我不由得就有些怅然，抬起手掀起薄毯，盖住脸，没多久又觉得热，烦躁地一把扯了下来。

我妈连忙来看我的手："小心针眼！"

苏亦给我拨回电话的时候，是凌晨两点。

我看了一眼躺在隔壁床上、刚睡着没多久的我妈，压低了声音说："你小声点。"

他在那边呵呵地笑："我傻不傻？乔诺，你说，我傻不傻？"

我皱了皱眉："你喝了多少？"

"你……你别管！"他大着舌头，执拗地问，"你……你就说吧，我……我傻不傻？！"

我没心情大半夜听他发酒疯，冷了一张脸："你别以为你喝醉了，就能蒙混过关。"瞅了一眼我妈，没动静，我又将声音放低了些，恼怒地说，"你把哪家姑娘弄怀孕了？！"

"我？"苏亦突然提高了声音，自嘲地笑了，"我……我哪有那个本事！她韩贝贝……她韩贝贝哪只眼看得上我？"

我脑子一蒙，下一秒张嘴呵斥他："你别乱骂！"

苏亦对韩贝贝旧情未断，这我是知道的，但我刚刚听说他陪别人去流产，现在又从喝得酩酊大醉的他的嘴里听到韩贝贝的名字，着实觉得很不自在。

她好歹是迟轩的女朋友，我对那三个字敏感。

苏亦呵呵地笑："我乱骂？我还没醉呢……"说到这里，他打了个酒嗝，说出口的话连贯了些，"不……不是你问我谁流产了……了吗？我……我告诉你，不……不是我！不知道谁，让……让韩贝贝怀孕了——"

"苏亦！"

他越说越离谱，我太阳穴突突直跳，想也没想地骂出了声："韩贝贝是迟轩的女朋友，我不许你那么说她！"

我这一恼，声音不由自主地就提高了些，我妈在隔壁床上翻了个身，睡意蒙眬地问我："怎么了，诺诺？"

我说没事，然后兜头将自己罩在被窝里。我咬牙切齿，一个字一个字地往外蹦："你乱搞男女关系，我可以不对苏叔叔说，可……可你再这么信口雌黄，别怪我跟你不客气了！"

苏亦依旧是笑，可越笑就越是凄凉。

他像是被我吓到了，声音突然变得很低很低，他喃喃地说："你……你说什么呀诺诺……就为了一个迟轩，你……你要跟我干仗啊？"

被窝里空气不畅，我憋红了脸，更觉心中窝火："你是忌妒他！"

"我……我忌妒他？"苏亦难以置信似的，声音再次提高了，"我忌妒一个私生子啊？！"

这下，我算是彻底被踩到痛脚了，也顾不上我妈就在旁边了，张嘴就对着电话喊："姓苏的！你再这么说一遍试试？！"

话音一落，苏亦呆住了，我也呆住了。

眼前一片惨白，我妈把房间里的灯打开了。

灯光太亮，我拿手蒙着眼，我妈一边恼怒地剜了我一眼，一边快步过去哄隔壁病床上那个因为被我吵醒，而撇了撇嘴巴眼看要哭的小男孩。

我这才察觉到自己失态，揪紧了身下的床单，紧紧抿着嘴巴。

我说不出话，可是我的胸口，却因为强烈至极的愤怒，而急促地一起一伏着。

"江乔诺。"苏亦突然开口，声音冷得像是突然间酒全醒了，他慢慢地说，"我说再多，你都不会信的，对吗？"

我抠紧床单，没说话。

"那你自己回来看看吧。"

扔下这句，他挂了电话。

Chapter 9

如有来生，愿鲁且愚

苏亦的话，无异于一枚炸弹，而且杀伤力极大。

何嘉言给我打电话的本意，自然是要提醒我，我被人骗了。他以为我会伤心，但我没有，因为我和苏亦的男女朋友关系，只不过是假装的。

可是现在苏亦告诉我，被骗的那个人，是迟轩，不是我。我瞬间就不能接受了。

天晓得我是不是这几天挂点滴挂得太多了，我居然理所当然地觉得，别人骗我，可以，但是骗迟轩，就绝对不允许。

我怀疑那些盐水也许不只是随着针管进入我的血管里了，我可能是连脑子也一并进水了。

那一晚，我在病床上躺了大半夜，一直都睁着眼。我眼睁睁地看着窗外的天幕，看着它由黑魆魆一片，渐渐发白。

那一晚上，我都在想，没错，我曾经说过的，我说，我会好好照顾迟轩，永远照顾他。

韩贝贝的这件事情，虽然我目前还不知道究竟是真是假，但是有一点我可以确定，那就是肯定会伤害他。

我得帮他解决了。

等到天彻底亮了,我妈起床了,她做的第一件事,不是去洗漱,而是冲过来问我:"昨天晚上,你到底是怎么了?"

我没怎么,现在什么都不确定,我什么都不能随便说。

我抬起头,看了一眼悬挂在移动柱子上面的点滴瓶,说:"妈,我好多了,我想回北京了。"

胃穿孔是一个并不算小的病,如我妈所说,它来得急、来得猛的时候,确实有可能会要了人的命。

可是我都在这里躺了好几天了,我估摸着,就算我这会儿在火车上颠簸一晚上,想来也不会要了我的命。

没想到,我要回北京的提议,居然被迟轩给否决了。

他从外面走进来,手里拿着的,应该是给我买的奶茶。他没看我,而是看着我妈,一脸认真地说:"她身体还没好,经不起折腾的,阿姨还是再替我们请几天假吧。"

这是自打昨天,他说完那句懦夫什么的话之后,他第一次在我面前说话。

我看了他一眼,他的侧脸微微绷着,是不容拒绝的表情。

我妈看了看我,意思当然是询问我的想法,我很坚决:"我今天必须回去。"

迟轩比我更坚决:"不可能。"

我妈很为难。

我盯着迟轩的脸,心底默默地想,笨蛋,你女朋友……也许真的做出什么对不起你的事了啊!

我不知道是不是真的有相由心生这么一回事,可是没准儿,在我这么想着的时候,眼睛里可能确实流露出了一些不该展现出来的神色。

因为迟轩怔了一下,然后他走上前来,把温热的奶茶递到我的手里。

他俯视着我说:"你顾好自己就好了,别的事都不要管。"

他说别的事，他说不要管，我不能确定，他是不是已经知道了什么。

我抬起眼，想从他的眼睛里，或者脸上看到一些端倪。可是我刚抬起头，他就转了身，朝我妈走了过去。

"阿姨。"面对我妈，他的声音比面对我时柔软了许多，"您昨晚没睡好吧？我在这儿守着，您回家吧。"

我妈看了看我，又看了看迟轩，然后她若有所思地点了点头。她说："我回家给你们做饭。"临出病房门，又看了我一眼。

我当然知道她在看什么。

我和迟轩的相处模式，确实比之前更古怪了。我们现在几乎不会对视，或者说，即便我看他，他都不会看我。

所以我看不出他眼睛里的意味。

我心神不定地捧着那杯奶茶，直到它渐渐地凉了，然后我吸了一口气，用决绝的口吻，对坐在一旁的迟轩说："我真的必须回去了。"

他头都不抬，毋庸置疑道："现在不谨慎些，以后可能会复发。"

他说的是胃穿孔，可我满脑子里想的，全部都是绿帽子的事情。我说："现在不解决，也许会后悔一辈子的。"

他终于肯抬起脸看我。

我抓住机会，赶紧劝说："我是说真的。有很重要很重要的事情，我必须赶紧回去处理一下。"

他不说话。

我就继续说："你就没要紧的事要回去吗？咱们已经耽搁好多天了。"

他蹙眉，不由分说："你在这边，北京没什么可要紧的。"

我僵了一下。

他似乎自觉失言，迅速撇开了脸。

看着他猛然别开了的侧脸，我心想，你女朋友呢……她……她也不要紧吗？

可我不敢问。

我怕我说错话。

我和迟轩彼此都坚持着自己的看法，僵持的结果就是，我又在医院里待了三天，等医生说情况确实稳定了，这才办了出院手续，回了家。

我回家的第一件事，就是求着我爸去买票。

我爸看了转身回房的迟轩一眼，眼神有些复杂，然后回身去了书房，出来的时候，手里拿着两张票。

他把票递给我，叹了口气："网上根本抢不到票，小轩说你不能坐，这可是他昨天天还没亮就去排队，排了好久才买回来的票。"

我接过票看了一眼，是两张卧铺，低下头来，眼睛有些涩。

临走之前，苏亦的老妈张阿姨回来了。

她见到我就是一顿拉拉扯扯地话家常，她那么亲热，我只好勉强压下心中的焦急，礼貌地应付着。

我妈知道我着急，就没多给张阿姨絮叨的机会，她直奔主题地说："见到小亦的女朋友了？"

张阿姨抿着嘴唇直笑，一脸的满意。

"见了见了，小姑娘不错，爱说话，性格也活泼，就是……就是个子娇小了些。"

一听这话，我正伸向果盘的手不自觉地顿了一下，与此同时，心中更是倏然一震。

韩贝贝少说也得一米六五往上了，虽说苏亦确实身材有够挺拔，可张阿姨这要求……也太高了点吧？

难道……苏亦说的女朋友，真不是她？

那么，流产……

我不敢往下面想了。

那一天，我心事重重地跟着迟轩上了火车。

我找好自己的床位坐下，第一件事，就是给苏亦发短信。可他很久都没有回我。

我知道，是我那天晚上因为迟轩朝他怒吼的事情惹他生气了。我盯着手机看了好半晌，却无可奈何，只好脱了鞋子，躺下了。

一路上，对铺的迟轩安静得很，一直在戴着耳机听音乐。火车碾过铁轨，辚辚作响，我渐渐地在轻微的颠簸中睡着了。

火车过了两站后，我醒了，车窗外有灯光照进来，十分朦胧，我睁开眼就看到，迟轩坐在床头，脑袋抵着车窗，斜斜靠着。

他那双漆黑的眼睛，正望着我。

许是没料到我会突然醒过来，他一时躲闪不及，和我四目相对，顿时有些愣愣的。

我睡意蒙眬，之前的慌乱心情总算平静了些，揉揉眼睛问他："到哪儿了？"

迟轩侧脸看了我一眼，漆黑的眉眼深不见底，就在我想着自己是不是刚睡醒看走眼的时候，听见他答非所问地说了句："这是我第一次和别人一起坐火车。"

我怔了一下。

以他这几天看都不肯看我的架势来看，他会主动跟我说这个，实在是很难得。

正是因为难得，所以我有些惊喜，就笑了笑，接着他的话说："我也是啊。我在北京上了六年的学，每年要往返四次，可每一次，都是只有我一个。"

迟轩垂着眼睫，没说话。

我坐起身子，将脸颊贴在车窗上面，许是外面的灯光太朦胧，照得我有些心神怔忡，我也不知道自己是怎么了，莫名充满了倾诉的欲望："我一直都有想过，要和别人一起坐一次火车。不是寒假，不是暑假，就是平常的日子；不坐卧铺，不坐动车，越慢越有感觉；去哪里不重要，漫无目的就很好；白天晚上不重要，有风景就很好。甚至啊，旅途多枯燥、多无聊，都不重要……两个人一起，就很好。"我近乎呓语一般地说着自己从来没有对任何人说过的话。

迟轩没出声，他一直在沉默。

上铺的人翻了个身，继续睡了。

车厢里关了灯。

我怔怔地想，这一次，算是我曾无比期望着的那种旅行……吗？

火车颠簸，我又昏昏欲睡了，半睡半醒间，隐约听到迟轩的声音，他低声道："你最想去哪儿？"

即便是处于昏沉当中，我依旧怔了一怔，然后睁开眼，看了他一下，喃喃地说："我啊……最想去看沙漠。奇怪吧？"

"怪？"他眉尖一蹙，似乎不解，然后垂下眼睫，道，"敦煌吗？"

"哎？"

"去看沙漠的话，"他垂着眼睫，嗓音又轻又软，低声却笃定地说，"是想要去敦煌吧。"他说这句话的时候，明明是询问的表情，却是笃定无比的语气。

我看了他几眼，突然觉得，原本有些燥热的车厢里，像是骤然之间，开了一树又一树的花。我的整个瞳孔，都在这一瞬间，亮起来了。

"对。"我莫名其妙地觉得开心，一边笑，一边点头，"我最想去的地方，就是敦煌。"

火车平稳而急速地往前行驶着，迟轩没再说话，别开了脸去看窗外了。我却是在心底一遍遍地想着一句话：第一次。

第一次有人觉得我的梦想不奇怪，不匪夷所思，那种感觉，实在是……

太好了。

出火车站打车时，迟轩自然而然地拉开车门推我进去，然后紧跟着钻了进来，看都不看我一眼，神色清冷地对着司机报了我家的地址。

见他一派自然而然的神色，我不由得看了他一眼，想起他那时好时坏的心情，有句话明明到了嘴边，我却硬是没敢问。

刚刚折腾到自己的老窝，苏亦终于接了我的电话，我说："我回来了。我要见你。"

苏亦在那边不说话。

我看了一眼背对着我喝水的迟轩，放低了声音："求你了。"

苏亦这才闷闷地说："锦瑟年华。"

我说"好"，挂了电话。

我挂了电话才发现，迟轩坐在沙发上，正安静地看着我。我跟魔怔了似的，脱口而出："我……我要去见一下苏亦，他不知道我回来了。"

迟轩瞥我一眼，点了点头，却没说话。

临出门，我最终放心不下，回头对迟轩说了句："我可能晚点儿回来，你要是饿了，记得叫外卖。"

"好。"

我又看了他一眼，其实我很想说……很想说"你别乱跑"的。

可话到了嘴边，我又觉得不妥，生生地给咽了下去。

我说"那我走了"，便拉开了门。

到了地方，见到苏亦，我的第一句话就是："韩贝贝怎么样了？"

苏亦看我一眼，面有讥诮之色："你不是不信我吗？"

"你给我打电话的时候，我在医院躺着，胃穿孔，差点挂了。"我淡淡地说着，拉过一张高脚凳坐下，"求你了，别卖关子了。"

听到我的话，他终于肯正正经经地看我一眼："现在好了？"

我点点头："你见到她了吗？"

苏亦皱眉："她怎么可能愿意见人。那天如果不是我恰好在医院附近碰到她，怕是这件事她都不会让我知道吧。"

我沉默了好一会儿，然后看了苏亦一眼，眼睫莫名有些发颤："那个孩子……也……也许——"

话没说完，苏亦就一副"我知道你在想什么"的表情，笑了。

他盯着我的眼，笑得有些意味深长："你想说，那个孩子，也许是迟轩的？"

我身子一颤。

我……我不想这么想的。

我只是真的太着急，太慌乱了。

在这个节骨眼上，我居然会莫名其妙地想到挺久之前，迟轩跟我吵架时，开的那个流产的玩笑……

苏亦的笑容意味莫名，我更觉得心头烦躁。我抓了几下头发，然后伸手抓起他面前的酒杯，仰了脖子，就要一饮而尽。

苏亦抓住我的手腕："悠着点，胃穿孔小姐。"

酒杯被他夺走，我瞬间愣住了。

大约是看我脸色发白，一副心神不定的模样，苏亦晃了晃手里的酒杯，眼睛盯着里面晶莹剔透的液体，淡淡地说："没有人见得了韩贝贝，我不行，你更不可能。所以，别乱想了，只能顺其自然。"

我沉默着，咬了一下嘴唇。

我不想顺其自然。我不能。

我必须想办法，该怎么把这件事情隐藏掉，好保护迟轩。

可是，这么大的事情，又是他的女朋友……想要隐藏掉，哪有那么简单。

苏亦把酒喝了，然后说："不谈她的事了，来，先把咱们的旧账清了。"

我一愣。

苏亦看我一眼，然后嘲讽地笑了："就为了那个姓迟的小子，你居然不惜跟我翻脸？"

我从四岁那年起就和他认识了，我们闹得比这次凶的多得是，但是没有一次是真正的翻脸。他不必上纲上线吧？

我绷了一下脸皮："是你告诉迟轩我们家在什么地方，还有怎么坐车过去的吧？把他支走，不就是为了能顺利把他女朋友抢回你身边吗？姓苏的，不是我说你，你这招，好像有点不大光彩。"

苏亦顿时拧起了眉毛："我什么时候说要把韩贝贝抢回来？"

"那你把他支走做什么？又怎么会和韩贝贝在医院附近巧遇？那么巧吗？"我没吃火药，但语气依旧不怎么好。

苏亦盯着我，嘴角先前还挂着的那一点笑，在缓缓僵掉。

我十分冷静地看着他的脸："苏亦，即使你真的很喜欢韩贝贝，以你的条件，凭真本事把她夺回来，也并不是不可能的事……为什么要这么做？"

苏亦笑容嘲讽地盯着我："说那么多做什么？还不都是因为那个小子。"

我很理智："我是就事论事，你别偷换概念。"

他表情冷漠："韩贝贝是迟轩的女朋友，他女朋友如今不知道流了谁的产，你怕他知道了不开心，所以你就找我来发火——是这个意思吗，乔诺？"

我的心一跳。错的明明是他，怎么反倒是我被指责？

可是就在这一瞬间，我居然没来由地被他噎得无话可说。

我是因为怕迟轩不开心，所以才来找苏亦麻烦的……吗？

我真的只是就事论事啊……

见我张口结舌，苏亦一脸洞若观火的神色，他看着我冷笑。

"乔诺，真不知道该说你聪明，还是傻。是谁告诉你，我要把韩贝贝抢回来了的？又是谁告诉你，迟轩之所以会去找你，是因为被我指使的？"

苏亦的表情太过嘲讽和不屑，以至于我有些动摇了先前的想法，可是转念一想，想到了何嘉言给我打的那个电话，顿时坚定了心思，我张口反驳他："可你带韩贝贝去流产，这件事情总没错吧？我还是觉得不会那么巧，你……你肯定有在迟轩不在的时候联系了她。"

"嗬——"苏亦冷笑一声，"我要联系韩贝贝，凭什么需要经过迟轩的允许？"

我怒了："迟轩是她的男朋友！"

苏亦看我一眼，突然笑了。

他放下先前一直抱在胸前的双臂，脸上的怒意褪了些，却变成了一副漫不经心和讥笑调侃的神情："江乔诺，你这样是不是就叫作关心则乱了？你对迟轩的事情究竟知道了多少，就敢这么没心没肺地跑出来为他打抱不平？"

"我听不懂你在胡说些什么。"我不自觉地皱了皱眉毛，"张口闭口就是什么了不了解迟轩的——你到底想说什么？"

苏亦用两根手指旋转把玩着手机，一副瞧好戏的表情，他瞅着我："看，就说你什么都不知道吧。"

他的嘴角一扯，嘲讽的意味顿时更加浓了："懵懂无知，居然还敢演什么伸张正义的桥段，果然这些年来，你的智商还是没有丝毫长进啊。"

正严肃着，突然被他调侃着骂，我恼羞成怒地朝他压低声音吼道："有话快说，有屁快放，哪来那么多废话！"

"我偏不说。"他缓缓地倚向靠背，两根修长的手指继续做着旋转手机的动作，脸上更是一副优哉游哉的神情，挑衅极了地看着我，"敢因为一个没认识多久的小子，就朝我发火，江乔诺，你不会是……"说到这里，他大喘气似的猛地顿住，那双眼睛里蕴了几分笑意，X光似的扫射着我，直到把我看得几乎要后背发凉了，才继续往下说，"爱上他了吧？"

心跳在那一瞬间忽然乱了节奏，天晓得我到底是怎么了，一张脸烧得厉害，就连搁在桌上的手指指尖，都跟着一起颤起来了。

"关你屁事！"几秒钟后，我终于回过神来，一巴掌狠狠拍在桌子上，与此同时，怒不可遏地起了身。

我的动静太大，引得邻桌的人纷纷侧目。

"当然不关我的事。"苏亦伸手过来，按住我的手臂，示意我坐下，息事宁人般地朝我笑了笑，然后高深莫测似的说了句，"有疑惑，不如回去问迟轩，我不跟你吵。"

已经被人侧目而视了，我确实没法在这儿继续待下去，愤愤然甩开了他的手，刚转身，就听见苏亦闲闲地说："给你通风报信的，不会是何嘉言吧？说起来，你们俩的事，我前几天也碰巧知道了哦，有空记得找我交代一下。"

我恨恨咬牙，临别一眼恨不能以目光将他凌迟，凭什么跟你交代啊，浑蛋！

回到家，我就直扑迟轩房间，面色阴晴不定地问他："你到底有什么事瞒着我？"

迟轩房间里的东西几乎被搬空了，就剩了一条凳子，而此时此刻，他正坐在那条孤零零的凳子上打电话。

见我冲进来，他转过脸，用看神经病的眼神看了我一眼，然后旁若无人般地继续对着自己的手机说："对，其他的都不用，电脑和书包帮我送过来就好。嗯，一会儿见。"

我听得有些迷糊，瞬间忘了方才的事，怔怔地看着他："你……要搬回来？"

他挂了手机，从凳子上起了身，走过来，不由分说地拖住我胳膊，一句话都没说就往外走。

"要出去？"

我不由得皱起了眉毛，不是要等人来着？

一路把我拖到了电梯口，迟轩才终于舍得开了尊口："去买衣服。"

"嗯？"

我以呆滞的表情，表示我没有听懂。

他朝我瞥了一眼，却一个字都没有说，直接抬腿就迈进了电梯。

接下来，出了电梯，出了小区，打了车，到了附近最奢华的购物商城，迟轩自始至终都没再跟我说半句话。

他手长脚长，轻易就将我甩在身后。追他着实把我累得不行，又走了几步，我实在没多少力气了，盯着他的背影看了几眼，我干脆利落地决定——老娘不伺候了！

精品购物楼层里，来往的人并不算多，我一边弯下腰，用手撑着两条腿直喘气，一边暗暗骂着，明明是他拽着我出来买什么衣服的，这会儿却又摆出一副恨不得要立刻甩掉我的姿态,他到底是在闹什么别扭?

眼看着几乎要走到这一楼层尽头的时候,大少爷终于转身进了一家店面,我忍不住嘘了一声:"爱买什么买什么,总之别想再要猴似的领着我!"

掏出手机狠狠地摁了这几个字,我干脆利落地关了机。

接着我便怒气冲冲地下了旋转电梯,在看到DQ的招牌时,果断地将一肚子的怨念统统化作了食欲。

等到吃第二份DQ冰激凌的时候,我哼了一声:"干吗为了他关机啊,没准儿别人也要找我呢!"

我撇着嘴巴打开手机,明明理智提醒着自己,不要去管他到底有没有给我发短信,可是眼睛却忍不住往屏幕上瞟。

一分钟,两分钟,三分钟……手机一直安静得很。

他根本就没管我去哪儿了。

臭小子!

等到我反应过来的时候,自己居然已经杀到男装所在的五楼去了。我巡视了一周,也没有发现我们家阴晴不定的那位的影子,只好拿出手机拨他的号码。

"嘟——嘟——"

等待电话被接通,实在是一件令人上火的事情,我正要挂断,肩膀居然被人从身后一把揽住了。

非礼?我先是一愣,转瞬大惊失色,下一秒条件反射般地做出了屈膝向后的防备动作。

我抬起的脚,踹上了身后那人的小腿,耳边传来一声闷哼,然后响起一道愠怒的嗓音:"不是不管我了吗,回来做什么?"

是迟轩。

我立刻触了电似的挣开他的束缚,猛地转过身去,瞪着他:"该生气的是我才对吧?拖我出来一起逛街的人,是你,巴不得甩开我的人,也是你——你到底在别扭什么，我们出门的时候不还好好的吗？"

迟轩的眼神依旧冰冷，他往我身边又迈了一步，微微低了头，那双漆黑漂亮的眼睛咄咄逼人地盯着我："我刚走，你就把房间里的家具全扔光了，就这么不希望再见到我？"

被他那么近距离地俯视着，我呆了一下，反驳的话脱口而出："明明是你不要我了！"

"我不要你？"他的目光凝在我的脸上，眉尖一蹙，声音突然间就从冰冷漠然变成了咬牙切齿，"和何嘉言那个浑蛋暧昧不清的人，好像是你吧？！"

我又是一呆。回过神来，我扬声朝他喊了回去："关何嘉言什么事？你别转移话题！"

迟轩的黑瞳明显一缩，就连声音都像淬了冰水似的："曾经喜欢他四年的那个人，难道不是你？在医院里接他电话的那个人，也不是你吗？"

他的第二句话，让我呼吸几乎都屏住了。

下一秒，我回过神来，避重就轻地朝他喊回去："你不也知道，那都是曾经！"

迟轩面沉如水，那双漆黑漂亮的眼睛里像是着了火，明明亮得吓人，嘴唇却紧紧抿住了。

我盯着他看了几眼，想到苏亦对我说的那些莫名其妙的话，绷紧了一张脸。

"你搬出去的事，韩贝贝的事，还有今天这么莫名其妙就发火的事，必须给我一个说法。"

楼层里来往的人并不算多，但终归还是有人侧目而视的，迟轩的脸庞渐渐有了泛红的迹象，我还没反应过来，就被他拽着手拖离了当地。

一路被他不由分说地拖到了大厦外面，还没站稳，他就甩了我的手，大步往前走去。

我跟跄了一下，然后实在是忍无可忍了："迟轩！"一开口，声音里居然带了哭腔。

大约是察觉到了什么，迟轩没回头，步子却顿了一下。

我强压着涌到了眼眶里的涩意，对着他的背影，苦笑着说："我们一定要这样，对吗？"

"敌对、戒备、吵架，从最开始认识，直到现在……我们之间的关系，就一直在进行着这样的无聊循环吧？你可以凶我，可以恼恨我，可以嫌我吵、嫌我啰唆、嫌我管得多——你可以一直都像最开始那样，不冷不热地对待我。"

也许连老天爷都觉得我苦逼吧，居然在这个时候凑热闹，下起雨来了。十月天的秋雨，打在脸上并不冷，但是在这个时候从天而至，多多少少，总是会影响人的心情。

雨滴沿着额头滑了下来，我抹了一把脸，嘴角的苦笑瞬间更加浓郁了。

"你还是恨着我的吧。你妈妈的事……你不可能完全不介意的吧——所以，我管你，是我错，我不管你，照样是我错。你以前，还只是不肯给我好脸色，如今是怎样？你连看都懒得看我。我……我就那么让你讨厌吗？"

他一直都没有回头，我说到这里的时候，他挺直的脊背，好像僵了一下。

"我知道，"说到这里，我有些狼狈地闭了闭眼，"我知道说对不起什么的，实在太无聊了，可是……可是我能够做到的，好像确实不多。有句话，说了，恐怕会被你嘲笑的吧。你大概不会相信，如果可以……我真想把我所能得到的最好的东西，全部都送给你——如果这样做，我的歉疚就可以稍微减轻一些的话。"

雨越下越大，天空几乎是瞬间就黑了下来，我的眼睛很酸，胸腔里的某个地方也闷闷的。

话已经说到这个地步了，确实没必要再互相猜来猜去了，我吸了一口气，朝那个一直背对着我的人走了过去。

"迟轩。"我嗓音低低地叫了一声他的名字。

许是这场雨的关系，我先前激动愤怒的情绪，终于平复了些。我努力挤出一丝微笑，却依旧没能把心底那股子悲凉压下去。

我走近了，和他并肩站着，却没敢看他，只轻轻地、自嘲般地笑了一下："迟轩，你是怎么都不会……对我彻底解开心结的吧？"

哪怕，在相处了许久之后，你对待我的态度，渐渐地软化了些；哪怕，在相处了许久之后，你终于不再那么深恶痛绝地躲着我了；哪怕，你偶尔会朝我笑，会和我闹，会一见到我和别的男生稍有亲昵，就参毛；哪怕……你对我说过，"我怎么会喜欢上你这样的人啊"这种话。

可是终究，你还是介意的吧。

所以，我可以很关心你，很在意你，很希望你每时每刻都开心，很害怕你会被任何人伤害，而那个"任何人"里，也包括我自己。

哪怕，我可以为你每一个情绪都感同身受着，可是……可是我依旧，依旧不敢允许自己喜欢上你。

因为，是我欠你的。

雨越下越大，不止头发，就连浑身都被彻底淋湿了，而在我走神的时刻，迟轩一直以侧脸对着我，也没说话。

我轻轻地扯了扯嘴角，一声若有若无的叹息，轻飘飘地从唇齿间溢了出来，消散在雨声之中。

我听见自己用带着几分失落的声音，微笑着说："雨下大了，回家吧。"

回家吧。

然后，一切恢复到最初，最初你住进来的时候那个样子，就好了。

不要再时而对我柔情软语，时而冰冷无情了。

不要再一会儿灌我迷魂汤，一会儿喂我断肠散了。

我已经为了你，连自己的情绪都控制不住了；我已经为了你，连事实都没有分辨清楚，就去找苏亦发飙了；我已经为了你，傻兮兮地哭了好几次了。

我已经……已经……

明明知道不应该，却还是控制不住地……

喜欢上你了。

睫毛被雨淋得好沉好沉，几乎要睁不开眼了，被雨水打湿了的衣服，紧紧地贴在身上，实在不舒服极了，我想要快些走到前面去，我想要拦一辆出租车，可是两条腿却不听使唤似的，怎么也挪不动。

我闭了一下眼，又走了一步，然后，胳膊被人从身后拽住了。

漫天的冰凉雨丝里，那道我熟悉至极的声音，在我身后清晰地响了起来："因为……"

他声音低沉，落寞地说："因为，你以前喜欢的那个人……也姓何。"

迟轩讲的那个故事，特别像我自从十八岁成年以来，一直嗤之以鼻的八点档电视剧。

情妇，豪门，私生子，狐狸精，家族战，故事狗血纠葛得要死。

如果不是迟妈妈当初猛打方向盘，主动把自己摆到了极其危险的境地，如果不是那一幕活生生地出现在我的眼前，我绝对不能相信，迟轩一脸冰冷，讲述出来的这个故事。

迟妈妈年轻时是个美人儿——这点毋庸置疑。而既然是美人儿，追求者自然多如过江之鲫。

和迟轩口中所说的那个嗜酒、抑郁且用大麻来麻痹神经的妖娆女人完全不同，迟妈妈在年轻时，并非这个样子。

她有一张精致秀丽的面孔，是他们学院那一届的院花。追她的人极多，可她心高气傲，对谁都不屑一顾，好像不会喜欢上任何人的样子。

直到……那个人的出现为止。

他是新来的选修课教师，年轻英俊，斯文俊秀，且谈吐风趣。

只是见他一面，她就坠入爱河了。

她爱得太过明显，毫不遮掩，冰山院花喜欢上了自己的师长，这绝对是一个足够吸引眼球的话题。

训导主任找到两位当事人谈话时，男老师态度很是明朗，于自己而言，她只是学生。倒是一向冷漠寡言的女生，罕见地坚持道："我就是喜欢他。我已经满二十岁了，谈恋爱是我可以自己做主的事。"

她桀骜不驯，系主任又羞又恼，暴怒之下搬出了家长。

她冷冷地看着面前那个暴怒的男人："早在我大一那年，我父母就因车祸去世了，我可以全权代表我自己。"话音落定，她转身，走了出去。

男老师怔怔地望着她的背影，半晌回过神来："我……我亲自去找她谈一谈，一定让她断了不该有的心思。"

他把话说得太满，忽略了她可是院花，她很有魅力。

在一次次的交谈中，他竟也动了心。

系主任暴跳如雷，痛心疾首地骂着男老师，说他鼠目寸光，自毁前程。男老师哑然苦笑，眉眼间，却是坚定不移。

听闻此事，众目睽睽之下，她笑嘻嘻地踮起脚来亲吻他，第二天，她微笑着，去办了退学手续。

她爱他，不愿他受丝毫的委屈。

从此后，她甘愿挽起袖子，做一个普通的女子，为他做饭，为他洗衣，守着一所小房子等他放学回来，吃过饭再一起手牵手，到楼下去散步。

他痴迷于她，也很疼她，时不时会浪漫地给她一个惊喜。

她说，要为他生个儿子。

那一晚，眉眼妖娆、身子却稚嫩青涩的她，彻底绽放在他身下时，他紧紧地抱住她，一遍遍地低喃着"我爱你"，那声音，侵心噬骨，宛若起誓。

她甜甜地笑："我也爱你。"

怀孕一个月时，他的家人终于出现。闹得满城风雨之时，他们没露面，如今，确实算得上是姗姗来迟。

她态度自然地为他们斟茶倒水，可是袖子底下的那只手，却颤抖得几乎难以克制。

果不其然，又是一次八点档照进现实。

她是第一次知道，他的家世居然那么好。

他的父母全是大型企业的股东，甚至有一个干脆就是大公司的董事长，而他，早有一位家族指定好的，门当户对的未婚妻。

她只觉世事恍然如梦。所有的这些，他从未向她提及。

她不问，是因为她爱的是他，认定的也是他，无心知道那些充其量只能称为附属条件的事。而他不说，又是出于怎样的考虑？

他的父母以金钱诱惑她退出，她当场把写了巨额数字的支票撕得粉碎。

她以为，他们所说的他已经被连夜送到了澳洲，根本就是无稽之谈。

可是一连多日，他没有回来。

到了第五日，他的手机依旧是关机，他的身影依旧没出现。至此，她先前的笃定和坚信，终于维持不下去，她跑到学校，随便抓了一个学生问了问，却原来，就连路人都知道，那位英俊的男老师已经不在这所学校任教。

那一刻，恍若晴天霹雳。

三日后，她终于接到远在南半球的他打来的越洋电话。他只说了一句："小雅，我们分手吧。"

七个字，没有道歉，没有解释，只有这七个字。

七个字而已，却听得她愣了好久好久，就像是失聪了，由着嘟嘟的忙音在耳畔盘绕叫嚣。

她心如死灰。

她在房间里愣愣地坐了整整三日，到了后来，终于支撑不住，昏睡了过去。

第二天醒过来，她惨白着一张脸，打车去了医院，面无表情地对医生说："我要流产。"

听到这里的时候，我的呼吸都几乎屏住了，那一秒，真的是什么话都说不出口，只知道瞪大眼睛，呆呆地看着我面前的那个男孩子。

看到我的反应，迟轩扯一扯嘴角，朝我凄凉地笑了笑。

大概是见我蹙眉，他伸手过来，指尖滑过我的眉心，轻声说："别紧张，挂掉的那个，不是我。"

他明明在笑，我却丝毫没觉得被安慰到，反倒整颗心都像是被揪了起来。

他自嘲道："说起来，那个不知道是姐姐还是哥哥的家伙……反倒是幸运的吧。至少，他是他们还相爱时的产物。"

我沉默，心底却绕着百转千回的思绪，一时之间，只觉得喉咙又酸又涩，什么话都说不出口。

迟轩朝我一笑，目光灼灼地盯着我的脸，一字一句地说："你相信吗？我是我妈后来又怀上的。她处心积虑地接近他，再怀上我，就是为了报复我爸。"

超乎了我想象的剧情，加上那个从来没有从他嘴里听到过的称呼，我惊得手指一颤，揪住了自己的衣袖，嘴唇动了动，却说不出话。

迟轩长腿一伸，搭在了茶几上，他以一副放松的姿态，将身子倚上了身后的沙发，但那双会泄露自己情绪的眼睛，却缓缓地闭合了起来。

"你别觉得别扭，我其实也不想叫他爸，但是如果不称呼的话，讲述起来会很乱的吧？"说到这里，他笑了笑，眼睛却依旧没有睁开，"我爸去了澳洲整整五年，等他回来那年，我妈二十五岁，进了他的公司。他们重新在一起。当然了，是地下恋人。五年过去，他早已结了婚。"说到这里，迟轩抬眼看向我，微微笑了，"这也就是为什么，我会姓迟。"

他自嘲的神情和语气，让我很是心疼，不由得喃喃唤了声："迟轩……"

他抬起一只手来，做出一个不要打断的手势："让我讲完吧。"他睁开眼，看着我，眼神落寞，却极真挚，"我并不想瞒你……是我一直没勇气。"

他的话，听得我一阵心酸，本能地就想张嘴解释我已经不生气了，是我自己把事情想得太过幼稚。

他却没给我开口的机会，自顾自地说了下去。

阔别五年后的旧情复燃，令迟轩的爸爸很是沉溺。

他们是地下情人，恋情因为这层禁忌的色彩，而越发让他着迷，许是加了几分弥补当年亏欠的意思，在她身上，他挥金如土，在所不惜。

他为她买车、买房、买钻石，他给了她所有自己能够给的东西。唯一不能给的，不过是那个名分，叫作"妻子"。

而她要的，也不只是名分而已。

她要他痛苦，痛苦一辈子。

第二次，她怀了他的孩子，他满心欢喜，他对她保证，一定会好好照顾她和孩子。

她背对着他冷笑。

怀孕七个月，她挺着肚子，独自一人去了他的家里。没错，是他父母那个家里。

整个家族因为这个突然冒出来的女人掀起轩然大波，当家主母认得她，见她卷土重来，几乎是当场就气得血压升高。

而他的正牌妻子，更是瞬间脸色煞白。

她一转头，就看到闻讯而来的他扶着门框，气喘吁吁地瞪着自己，那双向来柔情的眸子里，眼神冷若冰霜。

那一秒，她就知道了，关于报复，她迟清雅赢了，可是关于爱情，她输得彻彻底底。

只是，她退无可退。他的整个家族，早已将她当作了眼中钉、肉中刺。

为了肚子里的那个孩子，她拼命地为自己攫取利益。

她拿到了一笔不菲的封口费，然后，开始醉生梦死。

她唯一坚持的就是——他想要回孩子，她宁死不让他如意。

"从我出生没多久，就寄居在我小姨家里。"

迟轩的黑眼睛里洒了灯光，如同冰冷湖面被风刮过时，掠起的一层涟漪，他的嘴角微微抿着，看不出是何情绪，"说来是我小姨，其实，只是阿姨罢了。她和我妈一起长大，情同手足，对我好过任何一个有血缘的亲戚。她婚结得早，孩子自然也比我大，我——"

他的话还没说完，我已经眼皮直跳，脱口而出："韩贝贝？"

迟轩侧过脸来，眉目深深地看我良久，然后点了点头，嗓音里带了些许笑意。

"对。"

果然……

这样的话，整件事情都串起来了……

苏亦所说的，我所不知道的、迟轩瞒着我的事情，原来就是……他和韩贝贝之间的关系。

我的整个大脑，都还沉浸在自己刚刚听到的那个故事里，只觉得浑浑噩噩的。

迟轩伸过手来，摸了摸我的头发。

他看着我的脸，眼神温柔，嗓音有些低："贝贝有男友，上次是演戏……我们一直只是好朋友，是我骗了你。"

他用一种我从来都没有听到过的温柔嗓音，轻声，却坚定地说："我……我不想让你和苏亦在一起。"

我的心一跳。

突然想到了什么，我蹙着眉，怔怔地低下了头。

我也不知道自己是怎么了，只觉得心神不宁的。

迟轩倚着沙发，定定地看了我半晌，忽然微微直起身来，倾向我这边，在我躲闪之前，他一把抓住了我的手腕。

"你在害怕？"他的嗓音，莫名有些哑。

被他如此灼灼凝视，我有些慌张："我……我怕什么啊？"

"怕我说出那个名字。"他一字一句道。他的一只手抬起来，捏住我的下巴，逼我不得不与他对视。

我试图躲开，他的手指就加了力气，来阻止我。

他盯着我，说话时声音严肃，而又笃定。

"你怕我告诉你，我其实就是何嘉言老爸的私生子，你怕我告诉你，我也姓何……何迟轩，才是我真正的名字。"

迟轩的声音很轻，可是，就在那一瞬间，心底那股子隐隐的预感，宛若焰火般，砰的一声炸裂了开来，炸得我几乎紊乱了意识。

明明是已经隐约猜到了的事情，此时此刻，由他亲口说出来，却依旧惊得我半晌都说不出一个字。

迟轩双眸紧盯着我，他的手指依旧捏着我的下巴，嘴角却缓缓地漾出了一丝苦笑。

"我妈妈喜欢上的那个人，姓何。你也是……"说到这里，他的神情忽然间柔软了下来，宛若一只无辜的小兽，嘴角微微往下压了压，他低低地说，"我很生气。"

就在那一秒，我的脑子里闪过一个画面，他在我们市的宾馆里喝醉了那次，说的那句"她那样，你也是"，竟然是这个意思。

离得很近地看着他那张脸，我的情绪，在突然之间完全不受自己控制，我想也没想地张开了手臂，直接就把他给拥在了怀里。

迟轩原本似乎还要说什么的，却因为我这个突然的动作，霎时再也不动，他任我环抱着他的腰身，整个人呆呆的，全然失去了反应。

我把脸颊埋在他的脖颈里，安静了一会儿，然后喃喃道："所以，你知道这件事之后……就搬了出去？"

他的身子柔软了些，渐渐不再那么僵硬，只是语气里依旧带着几分孩子气的咕哝："我那时也是刚从小姨那里听到所有的事，情绪有些激动……"

"我明白。"

我扯了扯嘴角，却挤不出笑容，只好下意识地抬起揽在他腰间的那只手，抚了抚他的背——我不是善于安慰别人的人，言语苍白的时候，唯有用这种笨拙的动作，表达自己的关切之意。

迟轩自然感觉到了我善意的表示，他犹豫了一下，然后低低地开口："我妈出事之前，对小姨说了一句话。"

"嗯？"我几乎竖起耳朵来听。

他凑近我的耳畔，嘴唇几乎擦到了我的耳垂。他用一种我形容不好的、既心疼又鄙夷的语气，缓缓地吐出八个字："如有来生，愿鲁且愚。"

话音未落，一滴凉凉的东西，顺着迟轩的低笑，滑进了我的脖子里。

"你看，她还觉得，自己这辈子挺聪明呢……"

我没有说话。我因为他那滴泪，而浑身僵直。

耳畔，迟轩的嗓音越来越低，笑意也越来越弱，他那好听的嗓音里，裹了几分叹息，嘟囔道："笨女人……可真是……"

我的喉咙彻底被酸酸的感觉堵得不成样子，有些仓皇地闭了闭眼，睫毛一颤，眼泪就滚下来了。

轩车来何迟……

何迟轩……

这才是，她为儿子取的真正名字。

正因为那来迟了的轩车，所以，才希冀来生，能既鲁且愚吧？

她没有错。

是爱情，是错了的爱情，让她一辈子都不好过。

第二天一大早，我爬起来就给我家太后打电话。我很认真地对她说："我要和杜明羽分手。"

我妈似乎是晨练刚回来，说话有点喘气："你……你和小轩发生了啥事？"

我说："没事，我们挺好的。"

我妈在那边沉默了好一阵子，然后说："做选择可要看仔细，日后别后悔了。"

我摇摇头，很坚定："我不会后悔的。"

我妈还没来得及出声，我爸从我妈手里拿过手机，笑着说："乖女儿，老爸支持你。"

我笑了。我爸对迟轩的爱护，我当然知道，于是不由得松了一口气。

我说："那行啊，您跟我妈不介意的话，我可就真跟他在一起了啊。"

我爸说："嗯，那么好的孩子你不抓紧，被别人抢走了，可别回来朝你妈哭。"

"那是，那是。"我从善如流地应了句，然后最后一遍确认，"您真不介意啊？我好歹比他大五岁呢。"

我觉得，我还没满二十三岁，不跟初高中那群小青葱小粉嫩比，专往那些个奔三的剩女群里扎的话，我还是挺年轻的，干吗没事非给自己套上个老牛吃嫩草的名号？

很显然，我爸被我问住了。

这个时候，一直沉默着的我妈，终于冷哼了一声："你比人家大五岁，你还嫌吃亏啊？"

我愣了一下，忽然之间醍醐灌顶，可不就是这个理吗？

"受教了受教了！"我乐颠颠地点了点头，"您忙吧妈妈。"

为免她再跟我提杜明羽，我赶忙挂了电话。我坚信，作为迟轩的坚决拥护者，不用我交代，我爸也绝对会去做我妈的工作。

挂了电话，我身心愉悦地去踹迟轩的房门。

他打开门，露出一张有些疲倦的俊脸来，看见我神采奕奕的，不由得多看了我一眼，然后一开腔，嗓子有点哑："怎么？"

我敛了嘴角的笑容，端庄地说："你有女朋友了。"

显然是我这话说得太过突兀了，迟轩那双漂亮的眼睛里，顿时泛起了一层困惑，下一秒似乎想到了什么，眉毛顿时就蹙起来了："不是说了韩贝贝和我只是好朋友……"

他的话还没说完，忽然看到了我脸上陡然绽放出来的大大的笑容，呆了一下，然后就悟过来了。

"嗯。"

也许是激动，又或者是喜悦，他那双黑眼睛一下子亮得不像话，就那么灼灼地、具有穿透力量似的紧盯着我。似乎是觉得，自己必须说些什么，可又不知道该说什么，他动了动嘴唇，发出了这么一个没有意义的音节。

我也盯着他看，觉得他那张陡然由睡眼惺忪，变得雀跃开心的脸，真是赏心悦目、漂亮极了。

就那么煽情地四目对视了好一会儿，看他愣愣的模样有点傻，我笑着挑了挑眉毛，一副置身事外的姿态说："人家可是顶着老牛吃嫩草的压力，跟你在一起的，一定要好好对她啊。"

迟轩又惊又喜，神色几经变幻，最终，凝成了一抹欢喜的笑容。

他微笑着说："好。"

紧接着，赶在我开口之前，他往前迈了一步，靠近我的身子。

"她，是怎么忽然想通了的？"他的声音，和眼神一样温柔。

我被看得老脸一热，不甚自然地撇撇嘴巴："我哪知道。"下一秒，转身就要逃。

"别跑。"

腰间忽然被一双手从后面抱住了，耳畔传来他好听的嗓音，又开心又气恼。

"说一句她也喜欢我，就那么难吗？"

被他紧紧圈在怀里，我跑不了。

两人贴得如此之近，我只觉心脏都在怦怦乱跳。

我推他，却被他抓住了手。

他盯着我的眼，将刚才说过的话柔声重复了一遍："说她也喜欢我，就那么难吗？"

耳畔，是他温热的呼吸，瞳孔里，是他开心的笑容。

也不知道是怎么了，迎着他那样柔软的目光，我渐渐变得镇定了，慢慢不再慌乱。

我回望着他的脸，然后，朝他咧了咧嘴角。

我说："不难。"

我说："她喜欢。"

他搂紧了我的腰，埋首在我的颈窝里，低低地笑了。

"我知道。"

Chapter 10

远方那么远，幸好我有你

　　确定和迟轩在一起之后，我首先给苏亦发去贺电："我现在是迟轩的女朋友，有资格去见韩贝贝了，有空咱们一起去看看她。"

　　苏亦在那头很是不屑："前两天不还朝我叫唤呢？我就说你是喜欢他。"

　　我嘿嘿笑了："你英明神武，你寿与天齐，你火眼金睛，你阅人无数。"

　　苏亦没理会我的夸赞，只问我："她的事……迟轩知道了吗？"

　　"嗯。"我敛了笑，"我昨晚告诉他了。"

　　"也好。"

　　"迟轩会安排的，如果方便的话，我们就去看看她。"

　　"好。"

　　挂了苏亦的电话，我拖着正在玩网游的迟轩，去家具城买他房间里需要的东西。

　　走出电梯的时候，走在我身边的迟轩忽然低低地笑了一声。

　　那声笑太过突兀，惹得我十分狐疑地转过脸来，看向他。

　　见我看了过去，他顿时敛住了笑容，脸色莫名地变得有些不自然起来。

我更加狐疑了。

看到我一脸探究的表情，他伸手拽住我的胳膊，瞥了我一眼，居然像是有些羞涩，支支吾吾地说："你……你觉不觉得，我们现在这样……特别像那什么？"

我正狐疑他羞涩什么，没怎么听清他的话，只听到最后一句，不由得拧起了眉毛："什么？"

他蹙了蹙眉，盯着我，脸色更加不自然了，有些生气，又有些躲闪地说："一起去挑家具，然后一起生活，你说像什么？"

我愣了愣，然后没心没肺地脱口而出："你是想说，准新人吗？"

话刚出口，眼角就扫到迟轩的嘴角促狭地咧开了一抹笑，他倾过身来，揽住我的肩膀，飞快地在我脸颊上吻了一下："对了！"

我哭笑不得："是因为你屋里没东西了，所以才去买的，你想得也太远——"

最后的"了吧"两个字，还没来得及说出口，我就看到迟轩的脸色突然变了。

他那张原本盈满了温柔笑意的脸，倏地冷却了下来，拽着我胳膊的那只手，手掌力度更是瞬间明显加重，一副戒备和敌对的姿态，定定地看着我的身后。

"谁啊——"

我本能地觉得身后有人，疑惑地转脸去看，然后就呆住了——就在我们的身后，突兀地站着一个挺拔的身影。一张熟悉的俊美的脸，带着愠怒，而又冰冷的表情。

是何嘉言。他不知道在那里站了多久。

我嘴角的笑容，一点一点地僵住了。

而许久没见的何嘉言，脸色却是掩不住地有些白，他的视线尚且凝滞在我被迟轩吻了的那半边脸上，没来得及收回来，如今又猛地和我视线相撞，神情明显有些尴尬。

我尚且愣神，就被迟轩一副护崽的姿态，一把拽到了自己的身后。他脊背挺直，严阵以待地盯着来人，语气和表情一样漠然："有事？"显然是心情陡然间被破坏到了极点，连个语气词都懒得加了。

何嘉言又看了我一眼，眼神复杂难辨，然后才移开眼，看向迟轩。他的语气依旧温和，却明显听得出疏远："爸今晚庆生，让我带你过去，一起吃个饭。"

迟轩拒绝得非常果断："我没空。"下一秒，攥紧了我的手，毫不停留地从何嘉言身边擦肩而过。

被拽着出了大厅，我忍不住往后看了一眼，谁想，还没来得及张嘴发问，就听迟轩甩过来干脆利落的一句："我不会去的，你不用劝。"

我看了一眼他的侧脸，少年素来俊美不羁的轮廓，罕见地现出说不出的冷漠与坚毅，他的嘴角抿得紧紧的，清楚明了地彰显着某人此时此刻的心情，非常之烂。

买东西的时候，我就没工夫关照迟轩的心情了，因为……我肉疼。

之前，迟轩不告而别地搬走，我嫌睹物伤情，一气之下，把他房间里的那些沙发啊桌椅啊，全给楼下房东退回去了。

记得当时房东嫌麻烦，挺无语地问我："搬出去干吗？用不着也没关系，把它们扔那儿就成了啊。"

我很坚决地说："不好。碍我的事。"

其实我是嫌它们碍眼。

那个时候嫌碍眼，我死活求着房东把它们挪了出去，如今我要是去找他说不碍眼了，让它们都回来吧，我估摸着他大概会抽我。

所以……唯今之计，只好新买了。

只是，很显然，我今日的肉疼，和昔日的冲动是不无关系的。为图一时不碍眼之快，今日就要花上这许多钱。

报应哉。

见我又蹙眉又感慨地看着收银小姐结账，迟轩伸过一条手臂来：

"刷卡。"

我扭头看他。

他微微笑了一下："我是男人，当然该我来买。"

我想了想，买这些东西也不算亏，至少……他的心情，似乎好一点了。

送货上门很方便，等到所有用品归置妥当，我瘫在松松软软的米色沙发上，睨了迟轩一眼。

揣摩着他目前的心情应该还不错，我抬起手腕，看了一眼时间，然后做惊呼状："呀，十点了。"

迟轩正低着头，听到我这句话之后，抬起了头。

他用手指拨了拨手机，让它在掌心转了个圈儿，那双墨色的眼睛，却是一直瞅着我。

"怎么？"

没怎么。

我深呼吸了一下，然后拎了个抱枕，凑到他身边坐下，有些狗腿地看着他的脸，循循善诱地说："其实，好多事情吧，也没那么极端的……"

现在跟你爸爸说声生日快乐还来得及的。

迟轩没说话。

我努力撑住脸皮上的笑容："两个人闹别扭的话，总归是要有一个人先低头的啊——"

现在跟你爸爸说声生日快乐还来得及的。

迟轩依旧没说话。

他全无反应，搞得我很尴尬，我自己都觉得脸上的笑容快要挂不住了，纯属靠着意志才顽强地死撑着。

"但凡是有矛盾，两个人势必都会受伤的啊，如果你先原谅的话——"

话没说完，被迟轩打断了。

他看了我一眼，清冷地笑了一声："说这么多，不就是想让我给他发条短信吗？"

我这次是真的尴尬了："你……你懂的……"

"我发。"他笑着看着我，声音却很轻，很淡漠，"那天说好了的，你说什么，我都会听的。"说完，低头就开始编短信了。

他这么听话，搞得我原本打好的那些腹稿，全然没了用武之地，一时之间，都找不好自己的定位了。

他转过脸："发了。"

我笑："发了好，发了好。"

我正准备借机再劝说两句，他猛地从沙发上站起了身，直直朝我刚帮他铺好的床走了过去："我困了。"

这……是逐客令的意思吗？

我踌躇着。

理智提醒我，他已经够配合了，不要再得寸进尺了，可是鸡婆的本能又撺掇着我，还是看看何爸爸怎么回复的，再走吧？

我正天人交战，已经躺下了的他背对着我，抛过来一句："还不走，是要和我一起睡吗？"

我的嘴角抽了抽，顿时领悟，发短信这件事情已经很委屈他了。我哪敢再多做要求，应了两声"这就走，这就走"，起身就要撤退。

就在这时，他低低地，飞快地说了一句话。

"我是不会原谅他的。你别费心思了。"

我的脚步顿住，望着他的背影，叹了口气。

第二天一大早，迟轩说要去超市，我以为是要去买看望韩贝贝的东西，自然点头说好。

却没想到，刚刚打开家门，我正要迈出去的脚步，猛地一顿。

一夜之间，我家门口码了好几个大大的袋子，它们整整齐齐地堆放在那里，以一副挺唬人的架势，将整个角落都霸占了。

袋子颜色很深，看不出里面是什么，可是只看那场面，也已经是颇为壮观了。

我很狐疑地和迟轩对视了一眼，然后两个人从彼此的眼中，都看到了困惑。他皱着眉，谨慎地把我拖到自己身后，然后走出去，弯下腰去查看。

只几秒的工夫，他嘲讽地笑了起来，然后就直起身子，头也不回地朝电梯走了过去。

见到他笑，我想幸好幸好，不是炸弹，于是也疑惑地探过身去，看了一眼。

只是一眼，我就呆了。

那些个袋子看起来挺其貌不扬的，可是居然是走的内秀路线，里面装的，全是各种贵得令我咋舌，一向只可远观不可亵玩的名牌衣物或礼品。

我张了张嘴，合上，再张了张。就那么瞠目结舌了好一会儿，我转过头，看了一眼站在电梯口冷眼旁观的迟轩，磕磕巴巴地说："谁……谁送的啊？"

迟轩脸色很难看："垃圾丢错地方了。"

然后他瞥了一眼电梯，抿着嘴角，朝我招了招手："过来。"

我看了一眼地面上堆积如山的袋子，有些犹豫。

迟轩的脸色顿时阴沉了下来，提高了声音："过来！"

见他如此恼怒，我一激灵。脑海中凭空闪过昨晚的事，我脸皮一紧，再缺心眼儿也明白，这些东西是何家送来的了。

眼看着"小爆竹"即将被点燃，我哪敢再停留，忙不迭地绕过了那堆金山银山，疾步上前。

迟轩冷着一张脸，毫不留恋地率先进了电梯，我却朝身后看了一眼。

进了电梯，我问他："那些东西……不管可以吗？"

如果能把东西收下，至少，会促进他们父子之间的感情吧？

迟轩看我一眼，面无表情："清洁阿姨会收拾的。"

还真把它们当垃圾啊……

我张口结舌了。

去超市的一路上，迟轩都阴沉着那张脸，我自然不敢多话。

他直奔食品区，选了许多食材扔进推车里。我好几次张了张嘴巴，却还是把到了嘴边的疑问给压下去了。

我心想，也许他是要亲手给韩贝贝做顿饭。

嗯，应该是这样的。

等到回了家，眼见那堆袋子原封不动地矗立在那里，我顿时感叹小区风气上佳。迟轩却是和我感触迥异，瞬间就由冷冻脸变成加强版冰山脸了。

我往厨房里放东西的时候，隐约听到他在给什么人打电话，语气很不好。

我竖起耳朵认真听，只听到了一句"物业吗？我家门外有一堆无主的东西，麻烦帮忙清理一下"，我不由得叹气，这孩子真是轴啊。

我刚叹完，抬眼就看到他走了进来。见我放完东西了，还在这边愣着，他皱了皱眉："你没事做吗？"

"有。"

就算没事做，创造事情也要做，我撒腿就跑。

跑了两步，听到身后有流水声，我顿住脚步，狐疑地走回厨房门口，探着脑袋往里看了一眼，我问他："你在这儿干吗？"

"做饭。"

我愣住，还真要给韩贝贝做饭啊？

我正要开口，门铃响了。

我看了一眼正在轻车熟路地系围裙的迟轩，眼见他丝毫没有和我交谈的兴趣，只好暂且压下满腹疑窦，跑去开门。

门口，快递哥哥一副牛气哄哄的样子："江乔诺吗？你的快递，证件我看一下。"

我从钱包里抽出身份证，递给他，然后很困惑地扫了一眼他脚边那个巨大的箱子，嘴上嘀咕着："我没网购啊……"

"不会送错的！"

快递哥哥没好气地撕下我顺手签了字的单子,转身就走了。

我望着他的背影,无语凝噎,这么冲,"大姨夫"来了啊?!

吭哧吭哧地把箱子搬进客厅,我苦大仇深又疑惑重重地开始拆,一边拆,一边腹诽着那些态度恶劣的快递从业者。

等到打开箱子,我原本滔滔不绝的嘴巴,顿时卡壳了。

电……电视机?!

撕破重重包装,一台高清超薄液晶电视极具冲击力地呈现在我的眼前,我愣了好一会儿,总算回过神来,拔腿就往厨房冲。

"何叔真猛。"我扒拉着厨房的门,对正忙于翻炒的迟轩说。

我是发自肺腑地觉得,没有任何字眼能够比这四个字,更加确切地描述我此时此刻的心情了。

迟轩百忙之中瞥我一眼:"把盘子递我。"接过盘子之后,才冷冷嗤了一句,"这次又是什么?"

"大电视。"我快步过去替他关了火,然后郑重其事地说,"今晚动漫更新,能看高清版的了。"

他没什么表情,将盛好了的菜递给我,然后腾出一只手来推我出去:"饿了就先吃。"

我愣了一下。

不是要带去医院给韩贝贝吗?还没来得及问,就被他一个冷眼扫过来,我赶紧端盘子撤退。

端菜上桌,看着卖相很不错,我偷偷尝了一口,然后不由得咋舌,色香味俱全啊。

我扬声朝厨房那位说:"少爷居然会下厨,没天理了啊。"话音刚落,口袋里的手机就嗡嗡振动起来。

我一看是我妈打来的,赶紧接了起来。

我妈劈头盖脸地给我来了句:"江乔诺!老娘二十三年前的今天含辛茹苦地把你生下来,又含辛茹苦地养了你二十多年,难道你不该主动给老娘打个致谢电话吗?"

我被我妈的"含辛茹苦"和"二十多年"，以及"今天"绕得有点晕，硬着头皮问她："昨天不刚打过吗？您不一直嫌我电话打得勤——"

话未说完，我妈怒吼出声："今天九月初九！你的记性到底是有多烂！"

我呆了一下，骤然之间顿悟过来，只是还未来得及说出话，我妈已然展开了新一轮的抨击。

我哆哆嗦嗦地承受着她的怒火，偶尔哆哆嗦嗦地分辩几句，最后长舒一口气挂了电话。

别人生日都是得祝福的，我倒好，先被自家老娘狗血淋头地骂了一顿。

转过脸来，桌子上已经摆好了丰盛的菜肴，迟轩正站在餐桌旁看着我。

我眯眼思索了一秒，然后恍然大悟："你知道我今天生日？"

迟轩轻轻哼了一声，俊脸却微不可察地涨红了，下一秒，便有些别扭地移开了目光。

我却是看明白了——难怪他会亲自下厨！

我乐得咧开了嘴，颠颠儿地跑到他跟前："电视机不会也是你买的吧？"

迟轩面容一肃："别侮辱我的品位。"

我有点蒙，下意识地脱口而出："你爸知道我生日？"下一秒，自己就摇头否定了，"不可能啊。"

迟轩看我一眼，眼神不悦："菜要凉了。"

我顿时领悟，我那句"你爸"……惹到他了。

吃饭的时候，我一直在思索，这么庞大的生日礼物，究竟是谁送的。

苏亦早在几天前就送了我一个平板做礼物了，所以不可能是他；我不住校，和同班同学关系并不怎么亲昵，而法学那些本科新生，根本就不知道我生日，也不可能是他们；我爸我妈就更不用想了，这礼物要是他们送的，那就太雷了……

一顿饭吃下来，我硬是没能想出来到底是谁送的。关键是，单子上寄件人那栏字迹模糊，根本无法辨识，我连顺藤摸瓜的机会都被剥夺了。

吃完饭，迟轩要去厨房洗碗，被我拽住，我朝他努了努下巴，示意茶几上搁着的那款神奇礼物。

"你去收拾那个，待会儿动漫开始了。"

洗碗的时候，我的脑子还在运转着后突然之间，沾满了泡泡的一双手僵住了。

我想到了。

是他。

大二那年，我特别迷《犬夜叉》，那个时候还没买电脑，只好每天跑去网吧看。

何嘉言那人爱干净到近乎洁癖，连学校的机房都不怎么去的一个人，却每一次都陪着我去人声嘈杂的网吧，还一待就是几个小时。

我对他说不用陪我，他就拧起了眉毛："女孩子一个人去网吧，多不安全，我不亲自跟着，怎么放心？"

他的那句话，让我又开心，又甜蜜，也就不再推托了。

因为《犬夜叉》，我爱上了动漫，每一天都要在网吧待上好久，有时看得狂热了，通宵更是常有的事。

何嘉言喜静，对动漫无感，对男生们喜欢的网游也没多大兴趣。我看动漫的时候，他就安静地坐在我身边，看着傻笑的我，看着花痴的我，看着因为剧情而潸然泪下的我。

他一句话都不说，可是我知道，他一直一直，都眼神柔软地看着我。

记得有一天晚上，我又通宵了，早上五点和何嘉言一起从网吧里出来，天空中还稀稀落落地挂着星星。

我们学校后门有一条废弃了的铁路，十分有非主流的感觉，很多情侣都喜欢在那里拍照。那天早上，走到那里的时候，何嘉言突然问我，我最憧憬的生活是什么。

我当时愣了一下，思绪还沉浸在方才看动漫时的少女情怀里，笑嘻嘻地说："我要一台大大的液晶电视，然后和我喜欢的人捧着爆米花，一起看好多好多的动漫！"

"就这些吗？"

那个时候，何嘉言望着我，眼睛亮得不像话。

他像是有些惊讶，可是更多的却是高兴。他看着我的脸，有些难以置信地说："这些……就够了吗？"

我踩在铁轨上，回望着他，然后认认真真地点了点头。

"嗯。"我说，"够了。"

他眼睛明亮地盯着我，看了好久好久，然后突然牵起了嘴角，勾出一抹柔美的笑。

他抬起手来，摸了摸我的头发。

他喃喃地说："你呀……"然后，一个轻到几乎难以察觉的吻，就落到我的额头上面了。

那是何嘉言，第一次亲我。

我永远都忘不了，那天清早，晨星寥落，我踩在废弃了的铁轨上面，我喜欢的男孩子站在我的对面，他微微俯下身子，摩挲着我的头发。

他用无奈而又宠溺的语气，轻轻地叹："你呀……"然后用比自己语气还要轻的力度，吻了我一下。

那时的场景，那时的心情，那时的那个吻，都太过美好了。以至于在那之后，我只记得他吻了我，和他吻我时，我那心跳如擂鼓的奇妙感觉，甚至不记得我们关于最憧憬的生活，而展开的那番对话了。

可我没想到，他竟还记得。

而他明明记得，却还是干脆利落地不要我了。

从厨房里出去的时候，我的脸色很差。

迟轩把电视摆好了，刚插好所有该插的线，正在等我。

我走过去，垂着眼睫，低声说："撤了吧。"

他转过脸，不解地看着我。

我不知道该说什么，只好白着一张脸，再一次说："我不看了，撤了吧。"

迟轩若有所思地看了我一眼，那一眼，幽深得几乎让我无所遁形。

我只好别开了脸。

他抿了抿唇，居然什么都没问，点了点头，很平静地说："好。"接着，就开始动手拆刚刚组装好的零部件。

他如此好脾气，显然是因为看出我不对劲了，在迁就我。站在他的背后，我忽然间眼眶泛酸，伸出手就抱住了他的腰。

他的身子，顿时僵了一下。

我将脸贴在他的后背上，喃喃地说："这个东西……是他送的。"

我没说他是谁，可是怀抱里的那个身子，却绷紧了。

他听懂了。

我在心底叹了口气，不知道该再说些什么，便沉默了。

一时之间，我们谁都没说话。

也不知道过了多久，迟轩掰开了我的手，转过身来，看着我的脸。他说："要送回去吗？"

我动了动唇，还没说出话，他就转过身，继续拆分了。

"很快就好了。"

也不知道是不是我眼花了，在说这句话的时候，他飞快动作的手指，居然隐隐颤了一下。

那一瞬，我猛然间想到，他曾经说过的那句"她那样，你也是"，原本就有些恍惚的心神，不由得更加愣怔了。

出租车到达目的地的时候，迟轩下了车，回头看到没有动作的我，他抿了抿唇："你不想见他？"

我看他一眼，点了点头："你去吧。还了东西，咱们就回家。"

迟轩沉默着，又俯视了我片刻，最终只说了一个字"好"。

话音未落，他转身就朝那个接到电话正朝这里走过来的挺拔身影走了过去。

我犹豫了好久，最终掀起眼睫，朝那里瞟了一眼。

出租车大灯打出的光圈里，迟轩一步一步走到何嘉言面前，然后将装了液晶电视的箱子搁在地上。

他不知道说了句什么，何嘉言顿时面色惨白。

两个人像是在对峙一般，面色都不怎么好看，我看见何嘉言的嘴唇动了动，然后朝这里看过来一眼，脸上渐渐泛起苦涩的笑容。

迟轩没再理他，转身离开了，看起来，比身后那位还要不愉快。

车内，我咬了咬嘴唇，闭上了眼。

你何必呢？何必呢，何嘉言？

我最无助、最悲伤的时候，你离开了我，现如今，又何必来演这煽情痴情的桥段？

我最需要你在的时候，你不在，那么以后，也就不必在了。

那天回家的路上，迟轩一直没有说话，我觑着他脸色不好，加上自己心情也不大好，两人就都没说话。

临进家门，他却突然转身，一把将我按在楼道的墙上，漆黑如墨的眼睛盯着我，眼神中，有明显被人激怒了的羞恼成分。

"怎……怎么了？"

我正恍惚出神，被他这么突如其来的动作吓到，有些惶恐地看向他。

他紧紧地盯着我的脸，几乎磨牙道："你就没有什么话，是要对我说的吗？"

少年灼热的呼吸扑面而来，惹得我的脸部迅速升温："说……说什么？"

他咬一咬牙，眼神里闪过一丝恼恨，与此同时，握在我双肩的那两只手也加了几分力："他不可能平白无故送你液晶电视做礼物的……你们有约定，对不对？"

我霍然抬头，有些震惊地看着他。

捕捉到我的表情，他眸光一闪，似乎受伤了。

他看着我的脸，喃喃地说："你喜欢他四年……我真傻。"

说了这没头没脑的两句话，他忽然松开了我的肩膀，头也不回地走了。

那一晚，我辗转反侧。

迟轩转身之前的那个眼神，在我脑海里经久不散。

我睡不着，就走出房间去找他。当我推开他的房门，扑面而来的，是酒气。

他喝了酒，睡着了。

我走近他的床边，安静地看着他。他即便睡着了，眉头也是紧紧蹙着的。

看着他那副睡容，我怎么也鼓不起勇气叫醒他。

就那么在他床前站了许久，我轻轻地叹了口气，转过身子。

离开前，眼睛无意中扫到电脑桌上的一样东西，我鬼使神差般地走过去，看清了之后，我顿时愣在了当地。

桌子上放的那样东西，明明不起眼，却在引起了我的注意之后，成功地使得我的目光再也移不开了。

那样东西，是北京前往敦煌的车票。

就在那一秒，我脑海里像电影回放一般，闪过回北京时在火车上，我同迟轩的谈话。又想起这几天他整日扑在电脑上的情景，我没有犹豫，直接将他的电脑和车票带回了我的房间。

开了他的电脑，我顿时被桌面上密密麻麻的文档镇住了。所有的文档，无一不打着"敦煌"二字的标志。

敦煌的美食，敦煌的住宿，敦煌未来十天的天气，敦煌不得不去的地方，敦煌……

我看得眼睛渐渐花了，手指都有些摁不住鼠标。

他从来都不是一个耐心的、好脾气的人，可是……可是却在默不作声地做着……做着这样烦琐的事。

我不知道该说什么才好。

我原本心情就低落，这下，胸口更闷了。

等到情绪平复了些，我才轻手轻脚地将电脑送回了迟轩的房间，也许是因为神情恍惚，我不小心碰倒了桌面上的东西，响声惊醒了他。

他打开台灯，半支着身子看向我，漆黑的眼睛里有惺忪的睡意，也有被惊扰的不豫。等到看清站在桌前的那个人是我，他的眼睛里，渐渐浮起了我看不懂的涟漪。

我站在原地看了他一会儿，然后走过去，朝他笑了笑。

我俯下身子，用自己的额头抵住他的，喃喃地说："你要陪我去敦煌，为什么不告诉我呢……"

他怔了一下。

我抱住他的身子，轻轻吸了一口气："我……我和何嘉言，没什么的。"

他的身子，不由自主地绷紧了。

我抱紧他，一鼓作气地说："液晶电视那件事，只是以前随口说的一句话，我没想到他还记得。我说过不喜欢他，就是真的不喜欢他了。你放心……我对他，没感觉了。"

他被我紧紧抱着，好久都没有说话。

就在我以为他还是不肯相信我的时候，他忽然哑着声音，在我耳边说了句："你……不嫌我送的礼物傻吗？"

怎么会？我立刻摇头："不傻。"

他喃喃地说："你们相处了四年……他比我更了解你。"

我仰起脸，很认真地对上他的眼，一字一句地说："你送的礼物，我很喜欢，最喜欢了。"

他定定地看着我，看了好久好久，然后缓缓地笑了。

我直起身子，凑近他的嘴角，轻轻地吻了一下。

"笨蛋。"我喃喃地说。

他揽紧我的腰："生日快乐。"

那天凌晨，我们最终也没能踏上去敦煌的火车。

原因很简单，我的导师病了。

大半夜的接到导师千金的电话，我本能地觉得有什么不好的事情发生了，果不其然，刚把电话接起来，耳朵里狂风过境般地刮过导师十一岁女儿乐乐哭哭啼啼的声音："乔诺姐姐，你……你快来吧，我们在附属医院，我爸爸病了！"

她哭得如此凄惨，以至于我的手当场狠狠抖了一抖，哪还有什么心情收拾行李，二话不说，拽住迟轩的胳膊就往楼下冲。

到了医院我才知道，导师病得并不重，肠胃炎，却是急性的，所以来势汹汹，着实把小丫头给吓坏了。

好歹是辛苦培养我的导师，当然没有让他家十一岁小姑娘守夜的道理，我对迟轩说："你带她回咱家睡觉吧，我自己在这儿看着就成。"

迟轩不放心留我一个人在医院里，磨蹭着不想走，无奈到了后来，导师的女儿困了，闹着要睡觉，他皱着眉头，一脸严肃地又叮嘱了我几句，这才不得不离开了。

迟轩走后不久，导师气色恢复了许多，他闲聊般地问我："刚才那个挺英俊的男孩子，是你男朋友吧？"

我点点头。

导师沉吟了一下："那小伙子，好像比你小吧？"

我正帮他垫枕头，听到这句，手上的动作不由得顿了一下，嘴上倒是老老实实地回答："嗯，小将近五岁吧，他才十八岁。"

"也读咱们学校？"

"对，学法的。"

"嗯，学法。"导师沉吟，与此同时抬起手来，指了指病床旁的凳子示意我坐，嘴上却是漫不经心地说了一句，"法硕有个不错的男孩子，叫何嘉言，以前和你，应该也是认识的吧？"

猛然听他提起何嘉言，我有些困惑，抬起眼来，就看到导师正意味深长地看着我。

他那样的眼神，让我不得不干笑起来："认识……我们本科时，一个班的。"

导师意味深长地睨向我，也不绕圈子了，开门见山地说："你跟小何的事，我也听说了。怎么，他没有这个小伙子好吗？"摆明了是不看好迟轩的。

我的心底，莫名其妙就燃起了一团火。

我不知道导师是从哪里听说了我和何嘉言的事，哦，不，我和何嘉言之间有什么事？

我和他谈恋爱吗？

笑话。

我和他之间，若还提得起"恋爱"二字的话，那也只是恋爱未遂吧？

何嘉言有多优秀，我一直以来都知道，他品学兼优，待人温和，长相极好且家境优渥，他是实力派和视觉派的绝佳代表，他一直被无数女生奉为心目中的梦中王子且骑着白马。

可是他这么优秀，又如何？

即使他再优秀，即使他再美好，即使他再完美无缺，和我江乔诺又有什么关系？

他和我惺惺相惜了足足四年，然后一转眼间，就同别的女生——而且是与我势同水火的女生——牵起了手，那么待人有礼、温和有加的他，那时可曾考虑过我的感受？

现如今，他忽然间记起我曾经说的话了，他忽然间摆出忧伤的脸了——这又是在做什么？

是，我承认我对感情迟钝，我承认我没心没肺，我承认我嘴巴贱兮兮，有的时候开起玩笑根本不像是女生，可是——可是这些缺点，这些缺点,并不足以成为他伤害我的理由。

我也曾郁郁不解,可是,何嘉言跟谈嫣在一起半个月之后,我终于有些想通了。

直到昨晚,我是彻底想通了。

谈嫣是系花,是比我漂亮了好几倍的女生;

谈嫣的爸爸是富商,家世自然在我之上;

谈嫣喜欢出风头,几乎每一个活动中,都会有她靓丽的身影;

谈嫣有心机,却工于掩饰,在所有不熟悉她的人的心目中,她都是宛若白雪公主般纯真无邪的存在。我和她之间有矛盾,"江乔诺忌妒谈系花",只会有唯一一个理由。

何嘉言选择谈嫣,简直是大势所趋。

我不怪他,一点也不。

我只是,后来忽然找到了一个形容词,来描述我和他那将近四年来的关系,然后,就有些郁闷。

那个形容词,叫暧昧。

他喜欢我,因为,我是个不错的人。

可是他却和谈嫣在一起了,除了"在何嘉言心目中,江乔诺远远不如谈嫣"以及"我的自我认知,恐怕有些偏差吧"之外,我已然找不到更加合适的理由,来宽慰自己了。

只能说,也许我们曾经有"缘",却远远没有,执手偕老的"分"。

四年来,我一直喜欢着他,是他,把我的手推开的。

回忆真是一件耗费力气的事情,不怎么愉悦的回忆,更是会让人的情绪低落。

我朝导师笑了笑,有些疲倦地说:"我跟何嘉言只是同学啊,非常非常普通的同学关系,老师不要听别人乱说。"

导师看了看我,似乎还想说什么,我不失时机地捂着嘴巴,有些羞涩地打了个哈欠。

好歹我也是个牺牲自己休息时间来陪护的人,除了再一次委婉地朝我表示谢意之外，他终于没再多说什么。

大清早，导师带的其余几个硕士生纷纷闻讯来了。我被劝回家补觉，眼看导师状况明显好转，就放心地撤退了。

我回家补了一觉，睡醒后，乐乐缠着我和迟轩，非要我们俩带她去看电影。

公主的命令比天大，我们自然不好推，于是我换了衣服，三个人一起下楼打车。

到了电影院，迟轩带乐乐去买票和爆米花可乐，我百无聊赖地站在硕大的显示屏下面，仰着头看上面的场次安排。就在这个时候，听到身后有人叫我。

我转过脸来，就看到了一张狭路相逢勇者胜、老死不相往来也不会想念的脸。

——谈嫣。

这世界说小不小，可是说大真的也不大，我不想遇到的人，总是那么一个不小心，就遇着了。

"
这个少年，我爱他
"

　　谈美女邀请我移步谈一谈的时候,我其实是非常想拒绝的,可是考虑到眼前这个妆容精致的女生如果没有事,是绝对不会来找我的,于是,我犹豫了一下。

　　就是那么一瞬间的犹豫,使得谈美女借机宛若藤萝一般,非常妖娆地挽住了我的胳膊。

　　她几乎是生拉硬拽地将我拖到了电影院外部场地的一角,然后开门见山地问我:"嘉言最近和你还有联系,是吧?"

　　所以说,人和人之间的区别,是很容易看出来的——谈嫣的嘴就是比我甜。

　　即便是情景很是美好温馨的以前,我对何嘉言的称呼,也是三个字齐齐上阵,而谈嫣就不,人家一直叫的都是"嘉言"。

　　联想到自己和谈美女之间又多了一点差距,我淡淡地说:"他是你男朋友,跟我联系什么?"

　　我说的是实话。

　　我生日那天,何嘉言送那台液晶电视的事,是在双方根本就没有会面的情景模式下发生的,我个人以为,这并不算是什么联系。

谈妈明显不同意我的说法,她狠狠地瞪着我说:"前天嘉言突然从医院里跑出来,他是去了你那里吧?你就是那天生日,别以为我不知道。"

我惊讶地张了张嘴,然后有些想笑。怎么我的生日大家都记着,唯独我自个儿给忘了?我实在是太没有主人翁意识了。

等等!

我有些疑惑地看了一眼谈妈,惹得她又瞪了我一眼。

我很大度地没计较,看着她的脸,问道:"何嘉言在医院干吗,他病了?"

谈妈脸色微变,而后转为正常,凶巴巴地朝我甩了个白眼:"别废话,就说那天他是不是去找你了吧?"

我想了一下,那天送还液晶电视的时候,何嘉言的脸色是不怎么好看,我还以为他是因为我割袍断义的烈举脸色发白呢,原来……居然是病了?

我抿了抿嘴巴。

这两天,我和迟轩感情挺好的,于是也由衷地希望全世界的情侣关系都挺好的,所以我没有趁火打劫地添油加醋,反倒很是有几分公允之心地说:"何嘉言病了这事,我还真是不知道,我们好久都没见面了。"顿了一下,我禁不住笑了起来,"谈系花,你有时间在这儿跟我对簿公堂,还不如多去医院陪陪他。"

我真的是很真诚的语气,谈妈却气得嘴唇直发颤:"你……你还是喜欢他!对不对?"

我有些无语,转脸就瞧见迟轩冷着脸正朝这里走过来,该是见我许久都没跟上,出来找我了。

我朝迟轩迎过去两步,笑意盈盈地挽住他的胳膊,而后转过身来,一脸正色地对谈妈说:"东西可以乱吃,话可不能乱说,何嘉言是你男朋友,我喜欢他做什么?"抱紧迟轩的手臂,我温柔地笑了一下,"我喜欢他。"

谈嫣看了看我，又看了看迟轩，顿时像吞了一百只苍蝇，表情惊诧。

迟轩看了谈嫣一眼，眸底明明有浓郁的不悦之色在泛滥了，面上却是一副懵懂无知的表情。

他伸手揽住了我的腰，笑得温和而又乖巧："谈学姐，有空的话，和我们一起看电影吧？"

他这一句，等于是默认我和他的关系了。

一听这话，谈嫣那副吃惊的神情根本就褪不掉了，她看了看迟轩，又看了看我，终是愤愤咬牙，一扭身便走了。

我倚在迟轩的身边，望着谈嫣的背影，微笑了一下。

前尘恩怨，一笔勾销吧，我不想再和你斗了。大家都好好的，多好啊。

第二天早上，我和迟轩一起去学校，刚下公交车，我就瞅见走在前头的那个是肖羽童，条件反射般地一把拽住了迟轩的胳膊，示意他不要再往前走了。

迟轩看我一眼，黑眼睛里都是笑意："你怕她啊？"

我有点儿窘，无意识地舔了舔嘴唇："看见了不好。"

迟轩倒是落落大方，还一把拽住了我的胳膊："以前咱们俩没一起出现过吗？怎么现在走一起，就心虚了？"

我想了一下，还是觉得不太妥："以前肖羽童挺喜欢你的吧……我觉得不怎么好。"

迟轩扬了扬眉毛，有些好笑地看着我："我和她只是台上的搭档，别乱说。"顿了一下，又说了一句，"她现在已经名花有主了，你是她的小导，不会不知道吧？"

我"啊"了一声，以惊诧的神情表示，我确实不知道。

迟轩似笑非笑，一脸高深莫测地说："那个人，你还认识呢。"然后牵了我的手，径直往前走，微抿的嘴角标志着八卦别人的谈话到此为止了。

I love him

整整一上午的时间，我都在琢磨能够俘获肖羽童芳心的人是何方神圣，未果。

临下课的时候，八卦的热忱终于压倒了作为小导应该具备的严肃，我决定给她发条微信咨询一下。

咨询的微信刚刚编辑好，我正准备按发送，手机在我掌心嗡嗡振动了起来，我有些被吓到，瞟了屏幕一眼，接起来压低声音骂："还知道给我打电话啊，这些天你死哪儿去了？"

苏亦在那边笑得像是偷了腥的猫："回家啊。跟我妈商量明年毕业了就结婚的事呢。"

我愣了一下："结婚？跟谁结？"

"反正不是你。"

我想远程抽他，勉力压下怒气说："你想跟我结，我倒是愿意跟你才成啊。别贫，上次张阿姨见的那人，到底是谁啊？她说各方面都挺好，就是个子不怎么高，我怎么记得韩贝贝挺——"

苏亦打断我的话："别跟我提她。"

苏亦会排斥我提韩贝贝，不是没有理由的。

前天，我们一起去医院看了韩贝贝。她脸色虚弱地躺在病床上，看得苏亦心疼极了，可是，当大家委婉说起，事到如今，那个男人居然都不肯露面，实在是太可恨了的时候，韩贝贝居然一脸温柔地说了句："是我自愿的，我不怪他。"

从怀孕到被迫流产，她却一点都不怪那个男人，事已至此，苏亦真的是受不了了。

他笑得咬牙切齿："我真是贱！"

那之后，他对我宣布，他说到做到，再也不喜欢韩贝贝了。

苏亦不许我提韩贝贝，让我牙疼似的吸了一口凉气："哟，你又看上谁了？"

"我这次是认真的。"他在那边哼哼。

我冷笑："你哪次都说这句话。"

苏亦在那边沉默了一下，然后突然说："她出国了。"

我反应了好一会儿，才明白过来，这个"她"字代指的，应该就是韩贝贝。于是，我也沉默了一下。

然后我说："那你这样，对你要娶的那个姑娘，是不是挺不公平啊？"

苏亦毫不犹豫地说："不相干啊。我以前喜欢韩贝贝，既然决定要娶童童，当然一门心思只喜欢她啊。"

我心说你的理性那么牛气啊，嘴上却换了个委婉些的说法："感情这事，不是那么容易控制得了的吧。万一你——"

"我说，诺诺，"苏亦打断我的话，"你以前喜欢的人，也不是迟轩吧？"

我被他噎了一下，脑子里的线索突然有些跳脱，我说："童童是谁啊？"

"肖羽童啊。"苏亦自然而然地回答，"我没跟你说吗？迟轩都知道啊。"

我霍地从椅子上站起来了。呆立了足足数秒，我才意识到，教室内众人的视线，全都凝结于我的身上。这个时候，我瞬间醒悟此时身处何地，后背有一阵凉意拂过。

果不其然，讲台上的老师看了我一眼，很平静地推了推鼻梁上的眼镜："江乔诺，下课到我办公室来一趟。"

从办公室接受批评出来，我才敢开机，手机里显示有一条未读消息，来自迟轩。

他说，他们这节体育课加上午饭的时间，有一场篮球赛，让我上完了课就去篮球场找他。

我看了看接收时间，是在半个小时之前收到的。

考虑到迟轩在打球，手机势必不会带在身上，于是我没有回复，直接往篮球场走。

篮球场离教师办公楼还是挺远的，于是我边走，边给苏亦拨了一个电话。我正威逼利诱苏亦讲述他和肖羽童是如何勾搭到一起的时候，手机里提示出另一个电话进来的声音，我对苏亦说："你先整理着思路，我接个电话啊。"

无巧不成书，我接起来，发现居然是肖羽童打的。

她那边吵得不得了，她在电话里惊慌失措地说："学姐你在哪儿啊？你快来啊，迟轩和别人打起来了。"

一听这话，我拔腿就往篮球场跑。

我万万没有想到，和迟轩打起来的，居然会是何嘉言。

我气喘吁吁地跑到了篮球场，果然现场秩序大乱——法学本科的系草，和法学硕士的系草，这两个人打了起来，委实是一个比篮球赛还要吸引眼球的事端。

斗殴的是两大帅哥，原本围观篮球赛的女生们，如今更是紧密地贴在了事发现场的第一线。

我努力拨开人群，有些艰难地向中心靠拢过去，然后就看到了，被人拽住胳膊行动不得，却依旧喘着气怒视对方的两大中心人物。

目光在两人的脸上扫视了一眼，我朝自家脾气很不好的那位走过去。

他瞅见我就来了力气，挣开身后束缚他行动的同学的手，一把抓住了我的胳膊，有些不开心道："怎么这么慢？"

我言简意赅地说："老师拖堂了。"然后看他一眼，"怎么了这是？"

"他找打。"迟轩瞥了几步开外面无表情的何嘉言一眼，冷冷地说。

很显然，这并不是一个张嘴询问"你们两个怎么会遇上"这种白痴问题的好时机，我明智地将目光转向了站在一旁的肖羽童。

她看了一眼迟轩，又看了一眼几步开外的学长，有些迷茫地说："迟轩正打球呢，学长过来找他，两人站在场外说了几句话，突然就动起手来了……"

说了等于没说，其间缘由，我还是没听明白。

我将视线转回迟轩的脸，只问结果："没受伤吧？"

他哼一声："这话你应该问他。"

我松了口气。

眼角扫到周围观众灼热的目光，我看了迟轩一眼，换上了公事公办的语气说："不管有什么理由，当众跟人打架都是不好的，而且对方还是……还是你的学长。来——"我扯了他的胳膊，端出了小导的姿态，息事宁人地说，"去跟学长道歉。"

"嘁！"迟轩冷笑一声，一把甩开了我的手，桀骜不驯地道，"明明错的是他，凭什么我要道歉？"

我望了望自己落空了的手，还没来得及说话，就听身后一直沉默的何嘉言忽然说了句："不用他道歉。"

说完这句，他将视线转向了我，欲言又止。

"乔诺，我想和你谈谈……可以吗？"

我怔了一下。

"没什么好谈的。"迟轩皱起眉，一把揽过我的身子，替我做了回答。

何嘉言没理会迟轩的话，就那么坚持地看着我，似乎有千言万语要说。

我想了一下，然后手掌握上迟轩的胳膊："比赛还没打完不是吗？快去吧，我就在场边等着你。"

迟轩愤愤，张嘴就要抗议，我用手指捏了捏他的胳膊，不由分说道："听话。"

迟轩看了看我，又看了一眼何嘉言，然后冷哼一声，一步三回头地和队友们一起回去比赛了。

周围的人都散了，只剩下了我和何嘉言两个，我没想离开原地，只是往旁边站了站。

"什么事，你说吧。"

何嘉言定定地看了我好一会儿，被迟轩揍得有些发青的嘴角，忽然往上挑了一下。他一开口，语气竟然有一种近乎破罐子破摔的微妙感觉。

"迟轩和我的关系……你都知道了吧？"

我惊讶于他的毫不遮掩，不由得犹豫了一下，好一会儿之后，我点了点头。

"我爸爸公司破产了。"何嘉言缓缓地呼出了一口气，墨黑色的眼睛直直地盯着我的脸，一字一句地说，"托迟轩的福。"

听到这话，我先是狠狠地愣了一下，然后想也不想地张嘴反驳："你别胡说！"

"你不信？"何嘉言看我一眼，然后身子往后仰了些，脊背靠上了挺拔的树干。

"我当然不信！"

他抬起手揉了揉自己的额头，神情疲倦地说："他有一个小姨，打小和她妈妈一块长大，感情很好，你知道吗？早在三年之前，她就成了我爸爸对头公司的总裁最得力的助手，三年间，她几乎每一天都在不遗余力地策划着，要将我父亲的产业搞垮。"说到这里，他嘴角的苦笑加深了些，"这一次，她终于成功了。"

我愣了好几秒，才找到了自己的声音，喃喃道："你是说……韩贝贝她妈？"

何嘉言看我一眼，眼神代表着我的猜测是正确的。

他盯着我的眼睛，眼神有些复杂，像是犹豫了一下，然后才慢腾腾地说："迟轩肯告诉你这些，说明你在他心目中，已经很重要了，所以——"

听到这个连接词，我似笑非笑，忍不住开口打断他："所以，你想让我替你做说客？"

何嘉言脸上闪过一丝狼狈，他笑得有些牵强，眼神却坚定极了。他有些动情地上前一步扯住我的手，微微低头，看着我说："诺诺……我希望你能够帮我，也只有你能帮我了。"

突然亲昵的举止，和那句久违了的称呼，让我沉默了好一阵子。然后我反应过来，面无表情地拨开了他的手，继而朝着他客套疏离地笑了一下："凭什么？"

他的手陡然落空，整个人怔了一下。

我深深地看着他，心底明明越来越涩，嘴角的笑意却是在徐徐地加深："你要我帮你，凭什么？"

何嘉言面色泛白，说不出话。

我盯着他，盯着他的每一个表情。

这是自从他和谈嫣在一起之后，我的眼睛第一次，这么无所阻挡地直视着他。

然后，我自嘲地笑了一下，每说一句，我脸上的嘲讽就会加深一些："凭我们曾经不清不白地暧昧四年？还是，凭我最最需要依靠的时候，你移情别恋？再不然，总不能是凭三年前，迟轩的阿姨开始对你爸爸的公司出手，所以你便用了我，和谈嫣在一起吧？"

我越说，心底就越是觉得好笑和悲凉，这就是我曾经天真无邪地喜欢了整整四年的人啊。

他曾经是我竭尽全力追逐的光芒，他曾经是我一心一意以为不会离弃的神祇，他曾经是我无知地认定，即便全世界都不懂我，他也会听得到我心声的知音，他曾经是我引以为傲、从来都不加设防，为他付出一颗真心的少年。

我是真的曾经一度以为，这个世界上，如果真的有一样美好，叫爱情，那么属于我的那一份，必然只能发生在我和他的身上。

可是我错了，错得离谱。

他和我惺惺相惜的那四年，不过是男人不愿担起责任，游刃有余地暧昧一场。

他抚摸我的头发，他陪我熬夜通宵，他看着我的脸温柔宠溺地笑，可那些，并不叫爱。

难怪他能够在形势需要的时候，毫不留恋地抽身走开。

我看着何嘉言的脸，觉得自己真丢脸。

我听见自己说："你那天给我送液晶电视，也是为了这件事吧？哦，还有，听谈嫣说，你当天是从医院跑出来的？我真感动。不过，真的很抱歉，这件事我管不了，也不想管。"

说到这里，我郑重其事地看了面前相貌俊朗的男子一眼，然后勾一勾嘴角，缓缓地说："不是我不愿意帮你，这是你们何家的家务事，即便我是迟轩的女朋友，也没资格管。"

我其实更想说，这是你们何家应得的，这是你们何家欠迟阿姨的。且不说我如今不喜欢你了，即便我还喜欢你，也未必会帮忙。

何嘉言一直没说话，一直在沉默。

我觉得话说完了，没必要再和他面对面地站着，于是我转身，往正在比赛的那块场地走。

走了没几步，身后传过来轻飘飘的一句："我并不是……一直都在利用你的。"

我的脚步顿了一下。

他苦笑："说出来，你会笑我吧。亲眼看到你和别人在一起之后……我真的后悔了。"

我抿了抿嘴唇，没说话。

半晌后，我垂了眼皮，平静无比地回答他："我已经在一个地方仰望你整整四年了，你离开之后，我很难过，但是……我最终鼓足勇气，离开了。"

"对不起。"我转过脸来，朝着自己曾经迷恋了足足四年的俊朗男子，微笑着说，"即便你如今回来，我也已经不在了。"

我举步离开，微风送来一句轻到几乎让人以为是幻听的话。

"你……一点都不喜欢我了吗？"

我的脚步没有迟疑，心底却在默默地说：对啊，我喜欢上迟轩了。

北京的冬天，不可阻挡地到来了。

每天去上学，我都包得像北极熊似的。

自打升入研二，我的课程渐渐少了，迟轩却是专业课集中，又多数是要考试的，所以我每天全副武装地往学校赶，多半都是为了陪他。

他上课，我就跟他一起坐在教室里，冒充旁听的；他考试，我就在校园里胡乱溜达，悠闲极了。

北京的冬天又干又冷，可是我却觉得，这样的日子，蛮好的。

许是我和迟轩不吵不闹，过得太滋润，连我老妈都忍不住打电话说："你们两个啊，真是太腻味了！"

腻味又怎么样？我丝毫不以为耻，反倒笑嘻嘻地说："别说那些不要紧的啊妈，您和我爸抓紧准备好红包，放假我带他回家！"

那个时候，我确实以为，我们可以一起回我家过年的。

直到，我接到了谈嬷的电话。

电话里，谈嬷的声音带着哭腔，第一次没有了平日里和我较劲时的傲气，她几乎是哀求般对我说："乔诺我求你，算我求你了成吗？你……你快来看看嘉言吧……"

那个时候，北京下了第三场雪，迟轩在考最后一门专业笔试，我正在N大的校园里，百无聊赖地踩雪玩儿。

谈嬷的话，像是一盆冷水，猝不及防地当头朝我泼了过来。

我蒙了很久，才回过神来。

那股子油然而生的不好的预感，促使我什么恩怨情仇都顾不上了，我给迟轩发了条"我有事先走了"的短信，拔脚就往校外跑。

上了出租车，我定了定神，给谈嬷拨回了电话："在哪儿？"

她当时就哭了。

赶到谈嬷电话里所说的医院，我觉得自己的一双腿有点软，一旁路过的护士看到了，好心地问我需不需要帮忙。

我白着一张脸，摇摇头，拒绝了。

我没胆。

如果可以的话，我希望走得慢一点，再慢一点，最好永远到不了特护病房当中，他所住的那一间。

那一天，我在走廊里站了很久，穿堂风吹得我浑身都冰凉冰凉的，谈嫣的电话打过来追问我到了吗，我才醒过神来。

有些事，不是你一味地躲，就能视而不见。

我必须去见何嘉言。

进病房时，我恨不得闭着眼。

我不敢看。

是谈嫣低低的一句"他睡着了"提醒了我，我闭眼半晌，终于一点一点地将眼睛睁开。

病床上那个一向清秀好看的男人，映入眼帘。

不过是一个月不见，他瘦得不像话，颧骨微微凸起，虚弱，惨白。

我当时眼睫一颤，嘴唇翕动，泪水几乎滚了下来："他……怎么会？"

谈嫣的气色也并不好，眼睛肿着，怕是经常以泪洗面。

她对我说话的时候，目光却一直都没离何嘉言蹙眉沉睡的那张脸："他疼得厉害，吃不进东西，也睡不着，医生刚给他打了一针安定……"

我捂住了嘴巴，眼睛盯着他那张连睡觉时都皱着眉头的脸，只觉心底像是被刀刃一下一下地用力刮一般。

我摇头哽咽："我不相信。"

谈嫣叹了口气："我还能咒他不成？"

她转过脸，看着他，又红了眼圈儿，压低了声音："他妈妈那一族有这个病史……我查过的，这种病可以遗传。"

我还是不信："他从来就没有胃疼过，怎么会得胃癌！"

谈嫣仰脸看我，眼睛里头有哀伤，也有忌恨，许是情绪激动，她禁不住提高音量："你认识的只是以前的嘉言，后来你哪有关心过他？！"

我哑口无言。

谈嫣看着我，情绪越来越激动，眼圈儿也越来越红，她一字一句地对我说："你们好……好了四年，他突然之间就移情别恋到我身上，你一点都没想过原因？"

我身子一颤，脸色瞬间苍白。

谈嫣冷笑，紧紧盯着我的眼："想说什么？想说我明知道他喜欢的不是我，还死皮赖脸地待在他身边？江乔诺，我是不服！我谈嫣哪一点不比你好，凭什么他眼里只有你，根本对我视而不见！"

我闭眼，泪水弄湿了脸。

谈嫣却是越说越激动，她几乎是又哭又笑地说着："我喜欢他，我从小就喜欢他，你不知道吧？我们谈何两家可是世交，我比你早认识他十几年！他不喜欢我，他拿我当妹妹，可我谈嫣想要的，从来都不是妹妹那个头衔！他喜欢你，他对你好，我当然要和你作对！他离开你，躲着你，我当然开心！他突然躲着你了，我雀跃，我向他告白，他却告诉我他有胃癌，让我不要再对他用情，让我离他远一点。我不，我偏不！你江乔诺能拥有的东西，我为什么不能？胃癌不过是场病，我们家有的是钱！"

谈嫣的一句句，一字字，像是刀锋，狠狠刮着我的脸。

我眼泪掉得越来越凶。

我说不出话来。

她狠狠地瞪着我的脸，继续控诉着："他拗不过我，怕我会把他的病情告诉你，所以才答应和我在一起。可又整天怕你会误解，他千方百计地想要跟你解释！我就是气不过！迟轩的阿姨把何氏企业弄成了那副样子，他每天忙着处理公司的事都来不及，凭什么还要顾及你！"

她朝我走过来，染了红色指甲油的手指狠狠地指着我的脸："何氏企业被迟轩的妈妈卷走了多少钱，你不知道是不是？我告诉你，百分之六十！外表看起来风光体面的何氏，其实早在多年之前就已经是一个空架子！你以为嘉言为什么突然跨专业读法学的硕士？还不是为了帮助何氏！"

我身子一震。

谈嫣冷冷地笑了起来："想说何家活该？"

她迈了一步，逼近我的脸："可别忘了，迟轩的身体里，流的可也是何伯伯的血！"

我揪扯着手指，说不出话来。

谈嫣冷笑："说来也不怕你笑话了，我接近迟轩，我讨好迟轩，为了气你，不过是一个方面。"

我闭着眼，哑声道："你想让他……去做说客？"

谈嫣激动："何家欠她迟清雅的早就还完了！明明是她一个女人不知羞耻甘做小三，她妹妹未免太不饶人！"

我睁开眼，看着她愤恨万分的脸，嗓音沙哑，眼角还有泪在往外滚。可我说出口的话，已然冷静了下来："你们谈家，怎么不帮何家渡过难关？"

谈嫣顿时张口结舌，再也说不出话来。

我抬起手，揉了揉自己因为流泪而酸疼的额角，低声喟叹："你喜欢他，喜欢得奋不顾身，可你爸爸却巴不得何氏赶紧垮台，是这样吧？"

谈嫣面色惨白。

我睁开眼，朝她疲倦地扯了一下嘴角："这世上，人不为己，天诛地灭，迟妈妈怎么做的，知不知羞耻，和你无关。你不必朝我吼。明知他有胃癌，你不逼着他早些治疗，明知他经不起操劳，你们谈家作壁上观，明知道我误会着他会让他难受，你对我和他的接触，还处处阻拦。谈嫣，你并没有比谁更无辜一点。"

我的话，让谈嫣面色一阵阵发白。

我抬手擦掉了眼角的泪，走近病床，盯着那个依旧沉睡的男人看了好一会儿。

又有眼泪涌了上来，我赶紧转头。

"他还在睡，我改天再来。"

因为何嘉言，我和迟轩回家过年的进程，自然被搁置了下来。

我爸妈那边好说，随便找个借口，就能晚回去几天，让我为难的，是迟轩。

我不想瞒他，将何嘉言的事情讲给他听了，也说了何氏如今的境况，看着我通红通红的眼圈儿，他脸色不大好看。

"何家的事，我才不管。"

我苦口婆心地劝："那毕竟是你的家人……"

他立刻打断："我没有逼死我妈的家人！"

我无奈。

原本说好等他考完我们就回家过年的，如今被我一人独断地往后拖延，而且还是为了何家的事，他很烦躁，懒得听我多说，摔门将自己反锁在房间里。

我对门喟叹。

等了很久，都不见迟轩出来，我无奈，给他写了张字条，贴在门上：粥煮好了，我去医院看何嘉言。

我没想到，这一次，在特护病房护理的人，不是谈嫣，而是一个中年男人。

而何嘉言，还是没有醒过来。

我拎着饭盒站在门口，那男人看到我，憔悴的脸上闪过一丝惊讶，不太确定地说了句："你是……小江？"

他是何爸爸。

一场话题沉重的谈话，在所难免。

毕竟在从商之前是做教师职业的，何爸爸脸色虽然憔悴得很，整个人却有着一番儒雅的气质，叫来了特护看护着何嘉言，他带我去了医院附近的一家咖啡厅里面。

面对面而坐，谁都没有心情过多寒暄，他直奔主题："嘉言很喜欢你。"

我没有说话。

他笑了一下，笑容却有些虚弱："还有小轩。"

我想，他带我出来，肯定不是为了谈自己儿子的感情事的，于是主动出声转变话题方向："他病得很重？"

何爸爸脸色顿时变得暗淡："是我拖累了他。"

我看着他的脸。

他抬手，抽出一支烟，原本想要点，忽然注意到了场合，顿下动作来，眉间却是拧成了一个"川"。

"还有小轩……"

说到迟轩，他突然神情懊悔，惨淡："我对不住他们娘俩……当年，要是我能坚决一点，没被迫飞往澳洲的话，就不会……唉——"

我看着他，没客套，也没安慰。

我直言不讳地说："您确实对不起迟轩。"

何爸爸叹气，一双大手缓缓抬起，捂住了脸。

我看着他无助的模样，并不同情，反倒低声却坚定地说："迟妈妈去世，您连葬礼都不肯参加，迟轩长了十八年，前不久才知道谁是自己的爸爸。作为何家的当家人，您可能是个好儿子、顶梁柱，可是，在迟轩那里，您绝对不是一个好爸爸。"

何爸爸神情哀伤："她的葬礼，我何尝不想参加？我是怕……我是怕见到小轩。"

怕刺激到他？

我微微绷起了脸："您是他爸爸，他妈妈去世了，谁都可以躲起来，唯独您不可以的。"

何爸爸叹了口气，悲怆地摇头："我没脸见他，他……他不会原谅我的……"

"他不会？"我站起了身，面无表情，一字一句，"您扪心自问，究竟是他不会，还是您根本什么都没做，根本就不配？"

何爸爸身躯一震。

我推开椅子，往后退了退："血浓于水。如果您是真心实意，迟轩也不是铁石心肠的人——事在人为。"

话题到此为止，我不想再多说，回特护病房，想看何嘉言醒了没，何爸爸若有所思地跟在我的身后，一路沉默。

到了病房,他还是没醒,特护说,安定起效的时间少说有好几个小时,这属于正常情况。

我这才稍稍放心。

惦记着迟轩,我没敢多做停留。

临走时,我问何爸爸:"他……还能不能救?"

何爸爸眼圈儿泛红:"已经联系了美国那边的医院,这几天就飞过去求诊。"

我看着病床上那个形销骨立的人。

何爸爸抬手擦泪,沉声道:"我就是倾家荡产,也一定治好嘉言!"

我点点头,眼眶微湿,抬眼望向他的脸。

盯着他看了好一会儿,我慢慢地说了句:"事业没了可以挽回,我希望……您能做个好父亲。"

如何爸爸所说,何嘉言很快被送往了美国。随他同去的,是他的母亲。

直到他走,我们竟再没见上一面。

不过,我听说的是,何嘉言前脚刚走,谈嫣紧接着就也追去了。谈家老总一见宝贝女儿千里追男友而去,真是又生气又担心,可又无可奈何,总不能真的不顾何家颜面,派人去把她捉回来吧?无奈之下,少不了要打一大笔生活所用的资金。

说起资金,我问过何爸爸:"何嘉言在那边诊疗的钱……"

没等我说完,他会意点头:"他妈妈带了好几百万,应该能用一段时间。"

我看着他,没再出声。

没多久,何氏企业宣布破产。

我这才确定,何嘉言带走的,是他们所剩的全部资金。

我把此事告诉迟轩,他不意外,只是冷笑了一声:"何家一直标榜亲情至上,公司哪有独子要紧?"

他说独子……说这句话时，语气不屑、轻蔑，眼睫却低垂。我看不到他真实的表情，却看得出他的落寞。

我听得心疼。

还好，何爸爸说到做到的事情，不只是有关于何嘉言……

还有迟轩。

何嘉言飞走了，我和迟轩没有再逗留在北京的理由，收拾好行李准备回我家那天，何爸爸来了。

他身后，跟着两位龙钟之态渐显的老人。

我愣了愣，很快就回过了神，转过脸，果然看到迟轩脸色难看，表情阴晴不定。

上门即是客，没有往外赶人的道理，赶在迟轩开口之前，我火速将何家三人迎了进去。

那一天，何爸爸当着众人的面，掉了眼泪。他真的是愧疚得失了态，若不是我拦着，竟然要给迟轩鞠躬。

他一遍遍地说着对不起的时候，我听得直想掉眼泪，两位当年对迟妈妈反感得最为剧烈的老人，如今也是一派惭愧后悔之色，不时拿怯怯的眼神看迟轩。

我看得动容。

何家人在为过往忏悔的时候，迟轩一直面无表情，可难得的，他竟然也没毒舌。只是一直都不肯出声。到了最后，他噙着冷笑问了句："因为我妈的关系，何氏企业破了产，怎么，你们就一点都不恨？"

何家人对视一眼，沉默片刻，终是摇头。

迟轩冷笑："你们当我会信？"

何爸爸没解释，眼神却真挚得很，他只说了一句："不管你恨不恨我，你哥哥生了病，我必须照顾好你才行。"

迟轩冷着脸，别过了头。

何爸爸走的时候，在茶几上放了一张银行卡。

他似乎知道迟轩不会要，没敢多停留，只匆匆说了一句"卡里钱不多，但好歹是我一番心意"，说完，生怕我们会强行退还似的，急匆匆地走了。

迟轩没要那银行卡，也没傻到直接就给扔了，他扯过我的手，塞到了我的手里。我抬头看他，他已经转身走了。

那卡就像是烫手山芋，我接也不是，扔也不是。

韩贝贝和她妈出国了，迟轩又不想回何家过年，回我家就是势在必行的了。

这个年，我家过得前所未有的热闹。

年三十那晚上，迟轩陪我爸喝酒，我和我妈下厨，做了满满一桌子的菜。刚好苏亦带肖羽童回家见父母，苏叔叔一家干脆来我家过年，人多，喝酒的喝酒，放烟花的放烟花，热闹得很，所有人都笑得很开怀。

半夜十二点，四个长辈给我们四个成年大孩子发红包，迟轩盯着手里的红包看了好久好久，神情有些恍惚。

我知道他想到了什么，上前扯住他的手，将他带到了阳台上面。温暖的灯光之下，我伸出手，将自己的四个红包都塞到了他的手里。

他不解，抬起眼看我。

我背着一双手，郑重其事地望着他的脸："不明白吗？"

他摇头。

"笨蛋。"我歪了歪脑袋，一字一句道，"我的就是你的啊。"

他黑眸一眨不眨地看着我。

我点点头，一脸的认真和肃然："同理，我爸妈，就是你爸妈。"

他看了我好久好久，终于翘起好看的嘴角，笑了。

年假期间，迟轩突然收到一笔巨额的分红时，我困惑不解。

他微笑着看我："还记得林铮吗？"

我愣了一下，好半晌，才想起了那个说我是怪姐姐的黄头发帅哥。

迟轩笑："他爸爸是企业老总，你听说过吧？"

好像是听说过……可我还是不懂。

迟轩抬手摸我脑袋，叹了口气："笨。"

我撇撇嘴巴。

他笑，言简意赅："我小姨，就是为他爸爸工作的。"

我呆了一下。

见我联想能力实在有限，迟轩不再绕圈子，开门见山地说："把何氏企业拖垮的，就是林铮老爸的公司，而我小姨，把我弄成他们公司的股东了。"

股东？我吃了一惊："怎……怎么做到的？"

"用钱。"迟轩抬手拥住我，身子一矮，下巴枕上了我的肩，他的脸埋在我的肩窝里，喃喃地说，"我妈留给我那么多钱，总要派上点用场吧。"

我身子一绷："用场？"

迟轩侧脸，亲了我耳朵一下。

他笑了，天真无邪地说："嗯，娶媳妇呢。"

清明节那天，我们早就回到了北京。

迟轩带我一起去公墓看迟妈妈。

我们到的时候，墓地前，已经放了一大束花。我盯着那束花看的时候，迟轩却是盯着墓碑，一眨不眨。

我好奇地也看过去时，注意到先前墓碑上的字迹旁边，多了一行小字。

"吾妻，迟清雅。"

回去的路上，迟轩一直垂着眼，许久都没有说话。我由着他拉着手，向前走着。

突然，他问了我一句："你想借钱给何嘉言？"

我愣了一下。

我是想啊，在美国治病，花钱如流水吧？可这事我没对他提过啊。

我看着他，有些窘迫，咳了两声："我……我没钱啊！"

迟轩顿住脚，递过一张卡，俊脸微红，略略不自然。

他飞快地说了一句"记好了，是你借给他的"后，便松开我的手，快步向前走了。

我在原地站着，低头看了看卡，又抬头看了看他。

雪白外衫，深色牛仔裤，男生眉目如画。他正站在几步开外，看着我。我也回望着他，渐渐笑了。

这个少年，我爱他。

"番外"

　　N大BBS论坛上长期置顶着这样一个帖子——"新的一年，我男神迟轩和江乔诺还在一起吗？"

　　第一次发现这个帖子，我和迟轩刚在一起不久，正是浓情蜜意的热恋期。

　　记得那是一个下午，一直不怎么热爱学习的我们俩难得泡了一次图书馆，窗外春光明媚，我无心学习，书没翻够两页，随手刷了一下手机，收到了贱人苏的微信。

　　"快看快看！有人向你挑战呢！（偷笑）（偷笑）（偷笑）"

　　后面附了一串链接。

　　苏亦一笑通常就没什么好事儿，我保持警惕状态，狐疑地点开链接，只看了一眼，就愣了。

　　喔，还真是战书啊……

　　战书的名称就叫作"新的一年，我男神迟轩和江乔诺还在一起吗？"，可以说是开篇点题、言简意赅、一针见血。

　　发帖人的ID倒是挺萌的——"迟迷于你小奶喵"，头像是一只吐着粉色舌尖儿的手掌大的英短。

　　"小奶喵"洋洋洒洒地写了一大段话，中心思想就是她被法学1班的班草迟轩圈粉了，她用长达一千字的篇幅描述了迟轩有多帅、性格有多好、唱歌主持有多棒以及笑起来有多撩，最后在"真不知道这么完美的男神怎么会看中江乔诺啊"的疑问和哀叹中，完美地画上了句号。

图书馆里很安静，我把这封战书认认真真地看了一遍，然后疑惑地向苏亦请教："这个……也算不上是挑战吧？除了题目有那么点儿挑衅的意思，行文通篇都是在夸我男票啊……"

"施主你急什么？"苏亦淡定得像是一个洞悉一切天机的老和尚，"你且往下看。"

嗯？下面别有洞天吗？我听话地又往下翻了翻，意外地发现，在第七个回复楼层，"小奶喵"又写了句："赌上我最爱的毛概，他们谈不到明年。"

八楼："附议。"

九楼："顶。"

十楼："肯定谈不到！谈到的话我姓倒过来写！（发怒）（发怒）（发怒）"

十一楼："+1。顺便再+心尖挚爱马哲。"

我："……"

"怎么样？感受到广大人民群众对你浓浓的敌意了吧？"苏亦发来了一个唯恐天下不乱的窃笑表情。

我叹口气，转头偷瞄了一眼正在写字的迟轩，初春的阳光耀眼，润物无声地照进窗来，给他英俊的五官笼上了一层迷离而又温柔的光圈，我一不留神就看呆了。

那个，"小奶喵"言之有理，确实是好帅啊……五秒钟后，迟轩解开了一道高数题，无意识地侧脸，恰好与我痴汉的视线相撞："嗯？"大约是我的眼神太露骨，他不由得愣了愣。

那一秒，我都不知道自己究竟是被哪一个智障给附了身，脱口而出："Question。"

迟轩眉峰微挑，倒也乐意陪我玩儿，那双清澈的眼睛里溢出笑意："问。"

我特别听话地问："你说，咱们什么时候会分手啊？"

尾音还没落定，迟轩唇一抿，还没来得及绽开的笑容瞬间夭折。

天地良心，那一天，我几乎使出了浑身解数，却怎么都哄不好我们家小孩儿。

小孩儿个头比我高，腿自然也比我长，一路从图书馆里出来，他健步如飞地在前面走，我气喘吁吁地在后面追，追到后来，我怎么都觉得他像是在遛……我。

好不容易追着他进了家门，他自顾自回了房间，我一个箭步追上去，死皮赖脸地挤进门，管他是什么表情，飞扑过去直接搂住了他的腰。

他不动，也不说话，但那副架势瞎子也看得出是在生气。

我恨不得抽自己一个大嘴巴，但我怕疼，就抱着他的腰问："晚饭想吃什么？"

他不应声。

我用脸颊在他背上蹭了蹭，开始列菜单："糖醋排骨、宫保鸡丁、黑椒牛柳、三杯鸡……"全是他爱吃的。我之前特意学了一阵，如今样样都拿得出手。

可他仍然不应声。

事已至此，我只好收紧胳膊，把他搂得再紧一点，与此同时放软了声音道歉："我错了，我刚刚脑袋抽了——"

他语气冰冷地截断我："你就那么急着和我分手？"

我冤啊！

不是你的狂热粉太多，我会这么战战兢兢、如履薄冰，以至于脑袋进水，追你追得差点儿跑折了腿？

我的满腔冤情还没来得及张嘴倾诉，万万没想到他紧接着竟然又说了句："别以为我不知道，你们研部有好几个臭小子给你写过情书，还有学校东区的表白墙，你连着这几个月都挂在上头。"

我窘了。

先不说研部的都是你的学长，你叫他们臭小子好像不太合适，什么叫我几个月都挂在墙上啊喂？！

迟轩才不管自己的措辞精不精准，他背对着我，一边口嫌体直地随便我抱，一边语气冰冷、大义凛然、毫不留情："分手？你想得美。我这么完美无缺、英俊潇洒的主儿，你赔不起我分手费。"

"对对对。"眼看大少爷多少有了点松动的意思，我连忙顺坡就往下滚，"我不光这辈子赔不起，下辈子赔不赔得起也不好说。"

"谁说的？"没想到这句顺毛捋的话竟然又戳到他了，"你帮我小姨做的几期策划不是都好评如潮？还有你导师，他那么严厉，对你做的课题也是赞不绝口，不许你这么妄自菲薄。"

我："……"

这就是迟轩，他损我行，我自己损不行，真是没有人比他更霸（可）道（爱）了呢。眼看寒冰即将消融，我笑着在他背上又蹭了蹭，不由得语气里就带上了撒娇："行行行，我很优秀，我赔得起，但我赔得起也不赔啊！我脑袋又没病。"

"你就是有病。"迟轩比我接得还要流畅，并且还哼了一声。

我："……"你让我说什么好啊大哥！

迟大哥回手，一言不发地反抱着我的腰，动作别提有多别扭，然后开始一步一步往客厅走。

我个头儿比他矮了不少，又和他那么诡异地相互抱着，一个小矮人儿，完全看不到前路，只能乖乖地、亦步亦趋地跟着。

迟轩迈右脚我跟着迈右脚，迟轩迈左脚我也迈左脚，他停下，我也停下，听动静他是拿起了我随手扔在餐桌上的手机，修长的手指点了几下，屏幕解锁，他沉默，紧接着敲了几个字，然后笑了。

"傻瓜。"

明明是在骂人，并且多半骂的是我，然而他声音里有笑意，笑容里有糖，四周的空气神奇般一下子就甜起来了。

我好奇，探着脑袋想看他做了什么，他回身，一只修长的手掌揽住我的腰，另一只轻柔地盖上我的脸，每一次我往前探，他都笑着，轻轻地把我往后推，那副姿态，摆明了在使坏，完全不给我查看的机会。

闹着闹着，我也忍不住笑了。

和煦春风吹过，落地窗外，万物欣欣向荣，璀璨明媚。桌面上，未锁定的手机保持在聊天界面。

贱人苏："冒昧地请问一下，自己的男票被一大堆女生奉为男神是什么感觉？有没有觉得辗转反侧、夜不能寐？（奸笑）（奸笑）"

江二乔："问你大爷。"

贱人苏："江乔诺！怎么说话呢喂！"

江二乔："如果我是男神，她是我的女神。"

贱人苏："你是……迟轩？！"

江二乔："滚。"

这是我们在一起的第一年，迟轩刚刚过了生日，十九岁了。

研三那年，托导师的福，我获得了出国交流学习的机会——和同学院汉教专业的NO.1一起，前往黎巴嫩的孔子学院，寓教于学，传播博大精深的汉语言文学。

迟轩自然不舍得我走，其实我也舍不得，但为长久计，他还是默默地替我收拾好了行李，驱车送我到机场，然后给了我一个长久且沉默的拥抱。

一年之间，这个曾经桀骜叛逆的男孩儿，有了脱胎换骨般的成长，他的声线犹如他这个人，拥有令人安心的力量："等你回来。"他在我耳畔喃喃。

"两年，很快的。"我这么安慰着他，眼圈儿却忍不住有些泛红，赶紧转换话题，"江老师说了，寒暑假都让你回家过，他放了一瓶好酒，等着你陪他喝呢！"

迟轩亲昵地捏了捏我的耳朵，点了点头。我顿了顿，还是没忍住，有一点哽咽："我……会每天想你，有空就会回国。"

他轻轻地"嗯"了一声，英俊的脸贴过来，蹭了蹭我的鼻尖，吻了一下我的额头。

依依不舍，终有一别，那之后，就是长达两年的异地相恋。

视频电话里，我扎高高的马尾，青春洋溢，兴高采烈地向迟轩讲述教学生活中遇到的趣事，他眼神温柔、专注，静静地听我喋喋不休。

然后有一天，我忽然发现他摆在桌面上的电脑，播放的内容似曾相识。

"你在看什么？"我有点好奇。

他原本正盯着我看呢，闻声回头随意地看了眼书桌，眼神忽然间有了些躲闪，和根本掩饰不了的羞涩："哦……学校的毕业晚会。"

我不由得眯了眯眼："哪一级的？"

迟轩有一点窘，先是下意识地看了我一下，而后别开了眼，耳朵微红，声音跟着都低了："……09。"

还真是啊……我忍不住一噎。

噎完我也开始不好意思了："你……你从哪儿找来的啊？"

"文艺部。"

我不懂："你怎么知道我主持过这个？"

"我不知道。"

"那……"

"所以我把所有和你相关的东西都要来了。"

我："……"

本科期间我主持的所有节目的视频都在他手里，并且似乎都被他观赏过了……这下，换我害羞了。

迟轩抬眼，目不转睛地看着我："为什么不告诉我？"

告诉什么？我会主持吗？"这，这个没什么好说的吧……"

他嘴角一抿，我立即改口："我是文艺部长，肯定有才艺啊！只是后来你们都太优秀了，我也老了，不好跟你们抢风头，当然要退居二线了啊……"

迟轩看着我，漆黑的眼睛里一点一点漾出了笑意，他说："我就知道。"

"嗯？"

"你最好了。"

我："……"这种莫名其妙又苏又撩的夸奖是为哪般啊！

他："BBS上那个帖子又更新了。"

我："嗯？"愣了下才想到，哦，是那个"我男神迟轩和江乔诺还在一起吗？"

他："好多人都说你配不上我。"

……我用脚指头想也能想到。

迟轩英俊帅气，又多才多艺，既是N大如今首屈一指的金牌男主持，又是校篮球队最帅前锋和法学系最帅学霸，拥有无数热情爆棚的迷妹，简直是风头无两。

而我呢？在校时就是研究生部低调的"老人"，如今又远在异国他乡，更是再无存在感可言，对那帮只知道迟轩、肖羽童的新生迷妹而言，怕是只需知道我比迟轩大了将近五岁，就给我盖了配不上他的章吧？

想到这一点，虽然我并没有特别在意，但还是忍不住叹了口气。

迟轩也叹气，他隔着屏幕，用手指轻轻碰了碰我嘴唇的位置，却是满满一脸的他们都不识货的苦恼式骄傲："那帮笨蛋，根本就不知道你才是个传说。"

我窘了，没那么夸张好吧……

两个国家相差5小时的时差，我这里是傍晚，迟轩那里已经半夜了，深知他明天一早还要上课，我笑着凑近屏幕，在他嘴唇的位置亲了一口："快去睡觉。"

他回了个吻，又叮嘱了几句明天有雨，记得带伞别着凉了之类的话，乖乖地去睡了。

切断视频聊天，我坐在凳子上，脑海里回荡着"BBS上那个帖子又更新了"这句话。

说起来，我这一年多来都很忙，还真的是好久好久都没有去过论坛了。

择日不如撞日，就今天吧，去检阅一下我男朋友又给我招惹来了多少情敌。

我深呼吸了一下，做足了心理准备，打开论坛，点开帖子，我一页一页地往下翻，逐条逐条地认真看，果真看到不少说我配不上迟轩的。唉……男朋友太优秀也是一种幸福的烦恼。我叹了口气，继续往下看，意外地看到一个人在夸我。

【专治各种不服有本事你打我啊斯基】：八百年没登过论坛了，登录一次还真是被雷爆了、气哭了、逗笑了好吗！恕我童言无忌，楼上各种踩的江乔诺是我知道的那一位？想当年那位可是真女神，她风光无限、叱咤风云的时候，你们迟帅还不知道在哪里玩泥巴呢！

这位斯基这一席话简直像是在热锅里浇进了一瓢油，广大迷妹当场就炸了。

"童言无忌？呵呵呵呵！哪里来的野鸡给自己加戏！"

"玩泥巴亮了！连你都知道你们乔诺比我们迟帅大很多啊。（笑哭）（笑哭）（笑哭）"

"八百年没登过论坛就不要来啊，我还嫌你脏了我们的表白阵地呢！"

……

一言以蔽之——被骂惨了。

不服斯基回的这个帖是489楼，迷妹们连骂他以及对迟轩表白的，一下子刷到了七百多楼。我啼笑皆非地跟着往下看，心里对这个不服斯基有一点抱歉，正愧疚呢，眼皮一跳，我突然间有一个大胆的想法——

　　这个为我发声的不服斯基，不会是……迟轩吧？

　　我越想越觉得要真是这样的话他也太幼稚了，各花入各眼，没必要强迫喜欢他的人也来喜欢我啊。我正暗暗想着明晚视频聊天的时候一定要就此事批评他一下，忽然间，我看到一条新的回复内容，瞬间就把自己前一刻的所有想法都推翻了。

　　帖子上，第873楼，ID为"天策小黄鸡"的校友说："冷静啊各位……唉，我没你们情绪那么激烈，但也是真的想不通啊喂，你们说迟少爷那么完美，干吗非找一个比自己大那么多的女朋友啊，他到底在想什么啊……"

　　874楼："我也想不通！"

　　875楼："同上，这就是我一直不肯吃这口玻璃渣的原因！"

　　876楼："哈哈哈哈哈哈！想不通就不要想了，学学我多好？只粉迟轩的颜，才不管他跟谁在一起呢。"

　　877楼："楼上心真大。"

　　然后是878楼，ID是一串没什么意义的数字，显然是随机注册的。

　　878："想娶她。"

　　我："……"

　　饶是隔着网络，我也在这一秒就断定：这一个人，才是迟轩。

　　——他到底在想什么啊……

　　——想娶她。

　　臭小子，众目睽睽，你这么堂而皇之地对众矢之的的表白真的好吗？！

　　我蜷在凳子上，双臂抱着膝盖，只觉得幸福又甜蜜，腾地一下，脸红爆了。

　　这是我们在一起的第二年零七个月，我的迟轩，即将二十一岁了。

　　从黎巴嫩回国，我做的第一件事，就是拖着迟轩去吃了一顿烤肉，一顿炸酱面，还有一顿火锅。

　　中国菜全世界都有是没错，但我还是想念死家乡了啊！

　　我回国的时候是六月，恰巧赶上毕业季，迟大主持人正紧锣密鼓地为他自己这一届的毕业晚会做筹备工作，N大校园里也处处充满了同窗密友即将各奔东西的离别气氛。

我就是在和迟轩手挽着手散步时听到的那一期校园广播。

校园广播的主持人是个女孩儿，做的是问答类采访节目，我们走进学校时，节目应该开始了一段时间，猝不及防听到一句："姐弟恋对你来说意味着什么？"

我听到这句话怔了一下，迟轩更明显，脚步一顿，眉头都锁起来了。

我："……怎么了？"

他拉着我转身就要往校外走："突然想起来我车门好像没锁。"

我："……"

你不这样我还不敢确定被采访的人就是你呢！

"才不是我！"

"不是你紧张什么啊？我听听又怎么样？"

他……败了。

广播里，主持人为了渲染节目效果，刻意在被采访人回答之前加了一段甜甜的音乐，于是我和迟轩刚刚辩论完毕，恰好，回答来了。

"我觉得——"

只听了这三个字，我就笑着撞了一下迟轩的胳膊，一开口，我就听出了这是某人的声音，他倒好，还跟我装呢。

迟轩耳朵有一点红，左顾右盼的，看起来挺不好意思，他的反应让我对接下来他的回答更好奇。

"任何恋情对当事人双方来说都是冷暖自知的。"

"就比如我。"

"谈了一场看似被大家议论纷纷的恋爱。（笑）"

"但其实，我和我女朋友感情很好，心意相通，我觉得蛮幸福的。"

"姐弟恋对你来说意味着什么？这个问题，也有人曾经当面问过我。"

"我当时的回答是：激励我，成为一个更加有担当的人。"

主持人笑，适时地插话进来："那你觉得，对你女朋友意味着什么？"

广播里，迟轩也笑了："对她来说，应该比我要简单一些吧。她一直都很优秀，能力方面也比我棒多了，但在我面前，她永远都是一个小女孩儿。"

迟轩的声线简直完美，听到耳朵里，我……为什么好想哭啊。

6月28日，"江湖不散·永是少年"毕业晚会典礼现场，我和苏亦凭借家属是这场晚会的主持人及主办方的关系，混到了两个观赏角度极佳的位置。

然后，晚会现场，迟大少爷正好好地主持着呢，礼堂灯光忽地一暗，音乐声起，一束追光打在他身上，他单膝跪地，一只手捧着一大束玫瑰，另一只手是钻戒，毫无预兆地就求婚了。

我一脸蒙，台上的迟轩含着笑，身旁的苏亦挤眉弄眼，女主持肖羽童、前排的主办方和周围的观众异口同声地喊道："答应他！答应他！答应他！"

一时之间，偌大的礼堂化身飘满了恋爱泡泡的粉红国度，我眨了眨眼，后知后觉地回过味儿来……某人蓄谋已久啊。

气氛浪漫到爆，场景温馨美好，并且我也愿嫁，便落落大方地站了起来，眉眼弯弯："好啊！"

那一刻，礼堂的气氛瞬间被点燃，high到了顶点。

晚会结束，迟轩和肖羽童在后台卸妆，我和苏亦坐在位置上，等人潮散去再去找他们，所以有了短暂独处的时间。

苏亦一只手指贱兮兮地戳了戳我怀里鲜艳欲滴的玫瑰，眼睛里却全是真心为我高兴的愉悦："什么心情？终于守得云开见月明了啊。"

我愣了愣，然后也笑了起来，却不是笑着分享，而是笑着纠正。

"没有云。"

"从喜欢他那一天起，我的世界，一直都是晴朗。"

BBS上那个帖子，又有了新的更新。

"新的一年，我男神迟轩和江乔诺还在一起吗？"

第999楼："谢谢关心，我们今天领证啦。"

这一年，我的迟轩22岁，我们，结婚了。